文庫

火刑法廷

〔新訳版〕

ジョン・ディクスン・カー

加賀山卓朗訳

早川書房

6907

THE BURNING COURT

by

John Dickson Carr

Translated by
Takuro Kagayama
Published 2024 in Japan by
HAYAKAWA PUBLISHING, INC.
This book is published in Japan by
arrangement with
The Estate of Clarice M. Carr, Wooda H. McNiven Trustee
c/o DAVID HIGHAM ASSOCIATES LTD.
through TUTTLE-MORI AGENCY, INC., TOKYO.

目次

火刑法廷

〔新訳版〕

登場人物

マーク・デスパード……………………デスパード家の当主。弁護士
ルーシー…………………………………マークの妻
イーディス………………………………マークの妹
オグデン…………………………………マークの弟
マイルズ…………………………………マークの伯父。前当主
トム・パーティントン…………………マークの友人。元医師
ジョー・ヘンダーソン老人……………デスパード家の使用人
アルシア・ヘンダーソン夫人…………同家政婦。ジョーの妻
マーガレット……………………………同メイド
マイラ・コーベット……………………看護師
ジョナ・アトキンソン・ジュニア……葬儀屋
ジョナ・アトキンソン・シニア………ジュニアの父
エドワード・スティーヴンズ…………編集者
マリー……………………………………エドワードの妻
モーリー…………………………………編集長
ブレナン…………………………………フィラデルフィア市警察警部
ゴーダン・クロス………………………作家

I　起訴

そこで私たちは夕餉《ゆうげ》を大いに愉しみ、夜遅く床についた。私の寝る部屋で先祖の老エッジボロが死に、化けて出るとウィリアム卿が言い立てるので、なんだか怖くなった。もっとも、興を添えるために本心より怖がってみせたのだが。

——サミュエル・ピープスの日記、一六六一年四月八日

一

〝ひとりの男が墓地のそばに住んでいた――〟。これは未完に終わったある物語の興味深い書き出しだ。エドワード・スティーヴンズもまた、いくつかの意味で墓地のそばに住んでいた。事実をごく客観的に述べればそうなる。むろん家の隣にささやかな墓地があり、そこデスパード・パークの評判はつねに抜きん出ていたが、墓地がどこより名高いというわけでもなかった。

読者や私とさして変わらないエドワード・スティーヴンズは、ブロード通り駅に六時四十八分に着く列車の喫煙席に坐っていた。三十二歳で、ニューヨーク四番街の出版社〈ヘラルド&サンズ〉の編集部でそれなりに重要な地位についている。東七十番台の通りにアパートメントを借り、フィラデルフィア郊外のクリスペンに別荘を持っていた。彼も妻もその田園風景が好きで、何度も週末をすごしている。この金曜の夕方(ひと昔前の一九二九年春のことだ)、スティーヴンズはすでに別荘にいる妻のマリーに合流するところだった。ブリーフケースには、殺人事件の裁判を題材にしたゴーダン・クロスの最新作の原稿が入っていた。以上が、ありのままの事実である。いまスティーヴンズ本人も、事実を述べるのは楽だと認めている。表にしたり並べ替えたりできる事柄を扱うのは安心だと。その日の日中から夕方にかけて、何も異常事はなかった。このことも強調しておかなければならない。スティーヴンズは、読者や私と同様、国境を越えようとしていたわけではない。ただ別荘に向かっていただけだ。仕事も、妻も、身の丈に合う生活も手に入れて、どこから見ても幸せな男だった。

列車は定刻にブロード通り駅に着いた。スティーヴンズは脚を伸ばしがてら駅構内を歩きまわり、改札口の上の黒い箱形の時刻表を見て、クリスペン行きの列車があと七分で出ることを確かめた――急行で、まずアードモアに停まる。クリスペンは本線で三十分ほどかかり、ハヴァーフォードの次の駅だ。ハヴァーフォードとブリンモアのあいだになぜ停車駅があるのかは、いまもって誰にもわからない。丘の斜面にわずか五、六軒の家が、互いにかなり離れて建っているだけだからだ。しかしそこは(ある意味で)ひとつの共同社会だった。郵便局があり、雑貨屋があり、銅ブナの大木の林に隠れるようにして喫茶店もある。その林のなかを、キングズ・アヴェニューが曲がってデスパード・パークへとのぼっている。この地域の習わしとも象徴とも言いがたいが、葬儀屋まであるのだった。

その葬儀屋にスティーヴンズはいつも驚き、疑問を抱いていた。なぜそこにあり、どんな客が利用しているのか。窓に〈J・アトキンソン〉とあるが、その文字は名刺のように控えめだった。窓の向こうに人の頭や動きが見えたことはついぞなく、小さくいびつな大理石の壺のようなものが二個置かれ——花でも活けるのかもしれない——腰の高さに真鍮のリングのついた黒いビロードのカーテンがかかっている。もちろん、どこの葬儀屋も商売繁盛するのは好ましからぬことだし、熱心な客が引きも切らず訪れる状況は、歓迎すべきではない。それでも、とかく葬儀屋には陽気な男が多いものなのに、J・アトキンソンの姿は一度も見たことがなかった。スティーヴンズは、そこから探偵小説の筋を思い浮かべたことすらあった。ある大量殺人者がじつは葬儀屋で、不都合な死体が店に集まっても説明できるという。

もっとも、そんなJ・アトキンソンも、ごく最近のマイルズ・デスパードの葬儀には呼び出されたのかもしれない……

クリスペンに存在理由があるとすれば、デスパード・パークこそがそれだった。この町の名は、ペンシルヴェニアの土地がイギリスから譲渡された記念すべき一六八一年、新しい都市を建設するために派遣された四人の監督官のひとりにちなんでつけられた。スクールキル川とデラウェア川のあいだに広がる、恵み深い森の全住人と和平協定を結ぶために、ウィリアム・ペン本人が渡来する直前のことだ。ペンの近縁者だったウィリアム・クリスペンは航海の途中で亡くなったが、いとこのデスパード(マーク・デスパードによれば、この名字は元来フランス語だったが、奇妙な綴りの変化が生じた)が田舎に広大な土地を取得し、以来一家はそのデスパード・パークで暮らしている。マイルズ・デスパード――堂々たる無頼漢にしてデスパード家の当主――が亡くなって、まだ二週間と経っていない。

スティーヴンズは列車を待ちながら、今夜もまた新しい当主のマーク・デスパードが世間話をしにくるだろうかとぼんやり考えた。スティーヴンズの別荘はパークの入口の門からそう離れておらず、ふたりは二年前に友情を結んでいた。けれどもこの夜は、マークとも、マークの妻のルーシーとも会えそうになかった。正直なところ、マイルズの逝去(四十年近い贅沢三昧で胃壁がすっかりただれた挙句、胃腸炎で亡くなった)はそれほど悲痛な事件でもない。生前のマイルズは海外暮らしが長すぎて、残りの家族は本人をほとんど知らなかった。だが死んだとなると、やるべきことが山のように生じるものだ。マイルズは未婚だった。マーク、イーディス、オグデン・デスパードはみな彼の弟の子供である。三人ともかなりの遺産を受け取るだろうな、とスティーヴンズはさして興味もなく考えた。

駅のプラットフォームにつうじる改札口がガラガラと開いた。スティーヴンズは本線の列車に飛び乗り、そのまま喫煙車に向かった。春の宵は灰色から黒に変わっていたが、気の滅入る青白い車内灯に照らされた、車庫の埃だらけの重い空気のなかにさえ、田舎に向かう者をわくわくさせる春の気配が感じられた(それでマリーのことを思い出した。クリスペン駅に車で迎えにきているはずだ)。半分も埋まっていない車内には、乗客が分厚い新聞をカサカサとめくりながら煙草の煙を肩の上に吹き上げる、いつもの気だるい雰囲気が漂っていた。スティーヴンズはブリーフケースを膝に置いて坐った。満ち足りた者のそれとない好奇心で、この日身のまわりで起きた、ふたつのいくらか不可解な出来事について考えはじめた。理性でそれらを解き明かそうとしないのは彼の性格だ。もっぱら想像力を働かせて、うまい説明を考え出そうとした。

たとえば? まあ、たとえば、ブリーフケースに入ったゴーダン・クロスの新作の原稿である。スティーヴンズはそれを読むのを心待ちにしていた。ゴーダン・クロス(奇妙なことに、それが本名だ)は、編集長のモーリーが見出した作家で、世捨て人のように暮らしながら、現実に起きた殺人事件の歴史を再現することに身を捧げている。クロスの偉大な才能は、実際に見てきたような語りのあざやかさにあった。見ていないことに対する、魔物めいた説明能力の高さとでもいうか。それで人を惑わすことも多かった。毒殺魔ニール・クリームを『陪審員』ほど描写できる人間は、まちがいなく当時の公判を傍聴したはずだ、と著名な判事がうっかり書いたことがある。これに対してニューヨーク・タイムズ紙は、〝クリームの公判は一八九二年だったから、クロス氏がいま四十歳であることを考えると、そうとう早熟な子だったにちがいない〟と応じた。いずれにせよ、本の宣伝としては悪くなかった。

とはいえ、クロスの人気は、執筆スタイルより題材の選び方に負うところが大きかった。一冊の本で有名な事件をひとつかふたつ取り上げる。彼が徹底的に調査するのは、めったに人が聞いたこともないような、絵になる犯罪——当時も世間を驚かしただろうが、現代の読者には衝撃を与えるほど風変わりなもの——だ。それらがあまりに見事に再現されるので、ある批評家は、証拠の写真や文書があるにもかかわらず、すべては巧みなでっち上げであると難癖をつけた。それでまたもや論争が生じ——これもなかなかの宣伝になった——結局クロスは何もでっち上げていないことが明らかになった。十八世紀のブリュッセルで起きたその残忍な犯罪に関しては、真偽を疑った当の批評家が、地元の怪物を大いに誇るブリュッセル市長から激怒の手紙を受け取る次第となった。こうしてゴーダン・クロスは、全国ベストセラーやその年のヒット作こそ書かないものの、ヘラルド社の看板作家になっていた。

その金曜の午後、スティーヴンズは編集長室に呼ばれた。モーリーはカーペットの敷かれた静かな部屋で机につき、薄黄色の封筒にきちんと入った分厚い原稿用紙の束を、戸惑うように見ていた。

「クロスの新作だ」彼が言った。「この週末、家に持って帰ってくれるか。五月の販売会議で説明してもらいたい。きみはこの手のやつが大好きだろう」

「編集長は読みました?」

「ああ」モーリーは言い、ためらった。「これまでの最高作だ、ある意味で」またためらった。「タイトルは変えなきゃならん、むろんな。やたら長くて専門的なタイトルがついてるから、販売部がうんと言わんだろう。だが、それはあとで考えればいいことだ。女性の毒殺魔が次々と出てきて、じつに迫力がある」

「すばらしい！」スティーヴンズは心から言った。

モーリーはなかば放心、なかば当惑といった体《てい》で部屋を見まわしていた。明らかに何かが心に引っかかっている。「きみはクロスに会ったことは？」

「ありません。一、二度オフィスで見かけたことはあると思いますが、それだけで」スティーヴンズは、大きな背中が角を曲がっていくか、ドアを押して部屋に入っていくところを思い出して答えた。

「まあ……ふつうの男じゃないな。契約面で、ということだが。出版契約を結ぶたびに、かならず加えてくれと言う条項がある。それがふつうじゃなくてね。ほかのことはいっさい気にしない。契約全体を読んでるかどうかも怪しいもんだ。ただ、その条項というのが、出版されるすべての本の裏表紙にかならず彼の大判の写真をのせるということなんだ」

スティーヴンズは咳払いをした。壁の本棚に明るい色の背表紙がずらりと並んでいる。手を伸ばして、『陪審員』を一冊抜き出した。

「なるほど、そういうわけか」彼は言った。「なぜだろうと思ったことはありましたが、誰も説明してくれなくて。略歴はなく、ただ大きな写真と、その下に名前だけ――しかも、最初の本ですらも」写真をじっくりと眺めた。「まあ、印象深い顔、知性を感じさせる顔ですよね。いい顔なんでしょう。でもそれをあちこちに出したいほど誇りに思うというのは――？」

モーリーは依然椅子の上で動かず、首を振った。「いや、それはちがう。彼は人前で目立ちたがるタイプの人間ではない、むしろその逆だ。ほかに理由があるはずなんだ」

モーリーはまた問いたげな眼をスティーヴンズに向けたが、机から別のものを取って話題を変えた。「まあいい。原稿を持っていってくれ。取り扱いはくれぐれも慎重に。写真が何枚かついてる。あ、月曜の朝いちばんで忘れずに顔を出してくれよ」

軽い調子で最後にそう言って原稿をあずけたのだった。ガタゴト揺れながら西フィラデルフィアに向かう列車のなかで、スティーヴンズは原稿をひと目見ようとブリーフケースの留め金を開けかけたが、そこでためらった。思考はまだ取りとめのない謎で満たされていた。

ゴーダン・クロスの件が重要でも明快でもないとすれば、亡きマイルズ・デスパードの件はなおさらそうだった。スティーヴンズの思いはデスパード・パークに向かった――ブナの林のなかにある、あの古びて煤《すす》けた石造りの家、冬の眠りから覚めようとしている庭。前年夏、家の裏の沈床園を歩いていた老マイルズその人を思い出した。〝老〟と言ってもさほど老人ではなく、棺に釘が打たれたときにはまだ五十六歳だった。けれども、そのしかつめらしい態度、ナイフさながら白く輝く襟から伸びた骨と皮だけの首、ひねくれた灰色の口ひげ、はるか彼方に追いやられた明るさなどから、かならず年齢より上に見られていた。暖かい陽射しのなかで、洒落た帽子を頭から持ち上げて挨拶したマイルズの姿が思い起こされた。その眼は大きく見開かれ、心配事を抱えているように見えた。

胃腸炎で死ぬのは楽ではない。地球放浪の旅のあと帰ってきたマイルズ・デスパードは、ゆっくりと訪れるむごい死に凛然《りんぜん》と耐え、そのことを料理人は泣きじゃくりながら讃えた。ヘンダーソン夫人――料理人、家事全般を取りしきる家政婦にして女帝――によると、ときおり苦悶の声をあげていたものの、その回数は決して多くなかったそうだ。マイルズは、九世代にわたるデスパード家の死者が古書のように段に収まっている、礼拝堂地下の霊廟《れいびょう》に安置された。石の蓋がもとどおり嵌められ、霊廟はまた封印されたが、ひとつのことがヘンダーソン夫人に強い印象を残したようだった。亡くなるまえ、マイルズ・デスパードは、九つの小さな結び目が等間隔に並ぶ、ありふれた紐を握りしめていたという。それがあとで枕の下から見つかった。

「胸を打たれたわ」ヘンダーソン夫人は、スティーヴンズの料理人にそう打ち明けていた。「数珠《じゅず》か何かのつもりだったんでしょうね。家族はカトリックではないけれど、とにかくいいことだと思いました」

もうひとつ、ヘンダーソン夫人がヒステリーを起こしかけたことがあった。くわしい内容はまだ誰も確認できていない。困惑しつつも興味津々といった口ぶりでスティーヴンズにその話をしてくれたのは、マイルズの甥のマーク・デスパードだった。

マイルズの死後、マークには一度しか会っていなかった。亡くなったのが四月十二日水曜の夜。スティーヴンズがその日を憶えているのは、マリーとクリスペンですごしたからだ。週末以外に別荘を訪れるのは珍しい。翌朝、彼らは何も耳にせずに車でニューヨークに帰り、新聞で初めて悲劇を知ったのだった。週末の十五日にまたクリスペンに行って正式に弔問したが、葬儀には参列しなかった。マリーが死や死にまつわる光景を、身震いするほど怖がるからだ。そんなわけで、葬儀も終わった夕方、スティーヴンズは、暗く人気《ひとけ》のないキングズ・アヴェニューを歩いているマークに出会ったのだった。

「うちのヘンダーソン夫人が、妙なものを見たと言うんだ」マークが出し抜けに言った。

風が強く肌寒い黄昏《たそがれ》だった。デスパード・パークへ曲がるキングズ・アヴェニューのまわりの木々の芽は、まだほとんど固く閉じているが、立ち並ぶ大木は頭上で影のように揺れ動いていた。マークの鉤鼻の顔は街灯に照らされ、活気こそあるが青白かった。彼は両手をポケットに入れて、街灯の柱にもたれた。

「うちのヘンダーソン夫人が」とくり返した。「妙なものを見たと言っていてね。ちょっと仄《ほの》めかしては祈るばかりだから、何が見えて何が見えなかったのかもよくわからないんだが、マイルズ伯父が死んだ夜、部屋に女性がいて彼に話しかけていたと言うんだ」

「女性？」

「いや、きみが想像してるような意味じゃない」マークは真顔で言った。「たんに女性が部屋にいて——夫人の描写では〝古めかしい妙な服〟を着て——伯父に話しかけていた。もちろん、事実ということもありうる。あの夜僕たちは、ルーシー、イーディス、僕も含めて何人かで、セント・デイヴィッズの仮面舞踏会に出かけてたから。ルーシーはルイ十四世の寵姫《ちょうき》モンテスパン侯爵夫人に扮した。イーディスは婦人帽とフープスカートの、そう、フローレンス・ナイチンゲールだったと思う。僕は偉大な公妾の妻と、偉大な看護師の妹にしっかり守られてたというわけだ。

とはいえだ」顔をしかめてつけ加えた。「ありそうもないことなんだよ。マイルズのことはよく知らないか？　愛すべき偏屈老人でね。いつもひとりで部屋にいて、誰もなかに入れようとしなかった——わかるだろう——あくまで礼儀正しくね。食事も部屋に持ってこさせていた。もちろん具合が悪くなったときには、僕のほうで専門の看護師を呼んで世話させるんだが、それが気に入らなくて、礼儀正しく大騒ぎする。仕方なく、看護師には隣の部屋にいてもらった。ふた部屋をつなぐドアに伯父が鍵をかけてしまうと、いざというときに彼女が入れなくなるから、かけさせないでおくのが大変だったよ……そんな調子だから、ヘンダーソン夫人が〝古めかしい妙な服〟を着た女性を見たというのは、ありえない話ではないけれど――」

スティーヴンズには、マークが何を気にしているのかわからなかった。

「とくに妙な話でもないようだが」彼は言った。「ルーシーやイーディスにも訊いてみたのか？　それと、もし誰も部屋に入れないのなら、どうしてヘンダーソン夫人にはその女性が見えた？」

「窓越しに見えたと言っている。ふだんマイルズは、二階のサンルームに面したその窓のカーテンを引いてたんだがね。そう、ルーシーにもイーディスにもこのことは話してない」そこでためらい、急に大声で笑った。「理由あってのことだ。いまの話はどうってことない。謎めかすつもりはないが、ヘンダーソン夫人の話にはもうひとつあって、そっちのほうがどうも引っかかる。夫人によると、その古めかしい服を着た女性は――いいか、よく聞いてくれよ――まず少しマイルズと話し、そのあと存在しないドアから部屋の外に出ていったというんだ」

スティーヴンズは相手を見た。マーク・デスパードの鉤鼻の細面は真剣そのものだが、そこに皮肉がこめられているのかどうかはわからなかった。

「冗談だろう」スティーヴンズはそう答えて、どうとでもとれる音を発した。「幽霊とか？」

「つまり」マークが眉を寄せ、慎重にことばの意味を考えながら言った。「煉瓦でふさがれ、その上から板が張られて二百年経つドアだ。謎の訪問者は当たりまえのようにそこを開けて出ていった。幽霊？　ちがうな。そんなのはありえない。デスパード家はじつに長い年月、幽霊を出さずにやってきた。呪わしいほど高貴な家柄だ。高貴な幽霊なんて想像できないだろう。家族にとっては名誉かもしれないが、来客にとっては迷惑でしかない。僕に言わせれば、ヘンダーソン夫人がどこかおかしいんじゃないかな」

そう言い残すと、いきなり通りを去っていった。

それが一週間前のことだった。スティーヴンズはクリスペンに向かう列車のなかで、あのときの会話を思い出しながら、何気なくまたパズルのピースをいじりはじめた。オフィスでモーリーとした話、道端でマーク・デスパードとした話というふたつの事柄を、それぞれ説明するのではなく、ひとつの物語にまとめられないだろうか。両者にまったく関連がないことはわかっている。新聞の別の記事のようなものだ。しかし、これだけはそろっている――ゴーダン・クロスという、自分の写真を虚栄心抜きで人に見せたがる世捨て人の作家がひとりと、マイルズ・デスパードという、胃腸炎で死んだ億万長者の世捨て人がひとり。その枕の下には九つの結び目のついた紐があった。そして最後に、時代不明の古めかしい服を着た女性がひとり登場して、二百年間、煉瓦で封じられているドアから部屋の外に出ていったらしい。こうした関連のない事実や幻想を、巧みな語り手はどうひとつの文目《あやめ》に織り上げるだろう。

手に負えない。しかし、スティーヴンズはまだクロスのことが気にかかり、ブリーフケースを開けて原稿を封筒から取り出した。かなり分量がある。十万語にもなるだろうか。クロスの原稿はいつもそうだが、几帳面すぎるほどきれいに整えられていた。章ごとに真鍮の留め具でまとめられ、印刷物、写真、図面がクリップで留められている。目次にざっと眼を通したあと、第一章の見出しに移ったが、そこで原稿を持つ力が抜けて膝から取り落としそうになったのは、見出しのせいではなかった。

そのページに、古いが非常に鮮明なひとりの女性の写真が付されていた。写真の下に小さくきれいな文字が印刷されている。

マリー・ドブレー——殺人罪にてギロチン刑に処さる、一八六一年。

スティーヴンズは自分の妻の写真を見ていた。

二

しばらく動けなかった。坐ったまま何度も名前を確かめ、何度も顔を見直した。その間ずっと、まだ七時三十五分発クリスペン行きの喫煙車に乗っていることをぼんやりと意識していたが、底なしの闇に包まれた感じは消えなかった。

眼を上げ、原稿をきちんと膝の上で整えて、窓の外を見た。歯を抜いたあとで歯医者の椅子に坐っているのに似た（よくある）感覚だった――少し頭がふらふらして、心臓の鼓動が速い。それだけだ。もう驚いたことすら忘れていた。列車は線路を鳴らしてオーヴァーブルックを通過していた。下のアスファルトでいくつか街灯の光が反射していた。

マリー本人のはずはないし、まちがいでもない。名前は一致している――マリー・ドブレー。顔立ちは妻そのものだし、表情にすらなじみがある。写真の女性、七十年前にギロチンにかけられた女性は、妻の血縁者――たとえば曾祖母だろうか。それならほぼ時代は合うが、ここまで生き写しというのも気味が悪い。曾孫が表情まで似ているというのは。

もちろん、だからと言って問題にはならない。かりに彼女の父親や母親や親戚があのおぞましい台の上で首を刎《は》ねられたとしても、なんだというのだ。七十年前の悪事など歴史の色合いを帯びている。そんなものは、机にのった張り子《パピエ・マシエ》の髑髏《どくろ》のごとく日常からかけ離れたものと見なし、慌てず大らかに受け入れるのだ。それでもスティーヴンズは驚愕した。写真の女性には、顎の先にごく小さなほくろまでついているし、マリーが身につけているのを百回は見たことがあるアンティークのブレスレットまで写っている。それに、自分の妻が表紙裏の写真で毒殺魔のひとりに数えられる本を、勤務先の出版社が出すのも面白くない。モーリーが月曜の朝いちばんで顔を出してくれと言ったのは、このためだろうか。

いや、気にするのはよそう。それにしても――

もう一度よく見ようと、写真をページからはずして取り上げた。それに触れたときの奇妙な感情はなんだろう。うまく分析できないが、たちまち胸にわき起こったのは、いまも心の底から、狂おしいまでにマリーを愛しているという思いだった。写真は分厚い紙に焼きつけられ、点描の灰色がところどころ茶色になっている。裏返すと、厚紙に写真屋の名前が刻まれていた――〝ペリシェ写真館、パリ七区、ジャン・グジャン通り、十二番地〟。そこを横切るように、インクの褪せたねじくれた手書きの文字で〝わが最愛の《マ・トレ・トレ・シェール》マリーへ、ルイ・ディナール、一八五八年一月六日〟とあった。恋人か？　それとも夫？

しかし、この写真から波のように押し寄せてくるのは、古風と当世風がグロテスクに混じり合った女性の表情だった。堅苦しいポーズをとっていてさえ、その表情は生きていた。

大判の写真は彼女の上半身を撮っていて、背景は森の景色——鳩も飛んでいる。一方によろめきそうな不自然な立ち方で、純白の覆いがかけられた小さな丸テーブルに左手を置いている。襟高のドレスの生地は色の濃い琥珀織りらしく、あちこちが輝いている。高い襟の上の頭は上向き加減だった。

暗めの金髪のまとめ方こそいくらかちがうが（両脇の髪のカールが古めかしい印象を与える）、それでも写真の女性はマリーだった。カメラのほうを向きながら、視線はその少し先に定まっている。たっぷりしたまぶた、大きな瞳孔、真っ黒な虹彩を持つ灰色の眼には、スティーヴンズがよく〝霊感を宿す〟と形容する表情が浮かんでいる。唇は開いてわずかに微笑み、両眼は画家の巧妙な作品のように、気づかれるまえにこちらを見すえている。鳩や木、テーブルの覆いに囲まれて、それはむしろ甘ったるく感じるほどの面立ちだった。でありながら、わかる者にはまったく別の印象を与えた。写真は生きていた。スティーヴンズの手のなかで、願いを叶える不吉な〝猿の手〟になった。いつしか彼の手首は震えていた。

〝殺人罪にてギロチン刑に処さる〟のことばにまた眼が行く。殺人罪でギロチンにかけられる女性はきわめてまれだ。いたとしても、ほかに裁きようのない凶悪な殺人だったからにちがいない。

すべてが何かの冗談か、いたずらだ——スティーヴンズは胸につぶやいた。だってこれは絶対にマリー本人だから。誰かが僕を担ごうとしてる。

そう自分に言い聞かせながらも、いたずらなどでないことは、よくわかっていた。子供が先祖の誰かに驚くほどよく似ていることは実際にある。それ自体なんら不思議ではない。事実だ。マリーの曾祖母が処刑されたとして、どうだというのだ。

思えばスティーヴンズは妻のことをほとんど知らなかった。結婚して三年になるが、とくに調べたいと思ったこともなかった。カナダ出身で、デスパード邸に似ていなくもない朽ちかけた屋敷に住んでいたことは知っている。ふたりはパリで出会い、二週間と経たぬうちに結婚した。（偶然のロマンスらしく）初めて会った場所は、サンタントワーヌ通りの野菜市場のそばにある、さびれた古い館《オテル》の中庭。館の通りの名も、パリの旧市街探索中になぜそこに迷いこんだのかも、忘れてしまった。通りの名は……たしか……待てよ！

大学で英語の教鞭をとり、やはり殺人裁判の魅力に取り憑かれている友人のウェルデンに勧められたのだった。三年以上前になるが、ウェルデンはこう言った――

「この夏はパリですごすのか？　もし暴力の現場に興味があるなら、○○通りの○○番地に行ってみるといい」

「そこに何がある？」

「近所の人が説明してくれるかもしれんぞ」ウェルデンは言った。「あるいは謎解きにしよう。解いてみたまえ」

結局謎は解けず、ウェルデンに答えを訊くのも忘れていた。しかし、ともかくそこでマリーと会ったのだ。彼女も同じようにそのあたりを散策していたようだった。どういう場所かは知らないが、旧世界の庭につうじる門が半分開いていたので、面白そうだと思って入ってきたと言っていた。初めて見たとき、彼女は雑草の茂る中庭の中央の、涸れた噴水の端に腰かけていた。まわりの三面は手すりつきの回廊で、石壁にほどこされた人々の顔の彫刻は欠けていた。マリーはフランス人には見えなかったが、それでもスティーヴンズは、潑剌《はつらつ》としたふつうの英語で話しかけられてびっくりした。〝霊感を宿す〟美貌が、微笑むと急に生き生きすることにも。それはいわば健康そのものの魅力だった。

だが、どうして彼女は何も話してくれなかったのだろう。秘密にしておく必要などないのに、なぜ？　あの館にはたぶん一八五八年のマリー・ドブレーが住んでいたのだ。そのあと家族はカナダに移住したにちがいない。そして子孫のマリーは、先祖のマリーに対する当然の興味から、禍々《まがまが》しい現場を訪ねていた。どこそこのいとこやおばからときどき来る手紙から判断して、彼女の人生は平凡だったはずだ。家族の話をしてくれることもあったが、正直なところ、スティーヴンズは妻の家族について考えたことがあまりなかった。たしかにマリーの性格にはどこか変わったところがあり、予想もしていなかった反応を見せることがある。たとえば、なぜ漏斗《じょうご》をあれほど怖がるのか。台所で使うふつうの漏斗なのに。かと思うと――

こんなことを考えるべきじゃない。マリー・ドブレー一世は、相変わらず天上の笑みの奥に嘲りを含んで彼を見上げていた。ギロチンの柳籠に首が落ちた、復活祭のカードの天使を怖れるのはいい加減やめにして、初代マリー・ドブレーがしたことを読んでみたらどうだ。なぜためらう？　スティーヴンズはふたたび原稿を手に取り、写真を第一章の裏にまわした。例によって、クロスの天才はタイトルのつけ方にはまったく発揮されていない。本全体にやたら荘重なタイトルをつけたあとで、各章にセンセーショナルな見出しを添えて読者の気を惹こうとしていた。それぞれ〝何々にまつわる事件〟とされ、第一章は〝不死者たる情婦にまつわる事件〟だ。スティーヴンズはたちまち嫌悪を催した。

小説の野営地に手榴弾を投げこむような、いつものクロスの衝撃的な書き出しだった。

〝砒素は愚者の毒と呼ばれてきた。世にこれほど不適切な表現はない〟

これは《化学薬品業界》の編集員ヘンリー・T・F・ローズ氏による公式見解で、リヨン科学捜査研究所所長であるエドモン・ロカール博士も同意する。ローズ氏は続ける。

〝砒素は愚者の毒ではないし、犯罪者の想像力の欠如によってよく用いられるわけでもない。毒殺魔が愚かだったり、想像力に欠けたりすることはめったにない。証拠が示しているのは、むしろその逆だ。砒素がいまも毒殺に用いられるのは、いまだにもっとも安全に使える毒だからである。

第一に、そもそも疑うべき理由がないかぎり、砒素による毒殺を医師が判定するのはきわめてむずかしい。慎重に適量が投与された場合、現われる症状はほぼ胃腸炎と見分けがつかない……〃

スティーヴンズの眼はそこで止まった。脳がほかのことに占領され、タイプの文字が霞んで意味をなさなくなった。頭に入ってくる考えを押しとどめることはできない。己を嗤《わら》い、気が変だ、不実だとなじっても、でたらめな思考を中断することがどうしてできるだろう。マイルズ・デスパードは二週間前に胃腸炎で亡くなった。スティーヴンズが考えていることは冗談だった。面白くもない冗談……

「やあ、スティーヴンズ」肩のすぐうしろで声がして、スティーヴンズは思わず跳び上がった。

まわりを見た。列車は急行の最初の駅アードモアへと速度を落としはじめている。通路に大学教授のウェルデンが立っていた。座席のうしろに手を当て、経験豊かで沈着な顔に許されるかぎり興味津々という表情を浮かべて。痩せた顔は修道僧のように頰が高く骨張っている。顎は鋭い。口ひげを刈りこみ、縁なしの鼻眼鏡をかけている。いつも無表情だが、話をするときにはくすくす笑ったり、哄笑したりする。笑いながら眼を大きく見開き、しょっちゅう吸っている葉巻の先で指差す。ウェルデンはニューイングランド出身の俊英で、態度は控えめながら友情に篤《あつ》かった。つねに生真面目な服を着て、スティーヴンズのようにブリーフケースを持っていた。

「きみがこの列車に乗ってるとはね」彼が言った。「みんな元気かな？　奥さんは？」

「坐ってくれ」スティーヴンズは言い、写真を隠しておいてよかったと思った。ウェルデンは次の駅でおりるところだったが、それならばと座席の肘かけにそっと腰をおろした。

「そう――元気だよ、ありがとう」スティーヴンズは上の空でつけ足した。「そちらの家族は？」

「元気だとも。娘はちょっと風邪気味だが、この気候だ、みんな風邪を引く」ウェルデンは満足げに答えた。そんないつもどおりのやりとりの最中、スティーヴンズは、原稿をめくってそこに自分の妻の写真があったら、ウェルデンならなんと言うだろうと、そのことばかり考えていた。

「ところで」と切り出した。「きみの趣味の著名な殺人者に関することなんだが、マリー・ドブレーという毒殺魔について聞いたことはないかな？」

ウェルデンは口から葉巻を取った。「マリー・ドブレー？　マリー・ドブレーか。ああ！　あれだ。ドブレーは旧姓だな、もちろん」振り返り、骨張った顔にいっそう安堵の色を浮かべて、少しにやりとした。「そう言えば、いつも訊こうと思って忘れるんだが――

――」

「彼女は一八六一年にギロチンにかけられた」

ウェルデンはことばを切った。「だったら別の人物のことを言ってるようだ」会話が風邪からいきなり殺人に移って多少当惑しているようだった。「一八六一年？　確かかい？」

「ここに書いてある。ちょっと気になってね。ゴーダン・クロスの新しい本なんだ。憶えてるだろう、数年前、彼が事実を捏造《ねつぞう》しているかどうかという激論があった。ふと興味がわいて――」

「もしクロスが言うのなら、正しいだろうな」ウェルデンは、また速度を上げはじめた列車の窓の外を見ながら断定した。「だが初耳だ。これまで聞いたことのあるただひとりの〝マリー・ドブレー〟は、結婚後の名前のほうがはるかに有名だ。古典と言っていい。きみもどこかで事件について読んでるはずだ。憶えてないか、パリで彼女の家を見にいけと言っただろう？」

「そのことはいいから、続けてくれ」

質問こそしないが、ウェルデンは怪訝《けげん》そうな表情だった。「かの有名な、ブランヴィリエ侯爵夫人だよ。魅力と静かな殺人が結びついた好例として後世に名をとどめるであろう、蠱惑《こわく》的な女性だ。彼女の裁判記録を読んだが、じつにセンセーショナルだ。あの時代、

〝フランス人〟はほとんど〝毒殺魔〟と同義だった。あまりにも毒殺が多いものだから、特別な法廷まで設けられたほどで――」そこで口を閉じた。「調べてみるといい。チーク材の箱、ガラスのマスク、その他もろもろ。ともかく彼女は、自分の家族も含めて大勢の人間を殺した。パリ市立病院の患者で実験して経験を積んだんだ。用いたのはたしか砒素だったと思う。裁判で読み上げられた本人の自白は、興味深いヒステリーの症例としていまの心理学者も研究している。内容はいろいろだが、驚くような性的な陳述がいくつかあってね。読むときには気をつけるように」

「ああ」スティーヴンズは言った。「思い出してきた。いつごろの人だい？」

「一六七六年に断首、火刑に処された」ウェルデンは立ち上がり、コートの灰を払い落とした。列車はまたゆっくりになった。「ここでおりるよ。週末、閑だったら電話してくれ。きみの奥さんが知りたがってたケーキのレシピを、家内が見つけたらしい。そう伝えてくれと頼まれてたんだ。じゃあ、おやすみ」

スティーヴンズの駅も二分先だった。反射的に原稿を封筒に戻し、ブリーフケースに入れた。まちがいに決まってる。愚にもつかない。ブランヴィリエ侯爵夫人は無用の脱線で、そもそも今回のこととは関係ないのに、動揺してしまった。スティーヴンズの頭のなかで、ひとつの文が何度もくり返された――〝慎重に適量が投与された場合、現われる症状はほぼ胃腸炎と見分けがつかない〟。

この世ならぬ声が列車の先頭付近で「クリスペン！」と叫んだ。列車は騒々しいため息を吐いて停まった。プラットフォームにおり立つと、夜空は高く、大気はひんやりとして、先ほどまでの馬鹿げた考えが吹き飛ばされたように感じた。スティーヴンズはコンクリートの階段をおり、狭い通りに出た。雑貨屋まで距離があるのであたりは薄暗かったが、道路脇で待っているなじみのクライスラーのロードスターのライトが見えた。

マリーがなかにいて、内側からドアを開けていた。見た途端、その姿が小さくなり、変わった。例の写真には生身の体すらゆがめる冥府の魔力のようなものがあった。が、やがてそれも消え、スティーヴンズは踏み板に片足をのせたところでマリーを見つめ、愉しい気分に浸った。マリーは茶色のスカートにセーターという恰好で、薄めの上着をマントのようにはおっていた。最寄りの店の窓から漏れてくる光が、暗い金色の髪にかすかな輝きを与えている。当惑した視線を返してきた。すらりとした肢体に似合わぬアルトの声が、世界を現実に戻した。

「なんなの」困ったような、しかし愉しんでいる様子で言った。「どうして立ったままにやにやしてるの？　やめて！　お酒でも飲んでた——」そこでしばらく迷っていたが、スティーヴンズの浮かれた気分に加わることにした。「こっちの身にもなってよ。あなたはいやらしく酔ってる。わたしも死ぬほどカクテルが飲みたいのに、あなたが着くまで飲めなかった。やっとふたりでいやらしく酔っ払えるわけね」

「酔っちゃいないさ」スティーヴンズは胸を張って答えた。「いやらしかろうがなかろうが。ちょっと考えごとをしてた。きみは——おや！」

マリーの肩越しに、彼女の髪をかすかに照らしている光の出所が眼に入った。暗い通りに青白く浮かび上がっている。スティーヴンズははたと気づいた。店の窓だ。小さくいびつな大理石の壺と、鉄のレールから真鍮のリングで腰の高さに下がっている、黒い不恰好なカーテンが見えた。青白い光はカーテンの奥から出ているようで、真鍮より鉄を目立たせていた。カーテンのすぐ向こうに、人影が動かず立っていた。通りを見ているようだ。

「なんと！」スティーヴンズは言った。「J・アトキンソンの姿を初めて見たよ」

「酔ってはいないようだけど」マリーは彼を観察しながら言った。「頭がおかしくなったんじゃない。さあ、入って！　夕食にエレンが何か特別なものを用意してくれてるわ」うしろを振り返って、窓の動かない影を見た。「アトキンソン？　彼がどうしたの？」

「別に。ただあそこに人の姿を見たのは初めてなんだ」スティーヴンズは続けた。「誰かを待ってるんだな」

マリーは彼女らしい大きなハンドルさばきで車の向きを変えた。ニレと銅ブナの下を走り、ランカスター・ハイウェイを横切り、宵闇のキングズ・アヴェニューに入った。道は半マイルほど丘を巻いてデスパード・パークへのぼっていく。ふとスティーヴンズは、まるで四月の終わりではなく万聖節前夜《ハロウィーン》のようだと思った。誓ってもいいが、車で走りすぎたうしろから、誰かに名前を呼ばれたのだ。しかし、車の向きを変えたときからマリーが エンジンを吹かしつづけているので、排気音が大きく、本当に聞こえたのか自信が持てなかった。窓から首を伸ばしてうしろを見たものの、マリーには黙っていた――通りに誰もいなかったからなおさらだ。マリーはまったくふだんどおりだった。彼と会って喜びに顔を輝かせている。スティーヴンズは自分の感覚が信じられなくなってきた。今日にかぎっていろいろなものが見えたり聞こえたりするのは、疲れすぎているせいだろうか。ありえない。自分は雄牛のように強く、マリーがときどき不平をこぼすように、雄牛のように鈍感なのだから。

「素敵、素敵だわ」マリーが言っていた。「空気のにおいで感じない？　あのフェンスのそばの大きな木の陰に、クロッカスがそれはきれいに咲いてるの。憶えてる？　お昼にはサクラソウも咲いてたの。ああ、本当に素敵！」空気を胸いっぱいに吸いこみ、肩をほぐして、頭をのけぞらせた。そしてスティーヴンズに笑みを向けた。「疲れた？」

「全然」

「本当？」

「ああ、もちろん」

マリーは困惑顔になった。「テッド、お願いだから、そうつっけんどんにしないで。カクテルでも飲むことね。今夜はどこへも出かけないでしょう？」

「出かけたくないな。なぜ？」

マリーは前方の道路を見すえたまま、少し眉をひそめた。

「マーク・デスパードが夕方からずっと電話をかけてきてるの。あなたと話したいって。会いたがってるわ。とても大事なことらしいんだけど、わたしには話してくれない。でもちょっと口をすべらせた。きっとマイルズ伯父さんに関することよ。しゃべり方がとても変だった」

マリーは、スティーヴンズが慣れ親しんだいつもの〝霊感を宿す〟表情を向けた。一瞬の街灯の光に眼を大きく見開いて、まっすぐに彼を見つめるその表情は、甘美そのものだった。

「テッド、マークに何を頼まれても相手にしないでしょう？」

三

「そうか」スティーヴンズはなかば無意識に答えた。「行かなくてすむなら、当然行かないさ。どのくらい具体的なことかにもよるが、あるいは――」

そこで黙った。何を言いたいのか自分でもわからなくなったからだ。ときにマリーの表情が彼から離れていくことがある。霧に触れた気がする。だが、いまの表情は街灯が見せた幻覚にちがいない。マリーはすでにマーク・デスパードのことなど忘れ、ニューヨークのリビングルームの家具にかけようと作らせている、何かのカバーについて話していた。カクテルを飲んだあとで、もう一度この話題を出して笑い飛ばそうとスティーヴンズは思った。それで忘れてしまうのだ。

マリーはこれまでクロスの本を読んだことがあっただろうか。原稿は眼にしているかもしれない。スティーヴンズに代わって読むことも多いから。彼女自身の読書も、大づかみの理解であれ驚くほど多岐にわたっている。そのほとんどが場所や人物についてくわしく書かれたものだ。スティーヴンズは彼女をちらりと見た。服の袖が少し上がっている。左手首にブレスレットをつけていた。留め金が猫の頭の形をした——口のところにルビーがあしらわれている——金属加工のブレスレット。あの忌まわしい写真で見たものと同じだった。

「ところで」スティーヴンズは言った。「きみはクロスの作品を読んだことがあったかな?」

「クロス? 誰かしら」

「殺人事件を取材した本を書いてる」

「ああ、あの人! ないわ。あんなぞっとする趣味は持ち合わせてないの、好きな人もいるようだけど」徐々に真剣な表情になってきた。「そう言えば、よく思うんだけど、あなたもマーク・デスパードもドクター・ウェルデンも、みんなああいう殺人や醜悪な事件に興味を示すのは、ちょっと不健康だと思わない?」

スティーヴンズは啞然《あぜん》とした。これまでマリーは、エルシー・ディンズモア（マーサ・フィンリーによる子供向けの小説シリーズ）的ムードと彼が呼ぶ、気むずかしい状態にあるときでさえ、そんな露骨な物言いはしなかった。どうもおかしい。あまりにも変だ。彼女に眼を戻すと、ふっくらとした顔は真剣そのものだった。

「ある権力者の発言によるとね」スティーヴンズは言った。「アメリカ人が殺人と不倫に健全な興味を向けているかぎり、この国は安全らしい。そして、きみがもしぞっとしたい気分なら」――ブリーフケースを叩いて――「ここにクロスの新作が入ってる。女性の毒殺魔に関する本だ。なかには〝マリー〟もいるようだよ」

「そう？　もう読んだの？」

「ちらっと見ただけだ」

マリーは関心のかけらすら示さなかった。眉間にしわを寄せて集中し、車を別荘の横のドライブウェイに入れた。車からおりたスティーヴンズは急にひどい空腹と疲労を覚えた。白壁に緑の鎧戸《よろいど》のついたニューイングランドふうの木造住宅は、新しいカーテン越しに見える明かりが心を浮き立たせる。若草とライラックのにおいがした。家の裏手は木々の茂る丘で、そこからチャールズ二世にちなんだキングズ・アヴェニューを百ヤードばかりのぼると、デスパード・パークの高い塀に突き当たる。

家のなかでは、椅子に坐ってゆっくりくつろぎたかった。廊下の右がリビングルームだ――赤みがかったオレンジのソファとふかふかの椅子、大きな丸壺のテーブルランプ、白い板張りの壁に作りつけた本棚には明るい背表紙の本が並ぶ。暖炉の上にはよくできたレンブラントの複製画。いまや貴重な家財のひとつとなった、カクテルシェイカーまで備わっている――要するに、何十万とある家庭の典型だった。廊下の向かいのガラスドアを開けると、そこはダイニングルームで、太ったエレンが床を軋《きし》ませながら食卓を整えている。

マリーがスティーヴンズの帽子とブリーフケースを受け取り、早く二階で顔と手を洗っていらっしゃいと言った。たしかにそうしてよかった。スティーヴンズは口笛を吹き吹き階段をおりてきたが、最下段に達するまえに足を止めた。廊下の電話机にブリーフケースが置いてあり、銀の留め金が光っている。その留め金がはずれていたのだ。

何より自分の家でこそこそするのが嫌だった。この霧が嫌でたまらない。何事も白日のもとにさらしたい。この上ない罪悪感を胸に電話机に近づき、ブリーフケースのなかの原稿を急いで確かめた。

マリー・ドブレーの写真がなくなっていた――やはり。

自分に考える余裕を与えず、スティーヴンズは慌ててリビングルームに入った。部屋の雰囲気がわずかに変わったように思われた。ソファのカクテルテーブルのそばに、マリーが空いたグラスを持って、ゆったりと坐っていた。頬を紅潮させ、テーブルに置かれたもうひとつのグラスを指差した。

「すごく時間がかかったわね」彼女は言った。「さあ飲んで。気分がよくなるから」

カクテルを飲みながら、スティーヴンズはふとマリーに観察されていると感じた。頭をよぎった考えの醜さに苛立ち、抵抗するつもりでもう一杯カクテルをついで飲み干した。きわめて慎重にグラスを置き、言った。

「ところで、マリー、少しわからないことがあるんだ。キングズ・アヴェニュー一番地は突如、謎の館になってしまった。カーテンの向こうから伸びてきた手につかまれたり、戸棚から死体が飛び出したりしても驚いてはいけないようだ。教えてくれ、きみはひょっとして、大昔に砒素で人々を毒殺した、きみと同じ名の人物を知らないか？」

　マリーは彼をまじまじと見た。その問いに集中して顔をしかめていた。「テッド、いったいなんの話？　あなた、駅に着いてからずっとおかしいわよ」ためらったあと、笑い声を発した。「わたしがあなたのカクテルに毒を入れたとでも？」

「きみならやりかねないな。いや、冗談抜きで、どれだけ奇天烈《きてれつ》に思えようと、とにかく聞いたことはないか？　百年近くまえの話だ。顔かたちはきみと瓜ふたつで、おまけにその猫の頭のついたブレスレットまでつけてる、そういう女性だが」

「テッド、本当にいったいなんの話をしてるの？」

　スティーヴンズは口調を硬くした。「聞いてくれ、マリー。秘密はなしにしよう。大したことじゃない。時間をかけるのももったいない。要するに、これはいい冗談になると思った誰かが、一八五〇年代の服を着たきみの写真を、ある女性の本物の写真ということにして本に組み入れた。その女性は、のちに受けた刑から考えて、近所の人々の半数を殺したにちがいない。だが、そんなことを真に受けるやつはいない。そうでなくとも、クロスは事実捏造のそしりを受けたことがある。きみもラドボーンが《ワールド》で起こした騒ぎを憶えてるだろう。ただ今回のは、でっち上げにしても度がすぎる。正直に言ってくれ、このマリー・ドブレーというのは誰なんだ？　きみの親戚なのか？」

マリーは立ち上がっていた。怒っても、驚いてもいないふうだった。なかば困惑して息を詰め、気遣う様子でスティーヴンズを見つめていたが、やがて取りすましてすっと背筋を伸ばした。それまでスティーヴンズは、彼女がどれほど奇妙に――まるで面白がるように――顔色を変えることができるか、気づいていなかった。首筋の細いしわにも。

「テッド」彼女は言った。「真面目に話してるようだから、わたしもできるだけつき合うわ。はるか昔に人を殺したマリー・ドブレーという人がいた（わかってるでしょうけど、ありふれた名前よね）。で、わたしが彼女なのか、彼女がわたしなのか知らないけど、あなたはそんなふうに考えて、大審問官を演じている。もしわたしがそのマリー・ドブレーだったら」そこでちらっとうしろを見て、壁の鏡に映る自分の姿を確かめた。スティーヴンズは一瞬、鏡がどこかおかしいのかと思った。「もしわたしがそのマリー・ドブレーだったら、あなたはほかにもっと重要な証拠を挙げて、わたしが怖ろしく老けにくいことを、い、い、証明できるというのね」

「そんなことは言ってないさ。ちょっと訊いてみただけだ、ことによるときみは彼女の遠い子孫にあたるんじゃ――」

「遠い子孫！　煙草をちょうだい。カクテルをもう一杯ついで。まったく、ダーリン、冗談もほどほどにして」

スティーヴンズは大きく息を吸った。ソファの背にもたれ、マリーを観察した。

「きみに賞品を進呈しなきゃならないな」あきらめて言った。「自分以外の全員に非を認めさせるその能力に。いいだろう、僕はきみのやり方にしたがう。だがひとつだけ、まっとうな出版社は、著者の原稿から写真を抜いて勝手に自分のものにしたりしない……いいかい、マリー、ここだけの話だが、きみは数分前に僕のブリーフケースを開けなかったか?」

「開けなかったわ」

「開けて、一八六一年に殺人罪でギロチンにかけられたマリー・ドブレーの写真を取らなかったね?」

マリーの癇癪《かんしゃく》に火がついた。「当然でしょ! そんなことしてません!」声が乱れた。

「ああ、テッド、このわけのわからない話はいったいなんなの?」

「誰かが取ったんだよ、なくなったんだから。この家にはほかにエレンしかいない。僕が二階に上がっているあいだに、邪《よこしま》な異邦人でも忍びこんで盗んだのでないかぎり、どうしてあの写真がなくなるのかわからない。原稿のタイトルページにクロスの住所が書かれていたから、彼に電話してあの写真を使わないでもらおうかとずっと考えていた。だが写真自体が盗まれてしまったら、どうにも言いわけが立たないよ——」

エレンがのっそりとドアから顔を出した。「お食事の用意ができましたよ、ミズ・スティーヴンズ」さもうれしそうに言った。と同時に、廊下から玄関のノッカーの鋭い響きが聞こえた。

ノッカーが鳴ること自体、奇妙でも驚くべきことでもない。日に十数回鳴ることもある。しかしスティーヴンズは、二、三秒のあいだ動けなかった。ソファに坐ったまま、横目でアーチ型の出口から廊下の隅の磁器の傘立てを見ていた。エレンが不満げにつぶやくのが聞こえた。やがてエレンの靴が廊下を軋ませて玄関に向かい、鍵が開く音がした。

「ミスター・スティーヴンズは在宅かな？」マーク・デスパードの声だった。

スティーヴンズは立ち上がった。マリーは無表情で立っていた。そのまえを通りながら、スティーヴンズは（自分でも解しかねる理由から）彼女の手を取り、唇に当てた。廊下に出ていき、マークを快活な声で迎え、ちょうど食事をとるところだが、いっしょにカクテルでもどうだいと誘った。

マーク・デスパードはドアのすぐ内側に立ち、そのうしろに別の男——見知らぬ顔——がいた。廊下の青銅のランタンが、マークのすっきりした鉤鼻の顔、たくましいが繊細な顎、骨太で力強い体軀を照らしていた。反応のすばやい薄青の眼が廊下を見渡した。薄茶色の強い眉《こわ》は額の中央でつながり、頭髪も薄茶色で強い。マークは新進の弁護士だ。つい六年前に亡くなった父親から受け継いだ事務所を、チェスナット通りに構えている。実務の範囲は狭い。というのも、あまりにも理論家だからで、本人曰く、万物の両面を見てしまう呪わしい能力によるものだ。こよなく愛するデスパード・パークの散策では、よく田舎紳士にも猟場の番人にも見える服装をしている。狩猟用の上着にフランネルのシャツ、コールテンの乗馬用ズボン、編み上げ靴。玄関に立ってまわりを見ながら、節ばった音楽家の指で帽子のつばをいじっていた。その声は丁寧で詫びる調子だが、固い決意を感じさせた。

「こんなふうに押しかけて申しわけない」マークは言った。「だが、重要でないかぎりこんなことはしない。わかるだろう。それに事は急を要する。あと——」

うしろにいる男のほうを向いた。すでになかに入っていたその人物は、マークより背が低く、がっしりしていて、礼儀正しくはあるが、どこか守りを固めているような態度だった。顎に青いひげ剃りあとのある厳つい顔貌で、目立たず静かに飲む酒のせいでむくんできてはいるが、いい顔だった。濃い茶色の眼のあいだには深刻そうにV字が刻まれているけれど、口元は愉しげだ。分厚い外套を着こんでいながら、不思議と凡人らしからぬ風情を漂わせていた。要するに、印象に残る人物だ。

「こちらは」マークが続けた。「長年の友人で、ドクター——ミスター・パーティントン」すぐに言い直した。パーティントンの表情は変わらなかった。「内々でちょっと話したいことがあるんだ、テッド。といっても、長くなるかもしれないが、もっともな理由があるとわかれば、きみもほかのことは差し置——」

「ハロー、マーク！」マリーがいつもの笑みを浮かべてアーチ型の入口から声をかけた。

「書斎へどうぞ、テッド。皆さんも。食事の時間はたっぷりあるわ」

互いに紹介し合ったあと、スティーヴンズは、廊下の突き当たりから数段おりた自室に客人を招き入れた。小さな部屋は三人でほぼいっぱいだった。タイプライターの机の上に吊り下がるランプを灯すと、冷たく陰気な光で室内が満たされた。マークがそっとドアを閉め、そのまえに立った。

「テッド」彼が言った。「伯父のマイルズは殺されたのだ」

スティーヴンズはこのことを予期していた。緊張こそしていないが、体のなかが震えるのを感じていた。だから心底驚いたのは、マークのいきなりの暴露、そのにべもない言い方だった。

「おいおい！　マーク……」

「砒素で殺された」

「まあ坐ってくれ」少しの間のあとスティーヴンズは言った。狭苦しい部屋に二脚置かれた革の椅子を勧め、みずからは机のまえの椅子に坐った。机を背にし、両腕をうしろの天板に伸ばして、ふたりを見た。「犯人は誰だ？」

「わからない、わが家の誰かであること以外には」マークは同じ重々しい声で言い、大きく息を吸った。「胸のつかえがおりたから、これでようやく理由を説明できる」

椅子の上で身を乗り出し、長い腕を両膝のあいだに垂らして、薄青の眼は下がったランプを見すえていた。

「やらなければならないこと、やりたいことがある。そのためには、僕のほかにあと三人必要だ。ふたりは確保した。あとひとり、信頼できるのはきみだけだ。だが、もし手を貸してくれるのなら、どうしても約束してほしいことがひとつある。伯父の体で何が発見されようと、警察にはひと言も伝えてはならない」

スティーヴンズは考えがまとまらないことを隠すために、カーペットに眼を落とした。

「つまりきみは、犯人が誰であれ、罰したくないということか？」

「もちろん罰したいさ」マークは冷たい狂信者の雰囲気でうなずいて言った。「だが、きみにはわからんだろう。われわれは奇妙な文明のなかで生きている、テッド。もし僕が怒っているなら、それは僕自身に関することへの怒りだ。ほかの連中は自分たちのことで怒ってればいい。ひとつ大嫌いなことばがあるとすれば、それは〝宣伝〟だね。個人の宣伝だ。アメリカ人にとってそれは神となり、熱中の対象となり、運命の担い手となった。〝あとのことはかまわないが、名前だけはしっかり伝えてくれ〟などと言う輩《やから》がいる。これほどひどい主張はないね。個人の善行（または悪行）が、電話帳に名前がのっているかどうかのレベルで評価されるということだから。新聞が悪いのではないよ。彼らにはどうしようもないことだ、鏡に映り方が悪いと文句を言っても仕方がないように。虚栄心で言っているのならなおさら。だが、これはちがう。殺人だろうと、そうでなかろうと、読者にわが家の出来事を知らせて、おどろおどろしい絶好の話題を提供するつもりはないからな。連中にはいまの時間すら教えてやりたいと思わない。わかるだろう、これが僕の気持ちだ。外にはひと言も漏らしたくないというのは、そういうわけなんだ。

今晩、もしきみが手伝ってくれるなら、われわれは霊廟の封印を解き、伯父の棺を開け、遺体を解剖する。体内に砒素が入っているかどうか、確たる証拠が必要だ。僕はすでに入っていると確信してるがね。これまでにわかったことをすべて話そう。

もう一週間以上、伯父は殺されたにちがいないと思ってたが、何もできなかった。真相を突き止めるには、遺体にメスを入れて検死解剖するしかない。問題はそれを秘密裡にどうおこなうかだった。どんな医師も――つまり――」

パーティントンが愉快そうに割りこんだ。

「マークが言いたいのは、世評の高い医師はそんな検死解剖はおこなわないということだ。だから私を呼ばなければならなかった」

「そんなつもりは！」

「わかってるさ」パーティントンはスティーヴンズを見やり、指で固い帽子をとんとんと叩いた。「今回の私の立場を理解してもらったほうがいいだろう。私はマークのいちばん古くからの友人で、十年前、彼の妹のイーディスと婚約していた。元外科医で、ニューヨークで開業して、十年前にはかなりの成功を収めていた。そんなとき一度、堕胎手術をおこなった。理由は訊かないでくれ。私は充分理由があると思った。ところがそのあとヒステリー的な騒ぎが発生し、執刀医である私が見つかった」ゆっくりと詳細を語るのを愉しんでいるようで、微笑みにも苦々しさがなかった。「ほかにニュースのない時期だったのだろう、マークの友人の記者たちは事件を最大限に書き立てた。私はもちろん医師の資格を剝奪された。大きな問題ではなかったがね、貯金はしてあったから。イーディスも信じてくれた、私が手術をした女性は……いずれにしろ、大昔の話だ」パーティントンはそう締めくくると、部屋のドアを見つめ、額にしわを寄せ、ひげ剃りあとの青い顎をなでた。そこまでしゃべるだけでも喉が渇いたようだった。スティーヴンズはもっともだと思い、立ち上がって戸棚からウイスキーの罎を取り出した。「それ以来」パーティントンは続けた。「イギリスに住んでいる。すこぶる快適に暮らしていたが、一週間以上前にマークから電報が届いた――私がここに来ないかぎり何もできないと――そこでさっそく船に乗ったというわけだ。これであなたにも事情がわかったでしょう」

スティーヴンズは机にグラスを並べ、ソーダサイフォンを置いた。

「マーク、当然だが秘密は絶対に守る」それまで相手が見たことのない熱情をこめて言った。「しかし、きみが疑っているものが見つかったとしよう、つまり、伯父さんが殺されたことが証明されたとして、そのあとどうする？」

マークは両手を額に押し当てた。「わからない。そのことを考えると頭がおかしくなりそうだ。僕に何ができる？　きみならどうする？　誰であれ、何ができるというんだ。個人的に復讐を果たす？　もう一度殺人をする？　いや、それはない。僕はそこまでマイルズ伯父が好きではなかった。だが、真実は知らなければならない、それはわかるね。わが家に毒殺魔がいると知っていながら放っておくわけには……それに、わざと苦痛を与えたというのが嫌でたまらないんだ、テッド。マイルズ伯父はすぐには死ななかった。あれは残酷な死に方だった。人が死ぬところを見て、誰かが大いに愉しんだにちがいない」椅子の肘かけを叩いた。「もうひとつある。知りたいなら包み隠さず言おう。誰かが巧妙に企んで、伯父に何日も、ひょっとすると何週間も、毒を盛っていたのだ。いつ始まったのかはわからない。胃腸炎を患っていて、症状は砒素中毒と同じだから、砒素が使われはじめた時期は特定できないだろう。具合が悪くなって、やむなく専門の看護師に来てもらうまえは、昼食と夕食をいつも盆にのせて伯父の部屋に運んでいた。マーガレットですら」――パーティントンのほうを見て――「メイドだが、そのマーガレットですら部屋には入れなかった。ドアの外の机に盆を置かせて、食べたくなったときに自分で取るというやり方だった。しばらく机に置いたままということもあった。だから、家にいる人間は誰でも(それを言えば、外部の人間だって)その食事に毒を混ぜることができた。しかし――

しかしだ」マークの声が図らずも大きくなった。「最後の一服を盛られて朝三時に死んだあの夜は、事情がちがった。ここからは探偵小説の領域だ。容疑者を丹念に検討しなければならない。なんとか真相にたどり着く必要がある。せめてマイルズ伯父を殺したのがわが妻でないことは証明しないと」

葉巻の箱を取り出しかけていたスティーヴンズは、それを中空で止めた。このささやかな悪魔のゲームで誰がカードを配ったにしろ、ずいぶん奇妙な手が出てきたものだ。マークとルーシー。ルーシーのことを考えた――ものごとをてきぱきと片づける、ほっそりとした美人で、黒髪を片側にまとめ、鼻のまわりに薄くそばかすが散っている。その笑顔は誰もが〝気のいい友人〟と呼びそうな人のそれだ。さらに、マリーとは別のかたちであれ、文句なく幸せな結婚を実現するパートナー――そんなルーシーを頭に描いて、即座に馬鹿げていると思った。

マークは冷たく嗤《わら》った。

「何を考えてるかはわかる。馬鹿げてる、そうだろう？　まったくふざけた戯言《たわごと》だと。ちがうかな？　ああ、わかってるさ。僕にも、この椅子に坐ってるのと同じくらいたしかにわかってる。だがちがうんだ。マイルズが最後に大量の毒を飲んだ夜、ルーシーはひと晩じゅう、僕とセント・デイヴィッズの仮面舞踏会にいた。それはたしかだ。でもそれじゃすまない。忌まわしい状況証拠があって、それからなんとか逃れなきゃならない。きみはそういう状況に立ち向かう必要がないだろう、テッド、幸運の星に感謝すべきだな。とにかく、弁明せざるをえない状況証拠がある。根拠などまるでないことはわかってるんだが。

もとより秘密もごまかしも大嫌いだからね。しかし、マイルズ伯父を殺した人間を見つければ、誰がルーシーを陥れようとしたのかもわかる。そのあとは、言っておくが、かなりの問題が持ち上がるぞ。理解してもらえるように説明することはできないと思うが……」

「思わない？」スティーヴンズは言った。「まあ、いいか。状況証拠と言ったね。それはどんな証拠なんだ？」

まだ壜もグラスも触れられずに机の上にあった。マークは深々と煙を吸いこむように息を吸うと、ウイスキーをグラスに指数本分つぎ、明かりにかざしたあと、一気に飲み干した。

そして言った。「料理人で家政婦のヘンダーソン夫人が、殺人の瞬間を見ていた。最後の毒が飲まれるところをね。夫人が言うには、それを与えたのはルーシー以外にありえないということなのだ」

四

パーティントンが身を乗り出した。「冷静に受け止めているのは、いいことだ」と力づけてから、「だが、証人としてはやや弱い気がするな」

パーティントンはどんよりした眼で、マークがウイスキーを飲むのを見ていた。スティーヴンズは、彼が飲みたくてたまらないのを見て取った。が、グラスを取らないばかりか、マークの手にあるグラスも見て見ぬふりをしている。スティーヴンズがウイスキーのソーダ割りを作って差し出すと、パーティントンは平然と受け取った。人目を憚《はばか》って静かに、それでもつねに酒を飲みつづけていることを示す、奇妙に堂に入った仕種だった。パーティントンは続けた。

「きみのところで長く働いている、あの年寄りのヘンダーソン夫人だろう？　こういう可能性はないか、彼女が――」

「どんな可能性だってあるさ」マークがうんざりした口調で言った。「この混乱だ。しかし彼女がヒステリーになったり、嘘をついたりしてるとは思えない。たしかに救いようのない風聞好きだが、ヒステリーを起こすようなタイプに見えるか？　それにきみが言ったように、あの夫婦は僕が小さいころからずっと働いてる。夫人はオグデンの乳母でもあった……弟のオグデンは憶えてるだろう？　きみが去ったとき、まだ小学生だった。ヘンダーソン夫人はうちの家族が好きだし、ルーシーのことも好きだ。それもわかってる。それからほら、彼女はマイルズ伯父が毒殺されたなどとは夢にも思っていない。じっさい毒殺されたんだが、彼女は胃の病気だったと信じてる。自分が眼にしたのは、ふだんどおりの大して意味のない出来事だったと。だからこそ、絶対他言しないようにと釘を刺さなければならなかった」

「ちょっと待ってくれ」スティーヴンズが口を挟んだ。「彼女のこの話は、例の古めかしい服を着た謎の女性とかかわっているのか。存在しないドアから出ていったという女性と？」

「ああ」マークは認め、不安げに体を動かした。「そこが気になって仕方がない。まさにそこだけが全体の話のなかで収まりが悪いからだ。意味をなさない！　このまえきみの反応を見ようと話してみたが、今回のことすべてを冗談として片づけるしかないような――いや、とにかく自分で判断してくれ」落ち着きのない節ばった指が、またせわしなく煙草の紙と葉の小さな袋をいじりはじめた。マークは自分で煙草を巻くのが好きで、手妻《てづま》のように器用にやる。「最初からすべて話そう。そこここに不自然なところがあって、まるで地獄絵でも描いているような気になるが。まず少し家族の歴史を話したほうがいいな。ところで、パート、きみは昔、マイルズ伯父に会ったことは？」

パーティントンが答えた。「ない。彼はいつもヨーロッパのどこかに行っていて」

「マイルズ伯父と僕の父は一歳と離れていなかった。伯父が一八七三年の四月、父が翌年の三月生まれだ。なぜこんな細かいことを強調するのか、いずれわかるよ。父は若くして結婚した。二十一歳だった。マイルズ伯父は一度も結婚しなかった。僕が生まれたのは九六年、イーディスは九八年、オグデンは一九〇四年。家族の収入は土地から得られた。フィラデルフィアにもそこそこ広い土地があるし、ここの地所は広大だ。そのほとんどをマイルズが相続したが、父は意に介さなかった。進取の気象があり、法律事務所も開いて繁盛していたから（父も母も六年前に肺炎で亡くなった。母はどうしても父の看病をすると言って、結局病気がうつってしまったのだ）」

「ふたりのことは憶えている」パーティントンが短く言った。眼に入る光をさえぎるように手をかざして坐っているが、思い出に浸っているようには見えなかった。

「こんなことを話すのは」マークが腹立たしげに言った。「事件の背景がまったくありふれていることを示すためだ。どこにも汚点はないし、悪い血も入っていない。おどろおどろしいことなど何もない。たしかにマイルズは老いぼれの酒飲みだったが、ああいう思い上がった飲酒癖や武勇伝も古めかしすぎて、いまの時代じゃむしろ品がいいほどだ。敵など文字どおりひとりもいなかったと思う。それに、外国暮らしが長かったせいで、ここにはほとんど知り合いもいなかったしね。誰かが伯父を毒殺したのなら、それは人が死ぬところを見て愉しみたかったからだ……もちろん、彼の金が欲しかったという理由も考えられるが」

マークはふたりを見た。

「もし金が目的だったら、われわれ全員が容疑者だと言っていい。とりわけ僕だ。家族はみな莫大な遺産を相続する。それが得られることはみなわかってた。さっき言ったように、マイルズと父はほとんど歳がちがわなかったから、まるで双子のように育ち、仲もよかった。マイルズは父に子孫がいるかぎり、みずから結婚するつもりはなかった。ほかに問題は何もなかった。いいかい、家族のなかに波風ひとつ立っていないそんなとき、誰かが伯父に砒素を与えはじめたんだ」

「ふたつ質問がある」パーティントンが口を出した。話しぶりはまだ固いが、いくらか流暢さが加わってきた。「まず、伯父上が砒素を与えられていたという根拠はどこにある？次に、きみは何度か、亡くなるまえに伯父上の態度がおかしくなったと仄めかした。自室に閉じこもるといったようなことをね。そういう態度が始まったのはいつだい？」

またもやマークはためらい、両手を開いたり閉じたりした。

「まちがった印象を与えるのはたやすい」彼は言った。「それは避けたい。常軌を逸してしまったとか、変人だったとか、家じゅうを混乱させたなどとは考えないでくれ。昔ながらの生き方を守ることに誇りを抱いていた人だ。ただ、昔とはちがっていたと思う。最初にわれわれがなんとなくそのちがいに気づいたのは、ほんの六年前、僕の両親が亡くなって伯父がパリから帰ってきたときだった。彼はもはや昔の柔和な伯父ではなかった。気がふさいでいるわけではなく、たんに上の空というか、途方に暮れているような、何か考えこんでいる様子だった。そのときには、まだ部屋に閉じこもってはいなかった。そうなったのは……うむ」少し考えて、「テッド、きみはこの家に住んで何年になる？」

「二年ほどだ」

マークは時期が一致していることに興味を示してうなずいた。「その二カ月ほどあとのことだな。もっとも、完全に閉じこもったわけではない。昼食と夕食を部屋でとり、夜はずっとそこですごす。伯父の日課は知ってるだろう。まず朝食におりてくる。そのあと天気がよければ庭を散歩し、葉巻を吸う。屋敷内の画廊でもしばらくすごす。たんに――上の空だったんだ。霧のなかをさまよってた。そして午《ひる》には部屋に戻り、あとは出てこなかった」

パーティントンが顔をしかめた。「だが部屋のなかでずっと何をしていた？　読書とか？　勉強？」

「いや、たぶんちがう。伯父は愛書家とは言えなかった。家族の者たちは、ただ籐椅子に坐って窓の外を見てるんじゃないかと噂してた。ほかにすることもないから、服を取っ替え引っ替え着ているという噂もあった。服はそれこそ山のように持っていた。風貌や着こなしにたいそう自信があってね。

六週間前にひどい症状が出はじめた――嘔吐やら激しい腹痛やら。医者を呼ぶというのに、頑として受けつけない。〝無意味だ！　こういうことはまえにもあった。芥子《からし》軟膏とシャンパン一杯ですぐもとどおりになる〟と。だが、あるとき症状があまりにもひどかったので、慌ててドクター・ベイカーを呼んだ。ベイカーは首を振って、大丈夫、胃腸炎ですと言った。残念なことだ。看護師にも来てもらった。すると、本当に胃腸炎だったのかもしれないが、事実そのときから伯父は快方に向かった。四月の一週目が終わるころにはすっかりよくなって、もう心配ないと誰もが思ったほどだった。そして、四月十二日の夜だ。

わが家にはほかに八人いた――ルーシー、イーディス、オグデン、僕、そしてヘンダーソン老人。憶えてるか、パート？　敷地管理人と庭師とふつうの使用人を兼ねているような男だ。それからヘンダーソン夫人、看護師のミス・コーベット、メイドのマーガレット。すでに言ったように、ルーシーとイーディスと僕は仮面舞踏会に出かけた。さらにその夜は、ほとんどみんなに外出の用事が入っていた。こんなふうに――

ヘンダーソン夫人は一週間近く留守だった。クリーヴランドの親戚の子の名づけ親になるために。名づけ親役を引き受けるのが好きでね。そこで家族の祝宴があって大いに愉しんでいた。十二日の水曜は、ミス・コーベットが定期的に夕方から休みをとる日だった。マーガレットは、いつもべた褒めのボーイフレンドから突然デートに誘われ、ルーシーを難なく説得して外出した。オグデンは町に出かけた——何かのパーティだ。かくして家に残っているのは、ヘンダーソン老人とマイルズ伯父だけになった。

イーディスはいつもながら心配した。誰かが病気のときに役に立つのは女性だけだから、自分は残ると言った。だが、マイルズが耳を貸さなかった。それに、ヘンダーソン夫人が夜の早い時間に戻ることになっていて——クリスペンに九時二十五分に着く列車に乗る予定だった。これでイーディスはまた心配になった。ヘンダーソンがフォードに乗って、クリスペン駅まで夫人を迎えにいくので、たっぷり十分間は家に誰もいなくなる。そこでオグデンが〝まったく、仕方ないな〟と言って、ヘンダーソン夫人が帰宅するまで家で待っていることになった。それで万事うまく収まった。

マーガレットははやばやと出ていった。ミス・コーベットもだ。おのおの緊急の用事ができたときの連絡方法をヘンダーソン夫人に書き残してね。ルーシー、イーディス、オグデンと僕は、八時ごろ軽く夕食をとった。マイルズは、何も食べたくない、何を持ってこようと絶対に食べないと言っていた——いつもの不機嫌だ。しかし、温めたミルクを一杯飲むことには同意した。夕食後、着替えのために全員で二階に上がったときに、ルーシーが盆にミルクのグラスをのせていった。ここで、もっともな理由から憶えていることがひとつある。イーディスが階段の踊り場で彼女を追い越して言ったんだ。〝自分の家のどこに何があるかもわからないのね。それは酸乳《サワーミルク》よ〟と。ただ、ふたりで味見をしてみたら美味かった」

一語一語慎重に話すマークの声を聞きながら、スティーヴンズは、たやすくデスパード邸のその場面を思い浮かべることができた。大窓の下にあるオークの階段の踊り場。壁には一枚の大きな肖像画がかかり、足元にはバスマットのように分厚いインディアンの敷物、窓の壁から張り出した部分に電話机が置かれている。なぜことあるごとに電話机が気にかかるのだろう。ルーシーの姿が眼に浮かぶ——快活で愉しく、黒髪を片側にまとめ、うっすらとそばかすの浮かんだ〝気のいい友人〟。イーディスも想像できた——ルーシーより背が高く、茶色の髪、こちらも美人だが、眼のまわりが潤いを失ってわずかに窪んできている。やや気むずかしく、〝趣味のよさ〟について語りすぎる。そんなふたりが一杯のミルクのことで悪意なく（あの家族のなかに摩擦はないので）憎まれ口を叩き合う。それを皮肉屋のオグデンが、ポケットに手を突っこんで物陰から見ている。オグデンには、マークの緊張感と真面目さがない。やはり気のいい友人ではあるのだが……

そう考えながらも、スティーヴンズの頭からどうしても離れない疑問があった——まさに同じ夜、自分とマリーはどこにいただろう。答えはわかっていた。わかりたくないけれど。彼らはここクリスペンの別荘にいたのだ。ふだんなら、週のなかばでニューヨークから出てくることはなかった。が、《リッテンハウス・マガジン》との連載権の交渉でスティーヴンズが出張してくることになり、彼とマリーは車でやってきてここに泊まり、翌朝早くニューヨークに戻ったのだった。スティーヴンズはその二日後に、ようやくマイルズの死を知る。ともかく、ふたりは水入らずでいつもとなんら変わらぬ夜をすごし、かなり早めに就寝した。そう、早めにベッドに入り、何も異常はなかった。

気づくとまたマークが話していた。

「だから、くり返すが、ミルクは美味かった」スティーヴンズとパーティントンを交互に見ながら続けた。「ルーシーがそれを持って上がって、マイルズの部屋のドアを叩いた。部屋の外の机に置くつもりだったのだが——いつも伯父がすぐに出てこないことは話したね——このときにはドアが開き、伯父みずからグラスの盆を取った。彼は傍目にはずいぶん回復していた。霞のかかったような顔もしていなかった。もっとも、こちらもどういう症状を見るべきかわかってなかったんだが（きみは伯父に会ったことがないんだったな、パート。垢抜けた老紳士を思い浮かべたまえ。首が少々筋張っていて、灰色の口ひげを生やし、額が高い）。あの夜は、白い襟のついた、ちょっと古風な青いキルトのドレッシングガウンまで着ていた。首にはスカーフを巻いてね。

イーディスが言った。〝本当に大丈夫？　いい、ミス・コーベットはいないし、ベルを鳴らしても階下《した》で聞く人がいなくなるの。もし何か必要になったら、自分で取りにいかなきゃなりませんよ。ヘンダーソン夫人に書き置きをしておきましょうか、戻ってきたら二階に上がって、廊下に坐っていてって？〟

マイルズ伯父は言った。〝朝の二時、三時までか？　無理だ！　行きなさい、私はまったく問題ない。もう病気は治った〟。

そのときたまたま、廊下で見えない何かをつけまわしていたジョアキム――イーディスの猫だ――がマイルズの足の横をすり抜けて、部屋に入っていった。マイルズはジョアキムが好きだった。猫だけいれば充分だというようなことを言ったあと、愉しんできなさいと僕たちに声をかけ、ドアを閉めた。そこで僕たちは着替えに取りかかった」

スティーヴンズは明らかに見当ちがいの質問をした。「たしか言ってたね、ルーシーはモンテスパン侯爵夫人に扮してパーティに参加したと」

「ああ。つまり……表向きはそういうことだった」マークは答え、（なぜか）初めて驚いた様子だった。スティーヴンズを見て、「何を思ったか、イーディスがモンテスパン侯爵夫人だと言い張ってね。高貴な雰囲気が出るとでも考えたんだろう」にやりと口元をゆがめた。「実際には、ルーシーのドレス（彼女の手作りだ）は、画廊にある等身大の肖像画をそのまま模したものだった。モンテスパンと同時代に生きた女性の肖像だが、いまも誰なのかよくわからない。はるか昔に、顔のほとんどと肩の一部が酸か何かで傷つけられていてね。誰かが修復を試みたが果たせなかった、と祖父から聞いたことがある。いずれにせよ、ネラーの真作のようだから、今日まで手放さなかった。この世ならざる感じの絵だがね。描かれているのは、ブランヴィリエ侯爵夫人という人らしく……どうしたんだ、いったい、テッド？」びくっとして尋ねた。不安で神経がすり切れそうになっているかのように。

「何か食べたほうがいいのかもしれない」スティーヴンズはさり気なく答えた。「わかった、続けてくれ。十七世紀のフランスにいた毒殺魔だな？　どうして彼女の絵を所有することに？」

パーティントンがひとり何事かつぶやいた。いつもそうなのか、大儀そうに身を乗り出したが、今度は遠慮なくウイスキーをついだ。

「私の記憶が正しければ」パーティントンは顔を上げて言った。「昔、なんらかのつながりがあったんじゃなかったか？　それとも大昔、きみの家族の誰かと親交があったのだったか」

マークがもどかしそうに話しだした。「ああ、うちの名字が英語ふうに変えられた話はしなかったか？　かつてはデプレというフランス語だった。だが侯爵夫人《マダム・ラ・マルキーズ》のことはもういい。言いたかったのは、ルーシーが絵の衣装そっくりのものを三日で作ったということだ。

僕たちは九時三十分ごろ家を出た。ルーシーはその衣装、イーディスはフローレンス・ナイチンゲールのフープスカート、僕は町の衣装屋が〝騎士〟の服と請け合った自慢の新作という恰好だった。これが見た目よりずっと快適でね。加えて刀を佩《は》けるとなったら誰が拒める? 僕たちが車に歩いていくのを、ポーチの屋根の下に立ったオグデンが見て、さんざん囃《はや》し立てた。ドライブウェイに入ったところで、ちょうどヘンダーソンがフォードで駅から夫人を乗せて帰ってきた。

舞踏会はあまり盛り上がらなかった。仮面舞踏会としてはあまりにおとなしく、真面目すぎたな。正直なところ、僕はすっかり退屈して、ほとんどの時間を坐ってすごした。ルーシーは踊っていたけれど。僕たちは二時すぎに会場をあとにした。月の出た清々しい夜で、何時間かぶりに涼しく、すっきりした気分になった。イーディスもレースのズボン——なんと言うのか知らないが、あのスカートの下のやつだ——が破れて不機嫌になっていたが、ルーシーは歌いながら家まで帰った。家はすっかり暗くなっていた。車をガレージに入れたときには、フォードはあったが、オグデンのビュイックはまだ戻っていなかった。僕は玄関の鍵をルーシーに渡し、ルーシーはイーディスと走ってドアを開けにいった。僕はドライブウェイにただ立っていた、やはりわが家がいちばんだと思いながら。

するとイーディスがポーチから呼んだ。僕はポーチの階段を上がり、玄関に入った。ルーシーが手を明かりのスイッチに置いて、なかば天井を見上げるような恰好で立っていた、怯えきって。

彼女は言った。〝怖ろしい物音がしたの。本当よ！　ほんの一秒前に聞こえた〟と。

とても古い玄関ホールだから、夜になると不気味な感じがすることもある。だが、そういうのではなかった。僕は急いで二階に上がった。刀など気にしていられなかった。二階の廊下は暗く、何かがおかしかった。廊下自体がおかしいというより、廊下におかしなものがいる感覚。何か邪悪なものが、影を引きずるようにして眼のまえを通りすぎていく、そんな感覚を抱いたことはないか？　ないだろうね……

僕が明かりのスイッチに手を伸ばしかけたそのとき、鍵が錠のなかでまわったような大きな音がして、マイルズ伯父の部屋のドアが急に途中まで開いた。部屋のなかには薄暗い光があり、マイルズ伯父の体が半分照らされ、半分影になっていた。伯父はまだ立っていたが、ひどく前屈みになり、片手を胃に当て、もう一方の手でドアの側柱をつかんでいた。静脈が浮かび上がっているのが見えた。伯父はそのままふらつきながら立ち、ほとんど体をふたつ折りにした状態でなんとか顔を上げた。鼻梁のまわりの皮膚は油紙のようで、眼はいつもの二倍ほど見開かれ、額は汗びっしょりだった。吸う息が体のなかを震わせて入っていく音が聞こえた。伯父はどんよりした眼を上げた。僕が見えたと思うけれど、発した声は誰に向けられたものでもなかった。

伯父はこうつぶやいていた。〝もう耐えられない。この苦痛には耐えられない。もうだめだ〟。

そのことばはフランス語だった。

僕は駆け寄り、伯父が床に倒れるまえに支えた。体を持ち上げて、部屋のベッドに運んだ――なぜか伯父は身をよじり、腹痛を抱えた人間とは思えないほどの力で抵抗した。僕を見ようとしているようだった。少し身を遠ざけてこちらに眼を向け、心のなかで……なんというか……もつれた僕の姿を解きほぐし、霧のなかから見分けようとした。そしてまず、ひどく怯えた子供のように〝おまえはちがうな?〟と言った。思い出すだけで胸が痛む。ただ明らかに意識ははっきりしたようで、眼の曇りもかなり消え、ベッドの上の暗い読書灯で僕の顔も見えたようだった。子供のように尻込みするのをやめた。うまく表現できないが、まるで人が変わったようだった。茫然として、英語で〝バスルームに痛み止めの錠剤がある〟といったことを口走り、取ってきてくれと僕に叫んだ。自分にはバスルームまで行く力が残っていないと。

以前、伯父がひどい発作にみまわれたときに使ったベロナールの錠剤だ。ルーシーとイーディスが顔面蒼白で部屋の入口に立っていた。ルーシーは伯父のことばを聞き、廊下を走って取りにいった。伯父が死にかかっていることはみなわかっていたが、そのときには毒殺などという考えはまったく思い浮かばなかった。いつもの腹痛のように見えたし、症状があそこまでいくと、もうほかの人間にできることはない。薬を与え、あとは固唾《かたず》を飲んで見守るだけだ。僕は、ドクター・ベイカーに電話してすぐに来てもらえと小声でイーディスに指示した。イーディスは騒がず、すぐに電話をかけにいった。僕の心に最後まで引っかかったのは、伯父のあの表情だ。あれほど怖がるとは、いったい何を見た——あるいは、見たと思った——のだろう。人から跳んで逃げる怯えた子供のようなあの表情は、なんだったのだろう。

少しでも伯父の気を（あの痛みから）そらしたかったのだと思う。僕は〝いつからこんな状態に？〟と訊いた。

伯父は〝三時間前〟と答えたが、眼は開けなかった。横向きになって、両脚を体に引き寄せていた。枕のせいでことばはほとんど聞き取れなかった。

〝でもどうして人を呼ばなかったんです？　あるいは部屋の外に出るとか……〟。

〝そうしようとも思わなかった〟。伯父は枕に言った。〝いずれ来ることはわかっていた。待っているよりいま受け入れたほうがいいと思った。だが、耐えられなかったのだ〟。そこで気力を取り戻したらしく、穴の底から見上げるような眼つきではあったが、こちらを見た。まだ少し怯えていて、呼吸は相変わらず震えるような雑音を立てていた。伯父は〝いいか、マーク、私は死ぬ〟と言った。僕のつまらないことばに耳を貸そうとせず、〝話すんじゃない、聞きなさい、マーク。死んだら木の棺に納めてくれ。わかったな、木の棺だぞ。かならずそうすると誓ってくれ〟。

そう言って譲らなかった。ルーシーが錠剤とグラスの水を持ってきても、ひたすら僕だけを見て訴えつづけた。マントに取りすがり、木の棺だぞと、何度も、何度も。それまでかなり吐いていたので、錠剤を飲むのに苦労したが、なんとか助けて飲ませた。そのあと伯父は、寒い、キルトが欲しいといったことをつぶやいて、眼を閉じた。ベッドの足元にキルトの上がけがたたんであった。ルーシーが無言でそれを取り上げ、伯父を包んでやった。

僕は立ち上がって、ほかにかけるものはないかと探した。部屋には大きな戸棚があり、伯父の上等の服のほとんどがそこに入っている。たぶん最上段に毛布があるだろうと思った。扉は少し開いていた。毛布はなかったが、ほかのものがあった。

戸棚のいちばん下、木型をつけた靴がきれいに一列に並ぶすぐまえに、その夜運ばれた盆があったのだ。空《から》のグラスもあり、わずかにミルクの跡が残っていた。さらに、運ばれなかったものもあった——直径四インチほどの大きな銀のカップだ。奇妙な浮き彫りがほどこされていて、僕が知るかぎり大した価値はない。僕の記憶では、一階のサイドボードの上に置かれていたはずだった。きみたちもあれに気づいたことがあったかな。とにかくそのカップの底に、ねばねばした物質の残りかすがついていた。そしてその横に、イーディスの猫、ジョアキムが倒れていた。体に触ると、死んでいた。

それでわかったのだ」

五

一、二分ほどマーク・デスパードは口を閉じ、握りしめた拳を見つめていた。
「思うんだが」考えながら言った。「疑念が頭の奥でふくらんでいくことがあるだろう。そこにあることも、何なのかもわからないまま徐々に大きくなり、突然結晶のように形を現わす、あるいは、ドアがぱっと開いたような感じ——

そう、わかったんだ。僕は同じものをルーシーも見たか確かめようと振り返った。明らかに彼女は見ていなかった。ベッドの足元に立ち、手すりをつかんで、僕にほとんど背中を向けていた。いつもは快活なのに、このときばかりはどうすればいいかわからないようだった。部屋の明かりは、ベッドの頭のほうにある薄暗いものだけで、それがルーシーの衣装を照らし出していた——青い模様とダイヤモンド飾りがついた赤っぽいシルク、そして裾の広がったスカートを。

そこに立っていると、マイルズ伯父のそれまでの症状が逐一思い出された。ものを食べるのに苦労していたこと、鼻や眼のカタル——こちらを見たときの赤ら顔と、息切れしているような様子――そして、しわがれた声。発疹と肌の硬化、それに、両脚がもう体を支えられないのではないかと思うほどぐらぐらするあの歩き方。砒素中毒だ。伯父がベッドカバーの下で荒々しく息をしていた。廊下からは、イーディスが電話オペレーターと低い声で激しくやり合う声が聞こえた。

僕は何も言わなかった。が、戸棚の扉を閉め、錠に鍵が差しこまれていたので、かけて鍵をポケットに入れた。そして廊下に出て、イーディスが電話をかけている階段の踊り場までおりていった。とにかく医者に来てもらわなければならなかった、それだけだ。看護師は翌朝まで帰ってこない。砒素中毒の治療法をなんとか思い出そうとしたが、思い出せなかった。イーディスはちょうど受話器を置いたところだった。両手は震えていたようだが、まだ落ち着いていた。ドクター・ベイカーは家にいなかった。近所にほかの医者はいない。だが僕は、一マイルほど先の居住用ホテルに医者がいるのを知っていた。名前は忘れていたが。さっそくホテルに電話をかけはじめると、イーディスはマイルズの部屋に急いで戻っていった――つねに病人の世話ができると思っているのだ、どんな世話かは本人にもわからないが――しかし、ホテルに電話がつながるまえに、ルーシーが廊下に出てきた。

〝上がってきて〟ルーシーが言った。〝亡くなったと思う〟と。

伯父は亡くなっていた。痙攣《けいれん》はなく、ただ心臓が止まって、苦痛を感じることはなくなった。はっきり死亡を確かめようと体を上向きにしかけたとき、枕の下に手が入って、そこに紐があるのに気づいた。その紐のことはもう聞いただろう。包装に使うふつうの紐で、長さは一フットほど、九つの結び目が等間隔につけられている。どういうことに使う紐なのかわからなかった。いまもわからない」

「先を続けて！」マークがことばを切ると、パーティントンが鋭い声でうながした。「それから？」

「それから？　何もないさ。家じゅうの人間を起こしたりはしなかった。起こす必要もなかった、夜明けまでほんの数時間だったから。ルーシーとイーディスはベッドに入ったが、眠れなかった。僕は眠らないと宣言した。弔意を表するためと言い繕ったが、じつは例のカップをこっそり部屋から持ち出したかったのだ。それに、オグデンもまだ戻っていなかった。あいつが妙な時間に酔っ払って戻ってきてもいけないから、僕が番をしていると言った……わかるだろう。

ルーシーは僕たちの部屋に引きこもった。イーディスは少し泣いた。みな動転して、何もできなかった自分をひたすら責めていたが、僕にはそれが死因ではないことがわかっていた。ふたりがいなくなってから、マイルズの部屋に戻り、顔に布をかけた。銀のカップとグラスを戸棚から取り出し、いっしょにハンカチに包んだ。指紋のことは訊かないでくれ！　どう処置すべきか決めるまで、ただもう本能的に……僕の場合にはいつもそうだ…

……証拠を隠しておきたかったんだ」

「誰かに知らせようとは思わなかった？」パーティントンが訊いた。

「もしマイルズを救えるほど早く医者が来ていたら――そう、当然ながら、こう伝えていただろう、〝胃腸炎じゃない、毒を盛られたんです〟。けれども医者はつかまらなかった。だから――知らせなかった」マークは熱にうかされたように話していた。両手で椅子の肘かけを固く握りしめている。「そこは理解してくれ、パート。僕はほとんど――」

「落ち着いて」パーティントンが鋭くさえぎって言った。「話を続けたまえ」

「カップとグラスを階下《した》に持っていき、書斎の机の抽斗《ひきだし》に入れて、鍵をかけた。わかるだろう、この時点で証拠らしいものはなくなった。猫をどうにかしなければならなかったので、騎士のマントに包んで、屋敷の裏にいるヘンダーソン夫妻を起こさないように勝手口から外に出した。ドライブウェイを渡った芝生の先に、作りたての花壇があった。勝手口の手前の小さな物置に、ヘンダーソンがよくスコップを入れているのを知っていたから、それで花壇を深く掘って、猫を埋めた。イーディスはまだ猫がどうなったのか知らない。みんな、どこかへふらっと行ってしまったのだろうと思ってる。その仕事を終えたころ、オグデンの車のライトが戻ってきた。一瞬、見られたかと思ったが、なんとか先に家に入った。

とりあえず、これがすべてだ。翌日、ヘンダーソン夫人の話を聞いたあとで、グラスとカップを町の分析化学者のところへ持っていった。完全に信頼できる男だ。そこで内密に調べてもらった。さほど時間はかからなかった。グラスのほうは無害。カップに残っていたのは、ミルクとポートワイン、それに卵が混ざったもの。その残りかすに、二グレイン（約百三十ミリグラム）の亜砒素が含まれていた」

「二グレイン？」パーティントンがさっと顔を向けて、くり返した。

「ああ。かなりの量だろう？　本で調べたら——」

「残りかすにそれだけあったとしたら」医師は暗い声で言った。「そうとう多い。二グレインで人が死亡したという記録があって、それは記録上もっとも少ないが、カップの残りかすにそれだけなら、一杯分には大変な量が入っていたにちがいない」

「ふつう致死量はどのくらいだ？」

パーティントンは首を振った。「〝ふつうの〟致死量なんてものはない。いま言ったように、二グレインで死んだという記録がある。一方、被害者が二百グレイン飲んで、それでも回復した例もある。これが量としては最大だ。あいだにかなりの幅がある。たとえば、マドレイン・スミスというグラスゴー生まれの美女の名を聞いたことがあるかな。一八五七年にフランス人の愛人を毒殺したと告発された。そう、その愛人ランジェリエの胃からは八十八グレインの砒素が検出された。しかし、公判で彼女の弁護士は、自殺だったと主張した。それほど砒素を飲んで、途中で気づかない人間などいないとね。それが明らかに功を奏して、スコットランドの評決は〝立証されず〟だった。つまり、〝有罪ではないが、二度とやらないように〟にほぼ等しい。それでも、その六年後、ヒューイットなる女性が母親殺しの容疑でチェスターの裁判にかけられた。母親はなんの疑いもなしに亡くなっていた。死因は胃腸炎という診断だった。ところが遺体を掘り出してみると、胃だけでも百五十四グレインの砒素が検出されたのだ」

パーティントンの舌がなめらかになっていた。愉しんでいる様子すらうかがえた。ひげ剃りあとの残る顔に厳粛な表情は浮かべていたが。

「さらにもうひとつ」空《から》になったグラスを弄《もてあそ》びながら続けた。「一八六〇年代初期、ヴェルサイユのマリー・ドブレーの事件がある。まったくひどい話だ。彼女の場合、何人も殺したのに、ほとんど動機が見当たらず……ただ人が死ぬのを見て喜んでいたようで……犠牲者のひとりはわずか十グレインの砒素、もうひとりは百グレインも飲まされた。彼女はマドレイン・スミスほど運に恵まれず、ギロチンにかけられた」

このときには、スティーヴンズは立ち上がって机の端に腰かけていた。なるほどと気楽にうなずこうとしながらも、眼は廊下につうじる白塗りのドアに向けられていた。いつもとどこかがちがうと思ったのだ。廊下は室内より明るい。だからふだんは、ドアの大きめの鍵穴から明かりが漏れている。しかしいま、光は見えない。まちがいなく誰かが外で聞き耳を立てている。

「だが」パーティントンは言った。「それは肝心なことではない。検死解剖をしてみるよ。重要なのは、いつ毒が飲まれたかだ。いまの話を時系列で考えてみると、効き目が非常に速い。大量の毒を飲んだとしよう。ふつう激しい症状が出るのは、飲んだあと数分から一時間後だ。毒が固体だったか液体だったかでちがう。そして、六時間から二十四時間後に死亡する。それより長くかかることもある。数日持ちこたえることもあるくらいだ。伯父上がいかに早く亡くなったかわかるだろう。きみたちはここを九時半に出た。そのとき彼は少なくとも苦しんではいなかった。ところが二時半に戻ってきてみると瀕死の状態で、その後さほど経たないうちに亡くなった。ということかな?」

「そうだ」

パーティントンは考えこんだ。「ふむ。もちろん、ありえない話ではない。ありそうなことだと言ってもいい。伯父上はすでに臓器の病気にかかっていた。加えて、すでに少しずつ毒を与えられていた(きみの言うことが正しければ)。だから大量の毒で一気にやられたのかもしれん。最後の毒をいつ飲んだかがわかれば——」

「それは正確にわかる」マークが即座に応じた。「十一時十五分だよ」

「そうか」スティーヴンズが言った。「それがヘンダーソン夫人の謎めいた話だな? それが知りたいのに、なかなか聞かせてくれない。いったいどんな話なんだ。なぜ話したくない?」

場にふさわしくないほど興奮や苛立ちを表わしてしまったかと思ったが、マークは気づかなかった。決意を固めた人間の雰囲気を漂わせていた。

「いまは話さない」

「話さない？」

「僕の頭がおかしいか、ヘンダーソン夫人がおかしくなったと思われるからだ」自分の心のなかを探っているかのようにマークは答え、手を上げた。「だめだ、待ってくれ。このことはもう百回も考えた。考えると眠れなくなる。だが、初めて他人に話すとなると、一つひとつの事実を丁寧に並べて見直してみると……ああ、話の残りの部分はどうしたって信じられない。うまくきみたちを騙して、霊廟を開けようとしていると思われても仕方ない。マイルズ伯父の死を解明しなければならないのに。どうか数時間の猶予をもらえないか。それだけでいい。話の前半が解決するまで」

パーティントンが動いた。「きみは変わったな、マーク。まったく！　何を考えているのやら。なあ、この話のどこが信じられないのだ。すでに聞いた部分だって、突拍子もないことではない。まあ邪悪と言えなくもないし、悪魔的かもしれないが、異常とは思えない。単純な殺人だ。残りがどれほど信じられないって？」

「はるか昔に死んだ女性が」マークが静かな声で言った。「まだ生きているかもしれないのだ」

「なんて馬鹿げたことを……！」

「いや、完全に正気だ」マークは穏やかにうなずきながら言った。「なんなら脈をとってくれ。膝の反射を見てもらってもいい。当然ながら、僕自身もこのことは信じていない――ルーシーとこの件とのかかわりを信じていないのと同じように。理論はふたつあるが、どちらもありえない。頭の隅に引っかかった妄想としか言いようがなく、僕としては引きずり出して笑い飛ばしたい。だが、いま話してしまうと、きみたちが何を考えだすか……お願いだから、まず霊廟を開けるのを手伝ってもらえないか？」

「いいとも」スティーヴンズが言った。

「きみはどうだ、パート？」

「三千マイル旅してきて、ここで引き下がるわけにはいかない」医師は不満げに言った。「だがいいかね、私が仕事を終えたときには、もうこんなちんぷんかんぷんな話は続けられないぞ。断じてだ！　イーディスがどれほど――」無表情な茶色の眼に怒りが閃いたが、マークが彼のグラスに三杯目をつぐと、落ち着いた。「その霊廟とやらはどうやって開ける？」

マークはまた活気づいた。「よかった！　助かる。むずかしくはないが、とにかく時間のかかる力仕事でね。男四人は必要だ。四人目はヘンダーソン。信頼できるし、この手の作業に向いている。いま家には彼しかいない。それに、ヘンダーソン夫妻が住んでいる家はちょうど霊廟に行く途中にあるから、われわれが石ひとつでも動かせば、かならず彼に気づかれてしまう。……あとの人間はみな外出させた、なんとか理由を作ってね。家の裏でこれからすることはもちろん、石を二、三個置き換えるだけでも、集まってきて耳をそばだてるにちがいないから。仕事に関しては……」

スティーヴンズはその場所を思い描いた。低く長い灰色の建物の裏側から、石を埋めこんだコンクリートの広い舗装道がまっすぐに伸びている。両側は沈床園で、その先はニレの並木。道は家から六十ヤードほど離れたところで、小さな礼拝堂にぶつかる。そこは一世紀半以上、閉ざされたままだ。礼拝堂のまえからそう遠くない場所、道を歩いていけば左手に、小さな家がある。デスパード家がかつて聖職者を〝置いていた〟ところだが、いまはそこにヘンダーソン夫妻が住んでいる。霊廟の入口（その表示はない）は、礼拝堂の扉の手前で、どこか舗装道の下にあるとスティーヴンズは聞いていた。マークがちょうどそれを説明している。

「道を七平方フィートほど掘り起こさなきゃならない。時間がないから、おおかた叩き壊すことになるだろう。鉄の楔《くさび》、それも長いやつを十本ほどコンクリートと石のあいだに入れて、できるだけ深く打ちこみ、片側に掘り起こす。それで継ぎ目はほとんどはずれて持ち上がるはずだ。そのあと大槌で全体を砕けば、ばらばらに取り除ける。その下には砂利と土がある。深さ六インチほどだ。そしてその下に、霊廟の入口をふさぐ石の蓋があるのだ。その蓋は縦六フィート、横四フィートで、言っておくが、千五百から千八百ポンド（七百から八百キロほど）はある。そこに梃子《てこ》を入れて持ち上げるのがいちばん骨の折れる作業になるだろう。それから階段をおりる。大変な仕事に思えるのはわかってる……」

「たしかに大変だ」パーティントンが言い、両膝をパンと叩いた。「さあ、取りかかろうじゃないか。ところで、このことは誰にも知られたくないんだろう？　そんなに派手に壊して、あとで誰にも気づかれないように、もとどおりに戻せると思うかね？」

「誰にも、というのは無理だろうね。ヘンダーソンとか僕のように、見る眼がある者ならわかるだろう。だが、ほかの連中は気づかないんじゃないかな。このまえ、マイルズの葬儀で最後に開けられたときに、石の端には傷がついてる。それに、ああいう造りの道はどれも同じように見える」マークはまた落ち着きを失っていた。話し合いは終わりだというように立ち上がると、時計を取り出した。「じゃあこれで。いま九時半だ。できるだけ早く始めよう。邪魔する人間はいない。さっさと片づけてしまおう。テッド、何か食べるものを見繕って、あとから急いで来てくれるか。古い服を着たほうが――」そこで口を閉じた。不安が募って突如気づいたのだ。「しまった！　忘れてた！　マリーはどうする？

彼女にどんな言いわけをするつもりだ？　マリーには話さないでくれるだろう？」

「ああ」スティーヴンズはドアを見つめながら言った。「話さない。僕のほうでなんとかするよ」

残るふたりがその口調に驚いたのがわかった。しかし、おのおの心配事があるためか、ふたりともスティーヴンズのことばを信じることにした。部屋に煙草の煙が充満していたのと、腹が空きすぎていたせいで、スティーヴンズは立ち上がると少しめまいを覚えた。それで四月十二日水曜の夜にあった別のことを思い出した。あの夜はマリーと別荘に来ていて、ずいぶん早くベッドに入った。十時半だったか。いわく言いがたい眠気を感じ、机の上の原稿に頭を打ちつけそうになったのだ。ニューヨークを離れて、美味しい空気を吸ったせいよ、とマリーに言われた。

　スティーヴンズは、マークとパーティントンについて廊下に出た。マリーの姿はなかった。早足で歩いていくマークは、家から急いで出ようとしていた。パーティントンは玄関ドアのまえでためらい、礼儀正しく帽子を胸に当てて振り返った。奥さんによろしくといったことをもごもごとつぶやくと、マークを追って煉瓦道をカツカツと去っていった。スティーヴンズは開いたドアのまえに立ち、夜気を吸いながら、マークの車のライトが遠ざかっていくのを見つめた。エンジンの轟きと、木々が囁《ささや》き合う噂話が聞こえた。さて——振り返り、慎重にドアを閉め、茶色の磁器の傘立てを見た。マリーは台所にいた。立ち働きながら、なかばハミングで、なかば声に出して歌っているのが聞こえる。「雨が降る《イル・プル》よ、雨が降る《イル・プル》よ、羊飼いの娘さん《ベルジエール》——」。彼女がとても好きな中国の羊飼いの娘の歌だ。スティーヴンズはダイニングルームを通って、台所につながるスイングドアを押した。

エレンは明らかにもういない。マリーはエプロンをつけて流し台のまえに立ち、コールド・チキン・サンドイッチを作っていた。マヨネーズを塗り、レタス、トマト、チキンを並べて、切っては皿の上にきれいに積み重ねる。スティーヴンズを見ると、パン用のナイフを持った手で、暗い金色の髪をひと房、耳のうしろにまわした。厚いまぶたの灰色の眼が彼を真剣に見つめたが、笑みに変わりそうな表情も含まれていた。スティーヴンズの頭に浮かんだのは、サッカレーによるゲーテの小説のもじりだった――

シャルロッテは奥ゆかしい乙女のごとく
バターを塗ったパンを切りつづけた

台所は白いタイル張りで、冷蔵庫が低くうなっている。すべてが現実離れしていた。

「マリー」

「わかってるわ」彼女は晴れやかに宣言した。「行かなきゃいけないんでしょう。これを食べて、ダーリン」ナイフでサンドイッチを叩いた。「お腹が減らないように」

「どうして行かなきゃならないことを知ってる？」

「聞いたのよ、もちろん。みんな嫌になるほど秘密主義だから。ほかにどうすると思ったの？」顔がほんのわずかに緊張していた。「今夜は台なしになってしまったけれど、行かなきゃならないのはわかってる。でないと、ずっと気になるでしょう。ダーリン、今夜はあなたに警告しておいてよかったわ——ぞっとすることについて。わたし、こうなるとわかってた」

「わかってた？」

「ちょっとちがうかもしれない。でも、この小さなクリスペンの町に噂が流れてるの。今朝ここに着いて、なんとなく耳に入ってきた。つまり、パークで何かおかしなことが起きてるって。何か。それが何かは誰にもわからない。どこからそんな噂が生まれたのかも。もとをたどろうとしても見つからない。誰から聞いたのか思い出そうとしても、それすらわからない。どうか気をつけて。気をつけてくれるわね？」

しかし、いつしか台所の空気は変わっていた。すべてが変わってしまっていた。廊下の磁器の傘立てすら、茶色からほかの色に塗り替えられたように見えた。流し台のエナメルの棚の上にナイフをカランと落とし、マリーはスティーヴンズに近づくと、両腕を取った。

「聞いて、テッド。わたしはあなたを愛してる。わかってるでしょう？」

わかっていた。骨身に染みて。

「僕が何を考えてるかは——」

「いいから聞いて、テッド。わたしはあなたを愛してる。それはわたしがあなたを知っているかぎり、あなたがわたしを知っているかぎり、続くの。あなたの頭にいま何が入りこんでいるのかは知らない。いつかあなたに、ギブールというところにある家とか、アドリエンヌおばの話をするかもしれない。そうすればあなたにもわかるでしょう。でもいまあなたが考えてるのは、そんなことじゃないわ。見下したようににやにやしないで。わたしはあなたより歳上よ。ずっと、ずっと歳上なの。いまこの顔がしわだらけになって黒ずんだとしたら――」

「やめるんだ！　きみはヒステリーを起こしてる」

マリーは口を開けていた。落としたナイフをまた拾った。

「わたし、どうかしてる。ひとつ教えてあげるわ。今晩、あなたたちは墓を暴くんでしょう。わたしの予想を言えば……ただの予想だけど……何も見つからない」

「ああ、僕もそう思うよ」

「わかってない。わかるわけがない。でもお願い。お願いだから、このことに深入りしないで。わたしのためにそうしてと頼んだら聞いてくれる？　考えてみて。いま言えるのはそれだけ。わたしが言ったことを考えて。理解しようとせずに、ただわたしを信じて。さあ、このサンドイッチをいくつか食べて、ミルクを飲んで。それから階上《うえ》で着替えなさいな。古いセーターがあったでしょう。予備の寝室の戸棚に、テニス用のフランネルのズボンもある。去年、洗濯するのを忘れたの」

シャルロッテは奥ゆかしい主婦のごとく、バターを塗ったパンを切りつづけた。

Ⅱ 証拠

死者のノックが聞こえたら、ドアを開け、すぐに閉めて鍵をかけよ。
閂《かんぬき》を、つっかえ棒を、縄をすぐに！

——R・H・バラム『インゴルズビー伝奇集』

六

スティーヴンズはキングズ・アヴェニューを歩いていった。パークの門はすぐそこだ。月は出ていないが、満天の星だった。いつものように鉄格子の門——両側の門柱の上に大砲の弾のようなつまらない石の塊がのっている——は大きく開いていた。それを閉め、門をおろした。門から家まではかなり距離があり、手のこんだ庭園のなかをドライブウェイが曲がりくねって走っているので、いっそう長く感じられる。敷地の美観を保つために、ヘンダーソンにはふたりの助手が必要だった。つねに彼らがモーターつきの芝刈り機に乗っているので、生け垣の上にいつも誰かの頭が見える。あるいは、幽霊のごとく木の先から頭が生えているようにも。夏、芝生の丘の上に置いたデッキチェアに横たわって、草木を刈るチョキチョキ、チョキチョキという鋏《はさみ》の音を聞きながら、炎天下の花壇をのんびり眺めていると、眠気を誘われる。

ドライブウェイを歩きながら、スティーヴンズはそのことだけを考えつづけた。ほかのことはいっさい考えなかった。我考えず、ゆえに我あり。

低く長い邸宅は石造りで、T字型の頭にあたる短いふたつの棟が道路のほうを向いていた。たいそう古びていることを除いて、家としてとくに目立つところはない。歳月に真っ向から立ち向かうわけでも、形骸をさらして死を待つわけでもなく、土地の一部と化していた。曲線を描く瓦屋根は赤茶色にくすんでいる。細い煙突は建物に似合っているが、煙は上がっていない。窓は小さく、十七世紀後半のフランスふうの窓枠に入っている。十九世紀の誰かが、低い玄関ポーチを建て増したのだが、それが個性を主張するのも終わり、もとの建物になじんでいる。ポーチの明かりがついていた。スティーヴンズはそこに上がって、ノッカーを鳴らした。

ポーチを除いて、家のなかは暗いようだった。数分後、マークがドアを開けた。時代と聖書と家具のつや出しのにおいがする、いつもの廊下を先に歩き、家の奥の台所に入った。時代となかにある現代の調度はどれも肩身が狭く、台所は作業場にも見えた。パーティントンは、大昔のハリスツイードの上着で先刻よりずっと厚ぼったくなり、ガスレンジの横でむっつりと煙草を吸っていた。足元には黒い鞄と大きな革張りの箱。机の上には、槌、ショベル、つるはし、鉄の楔、八フィートほどの鉄梃子が二本、並んでいる。それらの道具がそろっているかどうか、ヘンダーソンが確認していた。ヘンダーソンは小柄だが、コールテンのズボンをはいた、筋骨たくましい老人だ。鼻が長く、青い眼はクルミのようなしわに包まれ、禿頭にところどころ頼りない半白の髪が残って、幻の毛のように見える。台所には、陰謀で一同を結びつけるような落ち着かない雰囲気が漂い、なかでもヘンダーソンがいちばんそわそわしていた。マークとスティーヴンズが入っていくと、びくりと跳び上がって、首のうしろを掻いた。

「大丈夫だ」マークがぴしりと言った。「別にこれは犯罪じゃない。準備はできたかな、パート？　テッド、手伝ってもらえるか。これに灯油を入れてくれ」流しの下からランタンふたつと、灯油の大きな缶を取り出した。「霊廟で使う懐中電灯はあるが、掘るときにはこのランタンだけを使う。そう、大丈夫であることを祈る。槌やら何やらで大きな音が出ることはまちがいないしね……」そこでためらった。「まさか誰かが気づいて――」

ヘンダーソンが低く重い声で、不満げに話しはじめた。まだ首のうしろを掻きながら、断固たる口調で、「マーク様、あなたまでびくびくしないでください。あたしゃこれが嫌だ。あなたのお父様だって嫌でしょう。でも、あなたが大丈夫とおっしゃるなら、やりますよ。なんなら槌の頭に柔らかいものをつけて、少し音が立たないようにしますか。憶えておいでですか、昔、イーディス様が病気になられたときに、そうやって庭の塀を取り替えました。ただ、道の先までは聞こえないと思います。ああ、誰にも聞こえませんて。心配なのは、奥様か、妹様か、うちのやつが戻ってこないかってことだけで。それと、オグデン様。あなたもご存知だ、オグデン様は好奇心旺盛な若いおかたで、もしこのことに興味を持ったら……」

「オグデンはニューヨークだ」マークは即座に言った。「残りのみんなは確かな人たちのもとにいて、来週まで戻ってこない。準備はいいかな？」

スティーヴンズは戸棚からブリキの漏斗を見つけ出し、ランタンふたつに灯油を満たした。一同はそれぞれ道具を抱え、勝手口から出ていった。マークとヘンダーソンがランタンを揺らしながら先を歩いた。実直素朴な踏切作業用のランタンが、死体泥棒の道具を品よく見せていたが、それでもパークには似つかわしくなかった。広い道の先はつぎはぎの舗装になっていて、まず両側に沈床園、そして背の高いニレの並木があり、突き当たりは星影に暗く浮かび上がる礼拝堂だった。ヘンダーソン夫妻が住む小さな家をすぎ、二十フィートほど進んだところで——礼拝堂正面の扉からそう離れていない——マークとヘンダーソンがランタンを地面に置いた。ヘンダーソンは靴の踵を土に打ちつけ、その土で舗装の上に攻撃すべき場所を示して、各人を配置した。

「お互いつるはしで殺し合わないように注意しましょう」ヘンダーソンは意地悪くそう言って、「お願いしたいのはそれだけです。注意してください。つるはしで穴を開けて、楔を入れる、そのあと槌で叩く。言いたいことはそれだけで——」

「わかった」パーティントンが陽気に答えた。「さあ、やろう」

いっせいにつるはしが打ちこまれ、ヘンダーソンが大きなうめき声をあげた。

二時間かかった。腕時計を見ると十一時四十五分、スティーヴンズはいつしか道の脇の濡れた草の上にへたりこみ、大きく息をついていた。冷たい風が吹いているのに、体じゅう汗まみれで、心臓はどきどきし、洗濯機の絞り器を通されたような気分だった。坐りがちな仕事のせいか？　そうにちがいない。しかし、マークは別としても、残る三人のなかではスティーヴンズがいちばん力持ちなので、石の蓋はほとんどひとりで持ち上げたようなものだった。

舗装を剝がすのは、さほどむずかしくなかった。もっとも、出る音はすさまじく、半マイル先にも聞こえるのではないかと思ったし、マークは、本当に聞こえるか家の正面まで確かめに戻ったほどだった。砂利や土を取り除くのも難題ではなかった。ただ、そのあと几帳面なヘンダーソンが土砂をきちんと積み上げるべきだと主張し、それには少し時間がかかった。最後に半トンほどもある石の蓋を持ち上げ、これがいちばんきつかった。一度パーティントンが手をすべらせ、石板が揺れて、スティーヴンズはそれが自分たちの上に落ちてくるのではないかと思った。いまそれは横向きに起こされ、開いた長櫃《ながびつ》の蓋のように、それ自体の重みで立っている。霊廟の入口も長櫃のなかのようで、石の壁に囲まれた長方形の穴から、石の階段が十フィート下まで続いていた。

「やったな」パーティントンがあえぎ、咳きこみながらも、変わらず陽気な調子で言った。「ほかに困難は？　なければ家に戻って、やるべきことのために手を洗うとしよう」

「そして一杯飲むわけだ」マークがそのうしろ姿を見ながら指摘した。「飲みたくなるのももっともだな」向き直ってランタンを取り上げ、ヘンダーソンに狼のような笑みを向けた。「先に入るかね、ヘンダーソン？」

「いいえ」相手はすぐに答えた。「おわかりでしょう。いままでなかに入ったことは一度もありません、あなたのお父様、お母様、伯父様のどなたが埋葬されたときにも。いまだって、棺を担ぎ出すのを手伝ってくれと言われなきゃ、おりたくないところで――」

「おりたくなければ、おりる必要はない」マークはランタンをさらに高く掲げて言った。「木の棺でそれほど重くないから、ふたりいれば楽に運び出せる」

「いえいえ、おりますよ。それは最後の一ドルを賭けていただいていいほどで。おります、とも」ヘンダーソンは宣言した。むきになって強調しているが、やはりわずかに怯えていた。「あなたはまるで本か何かのように毒のことを話される。毒ですと！　お父様がここにいらしたら、それこそあなたに毒を盛られますよ。こんな馬鹿げた話は生まれて一度も聞いたことがない。ええ、ええ、よおくわかっております、こうやって言い返すのが失礼であることぐらい。老いぼれのヘンダーソンですが、あなたが子供のときにはさんざんお仕置きしたものだ……」ことばを切って、唾を吐いた。そこで不平を並べる真の理由が明らかになった。静かにこう続けたのだ。「正直に言ってもらいたいんですが、いま本当に誰にも見られてませんか？　まわりに誰かいる音が聞こえませんか？　ここに来たときから、誰かに見られてる気がしてしょうがないんだが」

ヘンダーソンはすばやくうしろを振り返った。スティーヴンズは立ち上がり、強張《こわば》った手を開いたり閉じたりしながら、霊廟の入口にいるふたりに加わった。マークがランタンを左右に振った。ニレの木のあいだを風が吹き抜けるばかりで、何も見えなかった。

「行こう」マークがふいに言った。「パートもあとから来る。ランタンはここに置いていこう。なかは換気がないから酸素不足になってしまう。できるだけ空気はよくしておかないと。においがわかるかね？　懐中電灯があるから……」

「手が震えてますよ、マーク様」ヘンダーソンが言った。

「嘘だ」マークが応じた。「さあ、ついてきて」

狭い階段は湿気を帯びているが、じめじめしてはいなかった。閉じこめられた空気が肺に押し寄せて、温かみを感じるほどだった。おりきるとアーチ型の入口があり、腐った木の扉が枠からはずれかかって、奥へ開くようになっていた。なかに入ると、さらに重い空気に迎えられた。マークの懐中電灯の光が内部を動きまわった。このまえここが開けられたのは、わずか十日前だ。だからこれでもいまは少し入りやすいのだろう、とスティーヴンズは思った。湿気を含む閉ざされた空間には、まだ花の濃厚な香りが立ちこめていた。

マークの懐中電灯で、横二十五フィート縦十五フィートの矩形《くけい》の霊廟が照らし出された。すべて巨大な花崗岩で作られ、中央には八角の花崗岩の柱が立って丸天井を支えている。なかの二面はまさに地下墓地だった。入って正面の長い壁と右側の短い壁に、死者を安置する穴が段状に並んでいる。空いた棺を立てて置いてあるのは、明らかに墓でもスペースを節約しようという何者かの商魂の現われだ。それぞれの穴も棺がようやく収まるほどの大きさしかない。デスパード家の先祖が眠る天井近くの穴には、たいてい大理石の縁飾りや渦巻き模様がほどこされ、いびつな天使のひとりやふたりはいて、ラテン語の追悼文まで添えられていたりするが、下に行くほど飾り気がなくなる。ほぼ埋まっている段もあれば、空《から》に近い段もあった。一段に八つの棺を収められる。

左の壁を見ると、ここに埋葬された人の名を刻んだ縦長の大理石の板が光を受けていた。その上に頭のない大理石の天使が垂れかかる。板の両脇には大理石の大きな壺があり、ロから枯れた花がしなだれていた。床の上にも枯れた花が散らばっていた。(原注1) スティーヴンズが見ると、板に彫られた最初の名前が〝ポール・デプレ、一六五〇－一七〇六〟だった。十八世紀のなかばをすぎたところで、名前が〝デスパード〟に変わっていた。フレンチ・インディアン戦争でイギリス側についた家族が、英語ふうの名前のほうが都合がいいと判断したのかもしれない。最後に太く彫られた名前は、否が応でも現実を直視させる〝マイルズ・バニスター・デスパード、一八七三－一九二九〟だった。

マークの懐中電灯の光がそこから離れ、マイルズの棺に移った。ちょうど彼らの正面、床からわずか数フィートの最下段だった。その段では最後の棺で、左側はすべて埋まり、右側はいくつか空いている。ひときわ目立つのは、ほかの棺が埃や錆や腐食で汚れているなかで、ただひとつ新品であるだけでなく、それだけが木製だからでもあった。

三人はしばらく黙って立っていた。スティーヴンズの耳に、ヘンダーソンの呼吸が聞こえた。マークが振り返り、ヘンダーソンに懐中電灯を渡した。

「光を当てておいてくれ」マークは戻ってきた自分の声の大きなこだまにびくっとした。声自体が埃を立てたかのようだった。「さあ、テッド。片側を持ってくれ。僕が反対側を持つ。ひとりでも下におろせると思うが、慎重にやらなければ」

ふたりがまえに進むと、また後方の階段をおりてくる音が聞こえ、みなさっと振り返った。ランタンが霊廟のおり口の道で光っていた。パーティントンが、鞄と、ありふれた蓋つきのガラス容器二個ののった箱を持っておりてきた。スティーヴンズとマーク・デスパードは壁の穴に手を入れ、棺を手前に引き出し……

「ずいぶん軽い」スティーヴンズは思わずつぶやいた。

マークは無言だったが、その夜でいちばん驚いた表情を浮かべた。棺はつやのあるオーク材で、縁に渦巻き模様がほどこされ、あまり大きくない。マイルズは身長五フィート六インチ（百七十センチ弱）だった。蓋にはマイルズの名前と日付の入った銀の銘板がついていた。

ふたりはほとんど力を入れずに棺を引き出し、床に置いた。

「軽すぎるよ、これは」スティーヴンズはまたつぶやいていた。「ドライバーは必要ないな。両端に長いボルト二本と留め金がついてる。押さえていてくれ」

パーティントンがガラス容器を床に置く音がした。シートも広げて、ものを包む用意を整えている。マークとスティーヴンズはボルトをぐいと引っ張った。徐々に蓋が持ち上がり……

棺は空《から》だった。

なかに敷いてある白い繻子《しゅす》が、ヘンダーソンの懐中電灯の揺らめく光に照らされ輝いたが、棺は空だった。塵ひとつ入っていなかった。

誰も、何も言わなかった。ほかの人間の呼吸の音が聞こえるばかりだった。マークが突然、うしろに倒れるかというほどの勢いでどすんと坐りこんだ。彼とスティーヴンズは、ふたりで同じことを思いつき、慌てて棺の蓋を戻して銀の銘板を確かめた。

「そんな馬鹿――」ヘンダーソンが言いかけて、やめた。

「まさか――ちがう棺じゃないだろうな？」マークがやや乱暴に尋ねた。

「積み上げた聖書に誓ったっていいが、その棺にまちがいありません」ヘンダーソンは断言した。手があまりに震えているので、マークが懐中電灯を取り上げた。「マイルズ様がそこに入れられるのを、この眼で見ました。ほらここ、傷がついてるでしょう。階段をおりてくるときに、ぶつけたんです。それに、ほかにどれがあるんです。ほかの棺はみんな──」と言って、ずらりと並んだ鉄製の棺を指差した。

「なるほど」マークは言った。「たしかに伯父の棺だな。だが彼はどこだ？　どこへ行った？」

暗がりで互いに見つめ合った。スティーヴンズの頭に、この世ならざる考えがわいた。それは霊廟の空気のように息苦しいものだった。どうやらパーティントンだけが平静を保っていた。常識かウイスキーの力で落ち着いている。わずかにしびれを切らしているようでもあった。「しっかりしろ」とマークに鋭い声をかけ、肩に手を置いた。「ほら、みんな！　妙な考えを起こすんじゃない。死体はなくなった。だから？　それだけのことだ。そうだろう？　たんに誰かがわれわれより先にここに来て、死体を盗んでいったのだ、理由はなんであれ」

「どうやって？」ヘンダーソンがうつろな口調で不満げに訊いた。

パーティントンは彼を見た。

「どうやって、と訊いたんですが」ヘンダーソンは頑固に声を尖《とが》らした。起きたことの意味が重い心の隅々にまで水のように染みわたり、両手でうしろを探りながらあとずさりした。マークがその顔に光を当てると、老人は悪罵《あくば》して、何かをぬぐい去ろうとするかのようにコールテンの袖で顔をふいた。「どうやって誰かがここに入って、出ていったんです？　それが知りたい、ドクター・パーティントン。さっき、積み上げた聖書に誓うと言ったとおり、それはマイルズ様の棺です。あたしゃそこにマイルズ様が入れられて、ここに運ばれるのを見たんだ。もうひとつ言いましょうか、ドクター・パーティントン。誰もここに入って出られたわけがない！　見てください。あたしら四人が二時間かけて、死人も起きるほど大きな音を立てて張りきって、ようやく入口が開けられるまでになったんです。あたしと家内が二十フィート先で窓を上げて寝てるってのに、誰かがここを開けて、なかに入れたと思いますか。音なんて何ひとつ聞こえなかったし、あたしゃ寝つきが悪いんだ。それだけじゃなく、何から何までもとどおりにして、コンクリートまで自分でこねて舗装し直したと？　そう思います？　ええ、まだありますよ。上の舗装をしたのはあたしです、一週間前に。どうやったかも憶えてる。あれはあたしがやったそのまんまでした。神様のまえで誓ってもいい。そのとき以来、あの舗装に触ったり、何かいたずらをした人は誰もいません！」

パーティントンは、むっとするでもなく相手を見た。「疑っているわけではないよ、わが友人。過信は禁物と言いたいだけだ。死体泥棒がそうやって入ったのでなければ、別の方法をとったのだ」

マークが、まだわからないというふうに言った。「花崗岩の壁。花崗岩の天井。花崗岩の床」、足で踏んでみた。「ほかに入ってくる道はない。全面、石がかっちり嵌めこまれている。秘密の通路といったようなことを考えてるのか？　探してみてもいいが、絶対に見つからんぞ」

「訊いてもいいかな」パーティントンが言った。「ここで何が起きたと思うんだ。つまり、マイルズ伯父が棺から起き上がって霊廟を抜け出したと？」

「それとも、こうお考えで？」ヘンダーソンがおどおどしながらも苛立って言った。「誰かがマイルズ様の遺体を取り出して、別の棺に移し替えたと？」

「それはまずありえない」パーティントンは言った。「その場合には、あなたがさっき言った問題がやはり解決しないからだ。移し替えるために、その人物はどうやってここに入り、出ていった？」考えながら続けた。「ただ、もちろん、棺がその穴に収められてから、霊廟がまた封じられるまでのあいだに死体が盗まれたのだとしたら、話は別だが」

マークが首を振った。「それは絶対ない。葬儀はここでおこなわれたのだ。牧師が〝塵は塵に〟の祈禱を捧げ、参列者も打ちそろって。そのあとみんなで地上に上がった」

「最後に霊廟を出たのは？」

「僕だ」マークは皮肉な口調で言った。「使っていた蠟燭の灯を消して、鉄の蠟燭立てを集めなきゃならなかった。だが、ほんの一分でちゃんと片づいたし、セント・ピーターズ教会の立派な牧師が階段の途中で待ってたから、彼と僕が罪深い秘密を隠していないことは保証する」

「そういう意味じゃなかったんだ。みんなが霊廟を出たあとのことが知りたかった」

「みんなが出たあと、ヘンダーソンと助っ人たちが働いて、ここを封印した。もちろん、彼らのなかに悪党がいると考えられるかもしれないが、そこにはたまたま、まわりに大勢の人がいて作業を見ていた」

「ふむ、不可能だったのなら、受け入れるしかない」パーティントンがしかめ面で言って、一方の肩を上げた。「しかし、いまは誰かが途方もない悪ふざけをしていることは忘れよう、マーク。死体はここから盗み出され、そのあと捨てられたか、どこかに隠された。ちゃんとした理由あってのことだ。わからないかね？　今晩のわれわれの行動の機先を制したのだ。私が思うに、伯父上が毒を盛られたことはまちがいない。だがいまのところ、死体が見つからないかぎり、殺人者はまったく安泰だ。きみの医者が、マイルズは自然死だったと確認したわけだからね。それで、死体が消えた。きみは弁護士だからわかるだろう。とはいえ、私には昔ながらの〝犯罪構成事実《コーパス・デリクティ》〟の問題に思えるね。死体がない場合、伯父上が自然死でなかったことを示す証拠として何があるだろう。たしかに状況証拠は強力だ。けれども、充分強力だろうか。ミルクと卵とポートワインを混ぜた飲み物から二グレインの砒素が見つかった。そのカップが彼の部屋にあった。だからどうした？　伯父上がそれを飲むところを誰か見たのか？　本人が飲んだことを証明できるのか？　それを言えば、そもそも本人とかかわりがあるのかどうかもわからない。何かおかしいと彼自身が思ったら、そう言ったはずじゃないか。逆に、伯父上が手に取ったとはっきりわかっているのは、ミルクのグラスだ。それはあとできみが調べたところ無害だった」

「あなたこそ弁護士になるべきだ」ヘンダーソンが、ちっともうれしそうでない声音で言った。

パーティントンが振り向いた。「いまの話は、毒殺者がなぜここから死体を運び出したかについてだ。どうやったのかは、これから見つけなければならない。いまここにあるのは空っぽの棺だけで――」

「完全に空ではないよ」スティーヴンズが言った。

この間、スティーヴンズはずっと、何を見ているのか忘れてしまうほど真剣に棺を見つめていた。そして繻子の内張りの色に紛れていたものを見つけ出した。棺の片側、死者の右手が来るあたりに落ちていた。スティーヴンズは屈んでそれを拾い上げ、一同に見せた――包装用のありふれた紐の切れ端で、長さは一フットほど、そして九つの結び目が等間隔についていた。

（原注1）鋭い読者はお気づきだろうが、この霊廟のおもな特徴は、スコットランド、アバディーン近郊のデュネクトに実在する霊廟からとっている。ウィリアム・ラフヘッドが『あなたの評決は？』で、デュネクトの謎として見事に描写したものだ。

七

一時間後、彼らがよろめきながら階段をのぼって清々しい外気に触れたときには、ふたつのことがわかっていた。

一、霊廟に出入りする秘密の進入路や、それに類するものはない。

二、マイルズの死体がほかの棺に収められて霊廟に残っていることはありえない。下半分の段にある棺は、みななかを改められるほど引き出して、ひとつずつすべて確認した。全部開けてみることはできなかったが、乱れのない埃や錆、しっかりと封印された蓋などから見て、どれも安置されたとき以来、触れられていないのは明らかだった。パーティントンは途中であきらめ、ウイスキーを一杯引っかけるために家に戻っていった。しかし、熱が入ったヘンダーソンとスティーヴンズは脚立を取ってきて、高い段にあるデスパード家の古い先祖たちを確認しはじめた。マークは不安げにたたずみ、ふたりに手を貸そうとはしなかったが、そのあたりになると触れればたいがいのものが崩れてしまい、マイルズの死体が隠されていないのはなおさら明白だった。ついにマークも、ふたつの壺から花を取り出しはじめた。みんなで壺を傾けてみたが——何もなかった。そのころには、霊廟に死体がないことは全員わかっていた。ほかに置く場所などないからだ。彼らがいるのは花崗岩でできた箱のなかだった。ふたつの可能性のうち残るひとつも、最初のと同じくらい即座に退けられた。手段はまったくわからないながらも、誰かが霊廟にもぐりこんで棺から死体を出し、コウモリのように棺の列のあいだにぶら下がる——そんなフュースリかゴヤ向けの現実離れした事態が生じたとする。そのうえ、説明できない理由からその死体を別の場所に置こうとしたと仮定しても、そもそも室内に置く場所がない。

　一時少しまえ、すべてが終わって、四人は鼻と肺が耐えられる限界までそこにいたと感じた。階段をよろめき上がると、ヘンダーソンは道の向こうの林に入っていった。その方向から激しく嘔吐する声が聞こえてきた。一同はヘンダーソンの小さな石造りの家に引き上げ、狭いリビングルームに入って明かりをつけた。あとからヘンダーソンが額をふきつつ入ってきて、無言で濃いコーヒーを淹れはじめた。四人の死体盗掘者は、安っぽく飾りつけた小部屋のテーブルを囲んで坐り、それぞれコーヒーを飲みながら押し黙っていた。額入りの写真に混じってマントルピースの上に置かれた時計は、一時十分前を指していた。

「元気を出して！」パーティントンがようやく言った。その親切心も弱ってきて、眼には重い気分が反映していたが。物思いに沈んで煙草に火をつけた。「ひとつ問題がある。とびきり大きくて、難解で、興味深い問題がね。それを解決すべきだと思うな、マークがまたくよく思い悩むまえに……」

「どうして僕が思い悩んじゃいけないんだ?」マークが噛みついた。「そのことばかり話題にして。きみは本当に解決したいと思ってるのか。自分たちの眼で確かめた証拠を信じるなと言ってるようにしか思えないが」カップから顔を上げた。「きみはどう思う、テッド?」

「いま思ってることは話したくないな」スティーヴンズは正直に答えた。マリーの謎めいたことばを思い出していた——〝今晩、あなたたちは墓を暴くんでしょう。わたしの予想を言えば、何も見つからない〟。ここはできるだけ目立たず、一同のまえでは厳しい顔をして、不快な可能性に耐えるしかないとわかっていた。いちばんいいのは、パーティントンに凡庸な推理を続けさせることだろう。頭に妙な感覚があった。熱いコーヒーで喉が焼けた。スティーヴンズは椅子にゆったりもたれようとして、服の横のポケットがふくらんでいるのに気づいた。ふくらみ? それはランタンに灯油を入れるのに使った、ブリキの漏斗だった。ちょうどふたつ目のランタンを満たしたときに、つるはし二本と大槌を手渡されたので、漏斗《じょうご》は無意識にポケットに押しこんだのだった。何気なくいじっているうちに、マリーの説明のつかない奇癖を思い出した。ブリキの漏斗のようなありふれたものを正視することができないのだ。いったいなぜ? 猫やある種の花、宝石などを嫌う人がいるのは知っているが、これは……まったく意味をなさない。石炭バケツを見て尻込みしたり、ビリヤード台と同じ部屋にいるのを拒んだりするのと変わらない。

考えながら、同時に彼は言った。「何か推理がありますか、ドクター？」

「ドクターはやめてもらえるかな」パーティントンが言い、手元の煙草を見つめた。「しかし、これはまたしても、昔ながらの密室事件という感じがするね、ほかよりとりわけむずかしいだけで。殺人者がどうやってなんの痕跡も残さず、密室を出入りしたのかを説明するだけでは足りない。これはただの密室ではないからだ。密室よりひどい。花崗岩でできた霊廟で、窓すら利用できない。しかも、ドアではなく、半トン近くある石板と六インチの土砂、コンクリートの舗装で封印されていて、舗装が壊された形跡はないと断言する証人までいる」

「ええ、あたしが言いました」ヘンダーソンがまた力説した。「まさしく事実です」

「大変結構。さらに、殺人者がどうやって出入りしたのかだけでなく、死体がどうやって、出たのかも説明しなければならない。じつにすばらしい……さて、今日《こんにち》われわれは、ほぼすべてのトリックや仕掛けを知っている」と言いながらも、パーティントンは、そんなことは信じていないというように微笑んでいた。「少なくとも、実行しうるアプローチを決めていけば、可能性を絞りこむことができる。可能性は四つ。いま思いつくのはこの四つだけだ。そのうちふたつは放棄していい、もちろん、最終的には建築家に確認してもらわなければならないが。つまり、秘密の通路はないし、死体はいま霊廟のなかにない。これには同意できるかね？」

「できる」マークが言った。

「すると残るはふたつだ。まず、ミスター・ヘンダーソンが知りうる範囲でありえないと宣言したにもかかわらず、また、夫妻が例の舗装から二十フィートと離れぬ場所で寝ているにもかかわらず、誰かが夜中にどうにかして霊廟に忍びこみ、わからないように全部もとどおりにした」

ヘンダーソンはこれをまったく相手にせず、答えすら返さなかった。背もたれが高い籐の揺り椅子に身を沈め、腕を固く組んでいた。落ち着き払って勢いよく揺らすので、椅子は軋みながらだんだん後退していた。

「まあ、これは私自身、あまり信じていない」パーティントンは認めた。「すると、われわれに残された最後の、そして唯一の可能性は、死体は最初から霊廟にはなかったというものだ」

「ああ」マークがテーブルをとんとん叩きながら言った。「だが、僕はそれも信じられないな」

「あたしもです」ヘンダーソンが言った。「パーティントン様、あなたが何かおっしゃるたびに口を出して、あれこれ大声で文句を言うのは気が進みませんが、それはいままで思いつかれたなかで最悪の考えです。そう言うのはあたしだけじゃないと思います。もしマイルズ様があの場所に運ばれなかったとおっしゃるのなら、葬儀屋とふたりの助手を責めなきゃなりません。正直なところ、パーティントン様、ありえないと思いませんか？　実際にあったことをお話しします。葬儀屋が仕事をしているあいだ、あたしはマイルズ様の遺体のそばを片時も離れないようにとイーディス様に言われました。何か頼みたいことがあるかもしれないからと。だから言われたとおりにしました。

ご承知のとおり、このごろ葬儀屋は、遺体を棺に入れて客間に置き、参列者に順に見せるということをしません――昔はそうしてたものですが。いまは化粧をほどこした遺体を埋葬の直前までベッドに横たえています。埋葬の時間が来ると、遺体を棺に収め、封をして、担ぎ手が地下に運ぶわけです。マイルズ様のときもそうでした。さて、葬儀屋がマイルズ様を棺に納めるとき、あたしは同じ部屋にいて見ておりました……それまでもほとんど遺体から離れませんでした、そういうご指示でしたから。通夜でも、家内とひと晩じゅう遺体のそばにいました……それで、葬儀屋が遺体を納めて棺の蓋のネジを締めると、すぐに担ぎ手が現われて仕事を引き継ぎました。彼らが棺を二階からおろし、あたしもそのあとをついていきました」ヘンダーソンはできるだけ胸を張って、力強く言った。「担ぎ手は判事や弁護士や医師といったかたがたです。まさかあの人たちがおかしなことをするとお考えじゃありませんよね？

さて、担ぎ手が棺をおろし、屋敷の裏から出て、あの道を通り、ここまで運んできて、あそこに入れました」と指差した。「あたしらはあそこにはおりずに、入口のあたりに立って牧師様のお祈りを聞きました。そのあと皆さんが上がってきて、終わりです。すぐにバリーとマッケルシー――下働きの連中です――それに若いトム・ロビンソンも加わって封印に取りかかりました。あたしもここに一度戻ってきて着替えたあと、現場で指示をしました。それでああなったわけです」

ヘンダーソンの揺り椅子が、鉢植えをのせた古いラジオのほうへ移動しながら、最後に強調するように軋み、その後はゆっくり揺れはじめた。

「しかしだな」パーティントンが叫んだ。「どちらかであるはずなのだ！ まさか幽霊など信じないだろう？」

椅子の軋みの間が空いて、静かになった。「なんと言われても仕方がない」ヘンダーソンがゆっくりと宣言した。「あたしゃ信じます」

「ナンセンスだ！」

ヘンダーソンは腕を組んだまま、テーブルに向かって顔をしかめた。「いいえ、幽霊がいるかいないかは、どっちだっていいんです。怖いかということなら、いまそれがこの部屋に入ってきたって怖くはありません。迷信は信じないんで。迷信を信じるってのが、幽霊が怖いってことだ」考えながら言った。「四十年だかまえ、バリンジャーって年寄りに言われたことをいつも思い出しますよ。あたしの故郷のペンシルヴェニアの人ですがね。

少なくとも九十にはなってたはずだ。いつも上品な山高帽をかぶってた。そんな人なのに、使用人みたいに毎日、庭の草むしりをやったり、家のまわりの掃除をしてた。一度なんか家の屋根にのぼってたもんだから、みんなびっくりしましてね。高さは六十フィート以上あって、傾斜もしてるのに。シャツ一枚に山高帽という恰好で、屋根瓦を修理してたんです。九十歳の爺さんがですよ。で、その家の隣に古い墓地がありまして。もう使われてなくて、誰も気にしてないような墓地でした。バリンジャーさんは、地下室の床の一部を石敷きにしようってときに、フェンスを越えて、その墓から古い墓石を失敬したんです。いや本当に。

いまも憶えてますが、彼の裏庭のあたりを通りかかったときに、ちょうど墓石を掘り起こしてたんで、訊いたんです。〝バリンジャーさん、墓石を取ったりして、罰《ばち》が当たるんじゃないかと怖くなりませんか〟。そしたら彼は鋤《すき》にもたれかかって、嚙み煙草の唾を一パイントほどもうしろに飛ばして、〝ジョー、わしは死んだ人間なんぞちっとも怖くない。おまえも怖がっちゃいけない。注意しなきゃいかんのは、生きたろくでなしどもだ〟。そう、そんなふうに言ったんです。いまでも忘れない。〝注意しなきゃいかんのは、生きたろくでなしどもだ〟ってね。そう、死んだ人間に人は傷つけられない。少なくともあたしはね。そう思います。幽霊がいるかいないかってことについては、このまえの夜、ラジオでシェイクスピアの言ってたことが――」

マークはヘンダーソンを黙らせなかった。むしろ興味深げに眺めていた。ヘンダーソンはうつろだが奥深い表情を浮かべて、テーブルの端を見すえ、ゆっくりと大風《おおふう》な態度で椅子を揺らしている。死者と生者のどちらを危険と考えているにしろ、かなり怯えているのは明らかだった。

「ひとつ訊きたいのだが」マークがすかさず言った。「ヘンダーソン夫人は、僕にしたのと同じ話をおまえにもしたのかな？」

「マイルズ様が亡くなった夜、部屋にいた女のことですか？」ヘンダーソンがテーブルから眼を離さずに訊いた。

「そうだ」

ヘンダーソンは思い出しているようだったが、「ええ、しました」と認めた。

「さっきは、きみたちふたりにその話はしたくないと言った」マークがスティーヴンズとパーティントンのほうを向いて言った。「信じてもらえないだろうからと。だが、いまから話そう。僕自身、何を信じていいのかわからなくなったからだ。

最初のところで重要なのは（すでに話したと思うが）、ヘンダーソン夫人が一週間、町を離れていて、あの夜帰ってきたときには、僕たちはすでに仮面舞踏会に出かけていたということだ。つまり、夫人はルーシーやイーディスが着ていた衣装のことをまったく知らなかった……いや待て！」ヘンダーソンを見た。「おまえが話していれば別だけど。彼女が戻ってきたときに話したかな？」

「あたしが？　いいえ」ヘンダーソンは不満げに答えた。「あたし自身も、おふたりが何を着てたか知らなかったんですから。きれいな衣装を作ってたのは知ってましたよ。でも、きれいな衣装は、ただきれいというだけで、あたしにとってはどれも同じです。ええ。あたしゃ何も言ってません」

　マークはうなずいた。

「夫人が僕にした話はこうだ。あの夜、水曜の夜だな、彼女は九時三十五分ごろに駅から戻ってきた。まず家のなかがすべてきちんとしてるかどうか、見てまわった。すべて問題なかった。そこでマイルズの部屋のドアをノックした。伯父はドアを開けなかったが、ノックには応えた。イーディスと同じように、夫人も不安になった。屋敷の裏に引き上げてしまうと――いま僕たちがいるところだ――伯父が窓を開けて叫ばないかぎり、誰にも声が聞こえなくなる。イーディスも考えたように、夫人も廊下に坐っているか、少なくとも階下にいたいと思った。が、マイルズは聞き入れなかった。〝私をなんだと思っているのだ、何もできない病人だとでも？　健康にまったく問題はないとみんなに言っとるだろうが。自分の家に戻るがいい〟。これに夫人は驚いた。ふだんの伯父は滑稽なほど堅苦しく丁寧だったからだ。夫人は言った。〝いずれにせよ、十一時には戻ってきて、お加減を見させていただきます〟。

そして言ったとおり十一時に戻ってきて、そこから話が始まる。

放送開始から一年ほど、夫人が毎週水曜の夜十一時に欠かさず聞いているラジオ番組がある。たしかタイトルは——」面白がるというより、皮肉とめいっぱいの嫌悪をこめて、「《素敵な音楽をお届けするインジェルフォードの憩いの時間》、といっても、実際には三十分番組で、憩いにはほど遠く、何か甘ったるいシロップのようなものを宣伝する——」

ヘンダーソンが心からショックを受けたという表情でまばたきした。「あれはいい音楽ですよ」温かみをたたえて言った。「本当にいい音楽だ。それにお忘れなく、心も安らぎます」ほかのふたりにも訴えた。「つまり、この家にもラジオがありまして、上等のラジオなんだが、ここ数週間は調子が悪かったもので、家内は屋敷のラジオで《インジェルフォードの憩いの時間》を聞かせてもらえませんかと尋ねたわけです」

「そうだ」マークが言った。「《インジェルフォードの憩いの時間》は強調しておいたほうがいいだろう。暗黒世界にまつわるものとか、おかしな予感は何ひとつなかったことを示すためにね。わかるかい？　地獄の力が本当にわれわれを捕らえるのだとしたら、《インジェルフォードの憩いの時間》ほど平々凡々たるものごとをかいくぐり、暖房の利いたわれわれの生活に入りこんでくるのだとしたら……その力はそうとう強く怖ろしいと考えなければならない。われわれは都会に群がって、何百万という照明の篝火《かがりび》を焚き、寂しくならないように、海の向こうから届く歌を聞くこともできる。一種の特権階級であり、夜、風に打たれて荒野を歩く必要もない。だが考えてみてくれ。テッド、きみならニューヨークのアパートメントに、そしてパート、きみだったらロンドンのフラットに――世界のあらゆる場所で、誰かが自分の家に――夜帰って、いつものドアを開けたところで、この世ならざる声が聞こえたとしたら？　傘立てのうしろを見たくない、夜、地下のボイラー室におりていきたくないと思ったとしたら？　なぜなら、何か這い上がってくるのを見てしまうかもしれないから」

「それこそまさに」パーティントンがぴしりと言った。「思い悩むということだよ」

「ああ、そうだろうね」マークは同意し、うなずきながらにやりとした。大きく息を吸って、「わかった。話に戻ろう。ヘンダーソン夫人は十一時のラジオ番組に間に合うように、急いで屋敷に戻る。説明しておくと、ラジオは二階のサンルームに置かれている。あとで大事なところは見せてまわるから、くわしくは話さないが、そのサンルームの端にフレンチドアがあって、マイルズの部屋につながっているとだけ言っておこう。伯父には、そこを自分専用のサンルームとして使えばいいのにといつも勧めていたのだが――われわれはあまり使わなかったのでね――なぜか本人はあまりそこが好きではなくて、ガラスのドアのまえに分厚いカーテンをおろしているのが常だった。ごくふつうのサンルームだ、籐製の家具や、明るい色の上がけや、植物なんかがあって、屋敷の残りの部分よりはるかに現代ふうではあるけれど。

さて、夫人は二階に上がった。番組が始まってしまわないかと心配だったので、マイルズの部屋の外をうろついたりせず、一度ノックして〝お変わりありませんか〟と訊き、〝ああ、まったく大丈夫だ〟という返事があると、すぐに廊下を曲がってサンルームに入った。これは言っておかねばならないが、サンルームのラジオを使っても、マイルズは気にしなかった。これも彼だけにしかわからない理由で、サンルームからラジオが聞こえてくるのはいいものだとしょっちゅう言っていた。だから夫人は気兼ねしなかった。ラジオの横のフロアランプをつけ――マイルズのガラスドアからいちばん離れたところにある――そこに坐った。ところが、ラジオが温まる数秒のうちに、ガラスドアの向こうから女の話し声が聞こえたのだ。

夫人はびっくり仰天した。ふだんのマイルズは、可能なかぎり人を自分の部屋に入れようとしなかったからだ。それに、屋敷に誰もいないことはわかっていた……いや、いるはずがない、と言うべきか。夫人の頭にまず浮かんだのは（翌朝、僕にそう話してくれた）、メイドのマーガレットにちがいないという考えだった。老いてなお盛んというマイルズの評判は、夫人の耳にも届いていたから。マーガレットはきれいな娘だ。マイルズが彼女をこっそり盗み見ていると思うことが、夫人には何度もあったし、マーガレットは、ときどきほかのみんながいないときに入室を許されてもいた（ほかのみんなといっても、看護師のミス・コーベットは別だよ。まあ、彼女はいわゆる美人でもないし、いちゃつくタイプでもないが)。そこで夫人は鳴りはじめたラジオをじっと見つめ、怪しい状況を頭のなかでそそくさとまとめた——あの夜、マイルズがひとりになりたがっていたこと、誰かがドアをノックしたときの不機嫌な態度などをね。そして——嫌な予感を覚えた」

マークはためらい、ヘンダーソンの様子をうかがってから最後の文を口にした。ヘンダーソンはそわそわしていた。

「そこで夫人はできるだけ静かに立ち上がり、ガラスドアに近づいていった。まだ人の声が続いているような音がかすかにしたが、もうラジオが鳴っているので、内容はまったく聞き取れない。ふと、隣をのぞける場所があるのに気づいた。ドアのすぐ向こうに分厚い茶色のビロードのカーテンがあったが、引かれたときに少し曲がったのだろう。ドアのいちばん左寄りの高めの位置に、カーテンがふくらんで小さな隙間ができていた。ドアの右下のほうにも、もうひとつ。無理をすれば、どちらからも片眼で向こうをのぞくことができる。まず左からのぞいてみた。それから移動して今度は右から。サンルームには、向かいの壁際にあるフロアランプ以外に明かりはなかったから、マイルズの部屋から気づかれる心配はあまりなかった……さて、夫人はなかをのぞいて、胸をなでおろした。良心が咎めるようなことや、ぞっとする性的なやりとりはないと確信した。鍵穴からのぞく典型的なドラマ、主婦を震え上がらせる一幕を覚悟していたのだ。多少がっかりしたかもしれないが、どうも異様な展開だった……

左の隙間からは、部屋の真向かいの壁の高いところしか見えなかった。屋敷の裏にあたるその壁には窓がふたつついている。その窓のあいだに、背もたれのとても高い、王政復古時代の珍しい椅子が置かれ、クルミ材の板張りの壁にはマイルズ伯父の好きなグルーズの肖像画がかかっていた。椅子とその絵はよく見えたが、人の姿はなかった。そこで夫人は右の隙間からのぞいてみたのだ。

今度はマイルズと、もうひとり別の人物が見えた。部屋の明かりは、右側にはベッドが頭のほうを壁につけ、夫人から見て横向きに置かれている。部屋の明かりは、ベッドの頭上に下がった笠つきのランプの、やはり薄暗い光だけだった。マイルズはドレッシングガウンを着てそのベッドで身を起こし、膝の上に本を開いて伏せていた。眼はまっすぐガラスドアのほうを向いているが、ヘンダーソン夫人を見てはいなかった。

マイルズのまえに、ガラスドアに背を向ける恰好で小柄な女性が立っていた。部屋の暗い明かりで、その影が浮かび上がっていた。女性は動かなかった。雲のような感じだった。しかし、まったく動かないのは少し奇妙だった。それでも夫人は女性の衣装の細かいところまで見ることができた。それを簡単に〝画廊のあの絵とそっくり……おわかりでしょう〟と表現した。どの絵かという説明を聞くと、ブランヴィリエ侯爵夫人の絵だとわかったが、ヘンダーソン夫人は名指ししなかった。ちょうどおまえが」――ヘンダーソンのほうを見て――「決して〝霊廟〟と言わず、〝あそこ〟と言うようにね。

最初よくわからなかったのは、なぜ夫人がどこかおかしいと思ったのかということだった。何もおかしくないと思うほうがふつうだろう。あの夜、ルーシーとイーディスが仮面舞踏会に出かけたことは夫人にもわかっていた。着ていた衣装までは知らなかったにしろ、立っていた女性はふたりのうちどちらかだと考えて当然だ。夫人もいまは、そうだったのだろうと認めている。そうだったにちがいないと。僕がここで強調したいのは、夫人が受けた印象だ。完全に異常だとは思わなかったが、一瞬、〝どこか、とてもおかしい気がした〟という。その印象がどこから来たのか問い質《ただ》すと、夫人は、いくらかマイルズの表情によるものだったのかもしれないと答えた。暗い光のなかでもはっきり見て取れたその表情は、恐怖だった」

間ができた。開いた窓から、鬱蒼と茂る木々の葉ずれの音が聞こえた。

「しかし、きみ!」スティーヴンズができるだけ抑えた声で言った。「女性はどうなんだ。ほかに何かわからないのか。ヘンダーソン夫人は別のことに気づかなかった？　たとえば――髪はブロンドか、ブルネットかといった」

「そこだよ、問題は。夫人はそれすらわからない」マークは抑揚のない声で言った。「体のまえで両手を組み合わせている。「ガーゼでできたようなものを頭にのせていたらしいが……顔を隠すためではなく、髪を覆うためにうしろに垂らして……あまり大きなものではない。丈がやや短い、硬い感じのドレスの背中まで垂れていた。それがまた（言っておくが、僕は夫人のあいまいな印象をそのまま伝えているだけだ）〝とてもおかしい〟感じだった。ひどく場ちがいな感じのする頭飾りで、スカーフをまちがってのせてしまったようだった。夫人の話しぶりから判断して、これらはすべてすぐに浮かんだ考えだった。もうひとつ、あとで彼女が思いついたことがある。その女性の首も、やはりとてもおかしかったというのだ。こちらから何度も尋ねて、数日後にようやくそんなことを仄めかした。夫人の考えでは、その女性の首は、完全に胴体とつながっていなかったかもしれないということだ」

八

スティーヴンズはすべてを鋭く意識していた——部屋の薄汚れた壁紙、かつて屋敷のほうで使われていたのだろう、上等だったことがうかがえる茶色の縫い目の革張りの家具、たくさんある家族写真、コーヒーカップ、テーブルに積まれた園芸カタログ、そしてマークの鉤鼻のすっきりした顔立ちと、薄青の眼。茶色の両眉が額のまんなかでつながっている。窓辺でレースのカーテンがわずかに揺れた。天気はよかった。

ヘンダーソンの顔が土気色になり、揺り椅子がラジオにぶつかりそうになっているのにも気づいた。

「そんな馬鹿な」ヘンダーソンがつぶやくように言った。「そんなこと、あたしには言いませんでした」

「そう、言うわけがないな」パーティントンがきついことばを返した。「マーク、きみ自身のために一発ぶん殴ってやろうか。そんな不快きわまるでたらめを言って——」

「お返しを覚悟しておけよ」マークが穏やかに言った。もうさほど神経は張りつめていないようだった。むしろ落ち着き、困惑し、少々疲れて見えた。「たしかにでたらめかもしれない、パート。じつは僕自身もそう思ってる。ただ言われたこと、示唆《しさ》されたことを伝えてるだけだ。できるだけ感情を交えず、ひとつの事例史のようにね、もしできればだが。どうしてかって、ここから抜け出す道を見つけなければならないからだ……続けていいかい？　それとも、そうしたほうがいいなら、いっそすべて忘れ去ってしまおうか」

「ああ、ああ、そのほうがいいともさ」パーティントンは言い、また坐った。「きみはひとつ正しい判断をしたな。今晩もっと早くこの話を聞いてたら、助けが得られたかどうかわからんぞ」

「だろうな。ただ少し補足しておくと、ヘンダーソン夫人も僕も、いまの話から想像されるほど完全なショックを受けたわけではない。そこはわかってほしい。事態はそうあからさまではなかったのだ。それがいまやここまで大きくなった。ルーシーがそういうドレスを着てたから、それをもとに作り話をしてるんだろう――そう言いたければ言ってくれ。もし警察がこの件を調べたら、結論はひとつしか出ないだろう。ああ、そう言ってもいい。だが、その結論も信じられないだろうがね。

すでに話したとおり、ヘンダーソン夫人は女性を見た。ごくふつうの人物で、夫人はルーシーかイーディスだろうと思った。どこかおかしいと感じはしたが、それ以上あまり考えずに、ラジオのそばの椅子に戻って、《憩いの時間》を聞いた。結局、カーテンの奥をのぞいたことは打ち明けられなかった。ガラスドアを叩いて、〝デスパードの奥様ですか〟と呼びかける勇気がわかなかった。とはいえ、ラジオを聞いても心は慰められなかったと思う。だから十五分で番組がいったん中断して、誰かが〈インジェルフォードの憩いのシロップ〉を盛んに宣伝しはじめると、ガラスドアのまえにまた戻って、右の隙間からなかをのぞいた。

ブランヴィリエ侯爵夫人のドレスを着た女性は移動していた。だがそれもベッドのほうに六インチほど近づいただけで、やはりまた動かなくなっていた。ゆっくりとまえに進んでいるのかもしれないが、夫人は彼女が動くところを見ていない。ほんの少しカーテンの右に寄ると、女性の右手が見えた。女性は銀のカップを持っていた。おそらく、あとで僕が戸棚で見つけたあのカップだ。それをじっと持っていた。夫人は、マイルズの顔から恐怖の表情が消えていると思い、ほっとした。そのときには、なんの表情も浮かんでいなかったそうだ。

よくあることだが、夫人はふと咳がしたくなった。だんだん我慢できなくなり、咳が喉を上がってくるのを感じて、もういけないとドアから離れた。サンルームのなかほどまで行って、できるだけ小さく咳をした。ところが、また隙間に戻ってみると、女性は消えていた。

マイルズはまだベッドで身を起こし、頭をヘッドボードに当てていた。左手に銀のカップを持っていたが、右腕は肘が眼の上に来るような恰好で顔を覆っていた。しかも女性はいない。

ヘンダーソン夫人は慌てた。もっと部屋のなかを見ようとしたが、隙間が小さすぎた。そこで今度は左側の隙間に飛び移って……

すでに話したふたつの窓がある向かいの壁には、ずっと昔、ドアがついていた。そこが煉瓦でふさがれ、板が張られて二百年以上になる。しかし、ドア枠の跡は壁に残っている。ちょうどふたつの窓のあいだで、かつては家の一部に続いていたのだが、そこが壊されて」――マークはまたためらった――「同時にドアも煉瓦でふさがれたわけだ。いくらか正気を保ちたいなら、いまでも秘密のドアがあるのかもしれないと言うべきだろう。どう使うのかは見当もつかないが。けれども、そんなものが見つかったことはないし、僕が知るかぎり、あそこはただの煉瓦でふさがれたドアだ。

ヘンダーソン夫人は、見まちがいや勘ちがい、ごまかしの類はいっさいなかったと主張している。かつてドアがあった壁のまんなかにグルーズの肖像画がかかっていた。窓と窓のあいだにあるものはすべて見えた。椅子の高い背もたれの上の部分も。そこにきれいにたたんでかけられたマイルズの服さえ……なのに、その壁のドアが開いて、ブランヴィリエ侯爵夫人のドレスを着た女性が出ていったというのだ。

ドアは外に向かって開いた。グルーズの肖像画もいっしょに動いた。女性はすり抜けていき、ドアが椅子の背に当たった。そのときまで、どことなく怖ろしいのは女性が動かないことだった。しかしいまや彼女は動き——というより、すべるように遠ざかり——それも同じくらい怖かった。ヘンダーソン夫人は恐怖のあまり死にそうだと思ったそうだが、気持ちはわかる。僕は夫人にドアについて訊いてみた。たとえば、ノブはついていたか。どこかにバネでも仕込まれた秘密のドアが本当にあるのだとしたら、その点は重要だ。しかし、夫人は憶えていない。女性の顔も最後まで見えなかった。そしてドアが閉まった。一瞬のちには、見慣れた頑丈な壁に戻っていた。〝またもとに戻った〟——それが夫人の精いっぱいの表現だった。

夫人はラジオのまえまで行き、初めて《インジェルフォードの憩いの時間》を最後まで聞かずに切った。坐って、懸命に考えた。ついに勇気を出してグラスドアに近づき、ノックをして言った。〝今日はもう充分ラジオを聞きました。何かご用はありませんか〟。するとマイルズはちっとも怒らず、静かな声で答えた。〝何もないよ、ありがとう。家に戻って休みなさい。疲れただろう〟。そこで夫人は思いきって訊いてみた。〝いっしょにいらしたのはどなたですか？　声が聞こえたと思いますけど〟。マイルズは笑って言った。〝夢でも見ていたのだろう。誰もいないよ。さあ、行きなさい〟。だが夫人は、マイルズの声が震えていたと思った。

それに正直なところ、もう屋敷にいるのが怖くなったので、夫人はここに駆け戻ってきた。そのあと二時半にマイルズが瀕死の状態になっていたことは、すでに話した。僕が見つけたカップのことも、すべて。ヘンダーソン夫人は翌朝、まだ怯えながら僕のところに来て、こっそり話をしてくれた。前夜にルーシーが着ていた衣装のことを知ると、どう考えるべきかわからないようだった。それに、いいかい、彼女はまだマイルズが毒を飲まされたことを知らなかったんだ。こうやって棺から死体が消えてみると、僕たちのどちらかが正気を失ったわけではないことを示す証拠がひとつ増えたようだ。言ったとおり、壁には本当に秘密のドアがあるのかもしれない。だが、外壁と内壁のあいだに秘密の通路のようなものでもないかぎり、そのドアはどこへつうじるというのだ？　結局、窓がついた屋敷の外壁しかない。そしていま、少なくとも霊廟に秘密の通路はないことがわかった。あとはきみの問題だ、パート。僕はできるだけ騒ぎ立てないように話したつもりだ。きみはどう思う？」

また間ができた。

「家内があたしにした話もそれでした」ヘンダーソンが暗い表情で椅子を揺らしながら口を開いた。「いやまったく、葬式のまえにいっしょにマイルズ様の通夜をしたときが大変でした。あれの話を聞いて、あたしまで何か見えるような気がして──」

「テッド」マークがふいに言った。「どうして今晩はそんなに黙りこくってる？　いったいどうした。剝製の馬みたいに坐ってるだけじゃないか。きみを除いて、みんなこれを解明しようと意見を述べてるのに。きみはどう思う？」

スティーヴンズは気を引き締めた。いくらか興味を示したほうがいいのはわかっている。そう、そしていくつか推理を披露する。そうと知らずに自分だけが持っている情報もあるはずなのだから。慌てて刻み煙草入れを探し、パイプを手首にこすりつけた。

「訊かれたから答えてみようか。パーティントンふうに言えば〝絞りこまれた可能性〟についてて。きみはルーシーに不利になるような発言を礼儀正しく許してくれるかな。わかってもらいたいんだが、僕はルーシーがそんなことをするとは決して思っていない、たとえば、マリーについて思わないのと同じように」そこでくすっと笑うと、マークも心の重荷がおりたようにうなずいた。

「いいとも、言ってくれ」

「ではまず、ルーシーが例の銀のカップでマイルズに砒素を飲ませ、そのあと秘密のドアか、いまのところわれわれの理解を超えた仕組みによって部屋から出ていったという見方がある。第二に、あの夜ルーシーが着る衣装を知っていた誰かが、似たような服を着てルーシーのふりをしたという見方もある。カーテンの隙間はたまたまできたのではなく、わざと作られ、ヘンダーソン夫人はいわば殺人者に誘導されて部屋をのぞいた。あとであれはルーシーだったと証言できるようにね」

「なるほど！」マークは言った。「いいぞ！」

「そして最後に、この件が本当に……誰もが嫌がるから、超自然現象ということばは使いたくないが……死なない者、人ならざる者、あちらの世界の話だという見方もある」

パーティントンがテーブルをばしんと叩いた。「きみまでもそんなことを？」

「いや、そういうわけではありません。僕はマークに近い考えです。すぐ放棄するにしても、あらゆる可能性を考えておかなければならないという。つまり、とても信じられないような結論が出るからといって、明らかな証拠を無視してはならない。ほかのあらゆる証拠と同じく、見て、触って、取り扱える明らかな証拠であるかぎりね。ルーシーがマイルズに毒入りのカップを渡すところを見た、とヘンダーソン夫人が言ったとする（イーディスでも、僕たちが知ってるほかの誰でもいいが）。あるいは、二百年以上前に死んだ女性が彼にカップを渡したと言ったとする。いずれにせよ、実際にある証拠を、信じる信じないにかかわらず、公正に扱わなければならない。そして、どちらも同じくらい信じがたい見方であることを認めたうえで、ルーシーのかかわりを正しく判断しなければならない。手元の純粋な証拠という点から言えば、今回のことが自然現象ではなくむしろ超自然現象であることを示す証拠のほうが多いのですから」

パーティントンが懐疑主義者のおどけた表情で彼を見た。「高踏な詭弁術《きべんじゅつ》かな？　テーブルに両足をのせてビールでも注文したいところだ。続けたまえ」

「第一の見方をすれば」スティーヴンズは続けながら、パイプの吸い口を噛んだ。一気に胸のつかえをおろすのはいいが、しゃべりすぎないよう厳しく自制しなければならない。しかし、ことばは奔流さながらあふれ出し、声はむしろ落ち着いた。「ルーシーが犯人ということになる。反論として、彼女には確固たるアリバイがある。ひと晩じゅうきみといっしょだったんだろう？」

「そう、ほとんどね。または、まちがいなくルーシーといたと証言できる別の人といっしょだった」マークが力強く言った。「要するに、僕に知られずにいなくなることはできなかった」

「だが、きみたちは仮面をつけていたのでは？」

「ああ。そういう趣向だったのだ。誰もが、相手は誰だろうと想像することに――」ふいに口を閉じた。薄青の眼が動かなくなった。

「仮面をはずしたのはいつだった？」

「いつもの時刻、真夜中だ」

「そして、毒は十一時十五分に与えられた、もし与えられたとしてだが」スティーヴンズはパイプの柄で空中に線を引きながら言った。「ここからセント・デイヴィッズまで、四十五分よりはるかに短い時間で行くことができる。仮面をはずす時間に間に合うな。かくして探偵小説の警官はこうつぶやく。〝夫やパーティの招待客が見ていた女性が、そもそもルーシー・デスパードでなかったとしたらどうだろう。ブランヴィリエ侯爵夫人のドレスを着たふたりの女性が、仮面をとるまえに入れ替わったのだとしたら？〟」

マークは身じろぎもせず坐っていた。「その解釈を受け入れるか、受け入れられるかと訊くつもりか。ありえない。どんな仮面をつけていようと、自分の妻を見抜けないとでも思うのか。ほかの人間だって、彼女がわからないとでも？　仮面といっても眼だけを隠すドミノマスクだ。そんなもので友人が騙せるものか。きみは本当に……」

「もちろん騙せるとは思わない」スティーヴンズは誠意をこめて即座に否定した。「友人でなくてもね。それはきみの切り札だ。一ダースもの証人を連れてくることができる。一方……いや、僕はただ、事を大きく考えて、最悪の状況を見せようとしてるだけだ。最悪の状況においても、なんでもないことを示すためにね。悪鬼や幽霊を抜きにして調べれば、そこに何もないことがわかるだろう。難問に簡単に屈してはならない。この世界にはもっと手強い難問がある。それに――」そこで新しい考えがわいて口を閉じた。もしこの推理が成り立てば万事解決、犯人を見つける必要もなくなるかもしれない。そうなるといいのだが。「それに、これまで僕が示した可能性のほかに、どうやらいままで誰も思いつかなかったものがひとつある。そもそも殺人などなかったとしたら？　自然か超自然かはともかく、その女性は無関係で、マイルズは医者が言ったとおり胃腸炎で死んだとか？」

パーティントンが顎をなでた。何か気になることがある様子で、スティーヴンズをちらりと見た。もぞもぞと体を動かし、眉をひそめ、口にするのも愚かしいことを思いついたかのように、なかば面白がっていた。

「私もそう考えたい」パーティントンは言った。「みんなそうではないかな。それがいちばん簡単だから。だが、霊廟から消えた死体はどうなる？　賭けてもいいが、あれほど確実なことを超自然現象で片づけるわけにはいかない。それに、砒素入りのカップを持った女性を（a）無害な幽霊話、（b）無害な仮装のいたずらだったと説明しても、警察は納得しないだろう」

「警察の出る幕はない」マークが断言した。「可能性の検討を続けようじゃないか、テッド。二番目の、誰かがルーシーのふりをしていたという可能性はどうだ」

「きみに答えてもらいたい。誰ならできる？」

「誰でも。ただし――」マークはテーブルをとんと叩いて強調した。「ただし、温厚で悪意のない、ごくふつうのわれわれの仲間に、そんなことをする人間がいたとしてだが。まあ、誰でもできる。だがどうしてもわからない。ルーシーにあの役割をあてるのは、イーディスにそうするのと同じくらい狂気の沙汰だ。あるいは、メイドのマーガレットや――」そこで考えながら、「殺人事件の記事を読んで、つねづね思っていたことがひとつある。とくに二十年ものあいだ、帽子を上げて挨拶し、保険料をきちんと支払っていたような、穏やかで分別のある、尊敬すべき小柄な紳士が、いきなり変化の兆しすら見せずに誰かを殺して、死体を隠すために切り刻んだりする事件を知ったときにね。何が彼にそうさいのか、家族や友人たちが彼のことをどう思っていたかは知りたいな。本人に変化はなかったのか。眼にちらっと影が差すようなことは？　本人は彼らのせいで変わったのか。帽子のかぶり方が変わったようなことはなかったか。相変わらずまがいもののウミガメスープが好きなのか。依然としてジョン何某《なにがし》で、ほかの誰かではないのか」

「きみは自分の質問にみずから答えた」パーティントンが険しい顔で言った。「仲間に殺人者がいるとはとうてい考えられないと」

「ああ、だが人間らしく考えてみたまえ。たとえばイ、イ、イーディスが殺人者だなんて思えるか？」

パーティントンは肩をすくめた。「かもしれんよ。もしそうなら、かばってやりたいが。それはむしろ――いや、イーディスはもう私の人生から去ってしまった。去って十年になる。だから私も客観的に考えられる。今回のことを科学的にとらえようとしている。きみとルーシー、あるいはイーディスと私、はたまたスティーヴンズと――」

「マリー」マークが引き継いだ。

スティーヴンズはパーティントンに見つめられて落ち着かない気分になった。たんに思いついたことを口にした男の、こだわりのない通常の視線だったけれど。

「ああ、名前は聞いたことがあると思う」医師は軽い調子で言った。「要するに、言わんとしたのは、科学的に考えれば、私たちの誰だって殺人を犯しうるということだ。単純な事実だよ」

「それは信じているのに」マークは、問題を現実から切り離そうとしているかのように、ゆっくりとつぶやいた。「超自然的存在は何ひとつ信じられないわけだ。僕にとっては、最初の可能性は難題だ。超自然のことは正直言ってわからないし、怪しいと思っている。だが、おかしなもので、われわれの誰かを殺人者と見なすことよりは信じられそうな気がする」

「ともかく、第三の可能性についてもちょっと考えてみよう」スティーヴンズが言い張った。「たとえ信じられないとしてもね。かりに不死者の何かがかかわっているとして、ほかのふたつと同じやり方で証拠を当てはめてみると……」

「なんだって？」マークが尋ねた。「いま〝不死者〟と言ったのか？」

スティーヴンズはマークを見つめた。相手の眼は明らかに好奇心で輝いていた。口をすべらせたとは思わなかったが、ふだんなら選ばないであろうことばが自然に出てきたのだ。思いは過去にさかのぼった――クロスの原稿に。スティーヴンズが読んでいた、例の写真が添えられた話のタイトルは〝不死者たる情婦にまつわる事件〟だった。それがつい頭に浮かんだのだろうか。

「というのも」マークが言った。「僕が知るなかでそのことばを使ったのは、きみのほかにひとりしかいないからだ。奇妙だな。たいがいの人は幽霊とか、それに類することばを使う。吸血鬼という別の集団もいて、神話や伝承では悪霊とも呼ばれる。しかし〝不死者〟とは！　じつに奇妙だな。ほかにこのことばを使った人はひとりしか知らない」

「誰だい？」

「マイルズ伯父だよ、不思議なことに。たまたま数年前、ウェルデンと話していたときに出てきたのだ。ウェルデンは知ってるね、大学にいる。そう、あの彼だ。僕たちはある土曜の朝、いっしょに庭に坐っていた。話題は庭からガレオン船、幽霊へと移っていった、想像がつくだろうが。僕の記憶では、ウェルデンは夜中に跋扈《ばっこ》するさまざまなものを次々と挙げていた。そこへマイルズが、いつも以上に遠い眼をしてふらっと現われ、何分か無言で聞いていたあと、言ったのだ……とはいえ、昔のことだし、僕が憶えているのも、およそ本など読んだことがないマイルズの口からそんなことばが出てくるのはおかしいと思ったからだ……マイルズはこんなふうに言った。〝ひとつ忘れているタイプがあるな。不死者だ〟と。僕は訊いた。〝不死者とはどういう意味です？　生きている者はみな不死者という意味なら別ですが。ウェルデンは生きているし、僕も生きている。でも自分は不死者ではないと思いますがね〟。マイルズはこちらをぼんやりと見て、〝どうして、わかる？〟と言い、またふらっと去っていった。ウェルデンは明らかに伯父の頭が少々おかしいと思ったようで、話題を変えた。こんな話は忘れてたんだが、おかげで思い出したよ——

――不死者ね！　どういう意味だ？　どこでそんなことばを習った？」

「何かの本で見かけたんだ」スティーヴンズは機嫌を損ね、その話は切り上げた。「ことばの選び方はどうでもいい。幽霊のほうが好みなら、そちらにしてくれ。ところできみは、この屋敷に幽霊がいるという噂が立ったことはないと言ったね？」

「ないさ、もちろん。過去にここで起きたことについて、僕なりの考えは持っているかもしれないが、それはパートが指摘するとおり、青リンゴを食べた腹痛にも殺人の影を見るような、浮世離れした男だからだ」

「だったら、きみと過去の浮世離れしたものとのつながりはなんなんだ？」スティーヴンズは問い質《ただ》した。「たとえば、ブランヴィリエ侯爵夫人とのつながりは？　きみは今晩、家族は侯爵夫人と密接につながっていると言った。顔が酸で傷つけられた肖像画があって、それが彼女だろうと。イーディスはその絵が気に入らず、ルーシーが仮面舞踏会の衣装をそれに似せたときには、〝モンテスパン侯爵夫人〟と呼んだ。そしてヘンダーソン夫人は名前すら口にするのを憚った。十七世紀の殺人者と二十世紀のデスパード家のあいだに、どんなつながりがあるんだ？……ひょっとして〝デプレ〟家のひとりが彼女の犠牲者だったとか？」

「いや」マークが言った。「もう少し品位があって、法にも背いていない。デプレのひとりが彼女を捕らえたのだ」

「そう。ブランヴィリエ侯爵夫人は、厳しく追及する官憲の手を逃れようと、パリから離れ、リエージュの修道院に引きこもっていた。修道院のなかにいるかぎり、捕らえられることはない。だが、フランス政府の重職にあった賢明なデプレが、ある方法を講じた。彼は美男子だった。そしてブランヴィリエ侯爵夫人は（何かで読んだことがあるかもしれないが）剣とかつらを身につけた紳士に抵抗できない性質《たち》だった。デプレは敬虔な聖職者を装って修道院に入り、侯爵夫人に会って、情熱の炎をあおった。そして、川縁をちょっと散歩しませんかと誘った。侯爵夫人は喜んでついてきたが、それは彼女が期待していた類の逢い引きではなかった。デプレが呼び子を吹き、守衛が近づいた。数時間のうちに、侯爵夫人は馬車に閉じこめられ、騎馬隊につき添われて、パリへ向かっていた。そして一六七六年に首を刎ねられ、火刑に処された」

「捕らえた？」

「デプレは徳の高い男で、死に値する女性殺人者を、彼なりの慎ましいやり方で捕らえた。立派な功績だが、それでも僕の見るところ、暗い心を持つユダでもあった……名誉あるこのデプレ家の一員は、五年後にクリスペンとアメリカに渡ってきて、この地の最初の木々を植えた。一七〇六年に亡くなり、その遺体を安置するためにあの霊廟が作られたのだ」マークはことばを切り、煙草を巻きはじめた。

変わらず無感動な声で、スティーヴンズは訊いた。「死因は？」

「自然死だったと聞いている。ただひとつ奇妙な点として、亡くなるまえに、ひとりの女性が彼の部屋を訪ねたらしい。結局、女性の正体はわからなかった。別に怪しいとも思われなかった。おそらく偶然だったのだろう」

パーティントンが興味を示した。「その部屋は、伯父上のマイルズがいた部屋と同じだった、そう言うつもりじゃないかね？」

「ちがう」マークは重々しく答えた。「けれど、デプレが使っていたいくつかの部屋は、マイルズ伯父の部屋と壁を接していた。デプレの部屋に続くドアは、その棟が一七〇七年ごろに焼け落ちた際、煉瓦と板でふさがれたのだ」

……小さなリビングルームのドアに、鋭いノックの音があった。ドアが開き、ルーシー・デスパードが入ってきた。

そのノックで、ヘンダーソンの揺り椅子はまたすべって、ラジオにぶつかった。足音がまったく聞こえなかったので、ノックの音にみな驚いて立ち上がった。ルーシー・デスパードは青ざめ、慌てて旅行用の服に着替えたように見えた。

「彼らが霊廟を開けた」ルーシーは言った。「霊廟を開けたわ」

マークは口ごもったあと、ようやく声を発した。なだめるように空中に手を伸ばして、まえに進んだ。「大丈夫だ、ルーシー。心配しなくていい。霊廟を開けたのは僕たちなんだ。ちょっとだけ――」

「マーク、大丈夫じゃないのはわかってるでしょう。お願い、教えて。何が起きてるの？

「警察はどこ？」

彼女の夫は動きを止めた。全員そうなった。マントルピースの上のせわしい小さな時計を除いて、すべての動きが止まったかに見えた。一瞬、スティーヴンズは頭が働かなくなった気がした。

「警察？　どの警察だ？　なんの話をしてる？」マークが言った。

「できるだけ急いで帰ってきたの」ルーシーが哀願するように言った。「ニューヨーク発の夜行列車があったから、なんとかそれに乗って戻ってきた。イーディスもすぐに来るわ。マーク、いったいなんなの？　これを見て」

ハンドバッグを開けて、電報を取り出し、マークに手渡した。マークは二度眼を通してから、ほかの者に読んで聞かせた。

マーク・デスパード令夫人殿

ニューヨーク市、東六十四丁目通り、三十一番地、E・R・リバートン令夫人気付

マイルズ・デスパードの死亡状況に関する発見あり。至急帰宅されたし。

フィラデルフィア市警察、ブレナン

九

スティーヴンズは、開いたドアのすぐまえに立っていたルーシー・デスパードの姿が忘れられなかった。片手をノブにかけ、その背後にはニレの大木の林、道にはまだランタンが灯っていた。ルーシーの穏やかで機敏で明るい顔には力強さがある。まず気づくのは、黒いまつげの下で薄茶色に輝く眼のはしこさで、それが彼女のいちばんの魅力だ。小柄でややずんぐりしているが、本人も意識していない気品がある。いわゆる美人ではないけれども、人目を惹き、表情が溌剌《はつらつ》としている。それがこのときには色を失い、そばかすが少し目立っていた。それとなく流行を感じさせる地味な仕立てのスーツを着て、黒髪が両耳にかかるように頭にぴったりかぶった素朴な帽子だけに、わずかに色が添えられていた。

マークが電報を読み返すあいだ、ルーシーはそうして立っていた。

「何かのいたずらだ」スティーヴンズが言った。「偽の電報だよ。警官がそんなに丁寧な電報を送るわけがない、家族のお抱え弁護士みたいに帰宅をうながすなんて。ふつうニューヨークに電話をかけて、現地の警官にあなたを訪問させますよ。マーク、これはどう考えても胡散《うさん》臭い」

「そのとおりだ」マークが大声で同意し、部屋のなかをうろうろと歩いた。「そう、誰がこの電報を送ったにせよ、警官じゃないな。どれ、マーケット通りのウェスタン・ユニオンの窓口に、七時三十五分に持ちこまれてる。これじゃ大したことはわからない……」

「でもいったい何が起きてるの？」ルーシーが叫んだ。「霊廟が開いてる。警察は来てないの？　彼らは――」マークの肩越しに部屋のなかを見て、はっと気づいた。「トム・パーティントン！」ぽかんとして言った。

「やあ、ルーシー」パーティントンが気安く呼びかけた。マントルピースから進み出ると、ルーシーは機械的に手を差し出した。「ずいぶん久しぶりだね」

「ええ、トム。でもこんなところで何をしてるの？　あなたはイギリスにいるものと。あまり変わってないわ。ええ、変わったところもあるけれど――少しだけ」

パーティントンはよくあることばを返した。彼が去ったときには、ルーシーとマークはまだ結婚していなかったようだ。「ごく短い滞在だ」パーティントンは説明した。「今日の午後、こちらに来た。十年経ったから、数日は泊めてもらえるんじゃないかと思ってね」

「もちろんよ。わたしたちも――」ルーシーは、何かしなければと思っているかのように、また機械的にうしろを振り返った。そのとき全員に足音が聞こえ、イーディスが入ってきた。

イーディスには多少派手な美しさがあるが、本人もそれを意識してふるまっていた。三十歳をいくらか越えて、頑《かたく》なになったり、選り好みをしだしたということはない。ただ、ルーシーほど人柄がつかめなくなったというか、心の動きが読めなくなった。スティーヴンズは二十年後に彼女がどうなっているか、あまり考えたくなかった。ルーシーより背が高く、骨張った感じで痩せている。茶色の髪、青い眼、マークのようにあっさりとものごとを脇に追いやる雰囲気など、家族の面立ちや所作を受け継いでいて、美貌ではあるが少し眼のまわりが窪みはじめている。スティーヴンズは、彼女が入ってくるなりヘンダーソンがあとずさりし、申しわけなさそうな表情を浮かべたのに気づいた。一方、スティーヴンズは、イーディスが決然と行動しているように見えながら、何か弱さも隠し持っているという不思議な印象を抱くことも多かった。イーディスは毛皮のコートを着、帽子をかぶっていなかった。流れるような（と表現すべきか？）着こなしだ。パーティントンを見ると足を止めたが、表情は変えなかった。

「イーディス」ルーシーがハンドバッグの留め金をせわしなく開け閉めしながら言った。「この人たちが言うには、何もおかしなことは起きてないんですって。電報は偽物で、警官はひとりもいないそうよ」

しかし、イーディスはパーティントンを見ていて、彼に微笑んだ。

「今回こそは」と上機嫌で宣言した。「正直なところ、わたしの予感が当たったわね。何か厄介事を持ちこんできたんでしょう?」

そして左手を差し出し、一同を見まわした。

「みんなで秘密を共有してる」イーディスは言った。「マーク、どういうこと? ルーシーとわたしは、それはもう心配したの。だから知る権利があるわ」

「たんなる冗談さ。この電報は——」

「マーク」イーディスは言った。「マイルズ伯父様は毒殺されたの?」

沈黙。「毒殺? そんな馬鹿な! どこからそんなことを思いついた?」マークは妹の顔を見た。ルーシーよりは落ち着いているが、同じくらい緊張していた。マークの機転の利く頭は、とっさに抜け目ない嘘を思いついた。ルーシーの体に腕をまわし、背中をそっと叩きながら、たしなめるようにまたイーディスのほうを向いた。「いずれわかることだから、いま知っておいてもいいだろう。厄介事などない。殺人といった馬鹿げた事態じゃないんだ……どこからそんなことを思いついた?……警察の手を煩《わずら》わすようなこともない。しかし、不愉快ではある。偽の電報を送るような悪趣味な人間がいる。手紙もだ。僕には手紙も届いた、匿名でね。そこには、マイルズ伯父の遺体が霊廟から盗み出されたと書かれていた」明らかに嘘として説得力に欠けると思ったのだろう、急いでつけ加えた。「ヘンダーソンがいくつかおかしなことに気づかなかったら、あまり注意も払わなかっただろ

う と思う。結局、霊廟を開けて確かめることにした。そして残念だが、イーディス、手紙に書かれていたことは事実だった。遺体はなかったのだ」

イーディスは、いっそう神経を尖らせたように見えた。兄のことばを疑ってはいないが、不安は一向に和らいでいない。

「なかった？」とくり返した。「でもどうやって……そんなこと、どうして……？」

パーティントンがここぞと巧みに割りこんだ。

「そう、ひどい話だ。しかし、過去に例がないわけではない。アメリカでは五十年ほど起きなかったことだがね。イーディス、一八七八年のスチュワート事件というのを聞いたことがないか？　百万長者の遺体が墓から盗まれ、身代金が要求された。同じことがデュネクトでも起きた。やはり霊廟に泥棒が入ったのだ。非常によく似ている。このごろの悪党が思いつかないような犯罪だな」

「なんてひどい！」ルーシーが叫んだ。「遺体を盗むなんて——身代金のために？」

「スチュワート夫人は、遺体を取り戻すのに二万五千ドル払った」パーティントンは淀みなくしゃべった。女性たちの心をとらえ、手を引いて導くように、あらぬ方向に進ませていた。「デュネクトの事件では、強盗団のひとりを捕まえて、遺体を発見した。裁判は特別なものだった。法律上、前例がなかったからだ。それまでの記録にあった死体泥棒は、すべて医学校に売りつけるためのものだった。だがこれはちがう。たしか五年の刑期が言い渡されたはずだ……今回の場合、おそらく犯人たちは、きみたち家族が古臭い霊廟をそのままにしておきたがるだろう、伯父上の遺体を取り戻すためなら大金を払うだろうと考えたんだな」

ルーシーは大きく息を吸い、マークの腕から逃れてテーブルにもたれかかった。

「でも少なくとも、ほら、別の可能性よりはいいわ。ええ、認めます。少しほっとした。イーディス、あなたの話が本当に怖くって」そう言って自分を嗤った。安心した証拠に、泣きだしてしまいそうだった。「もちろん、これから警察には知らせなきゃならないけれど――」

「それはしない」マークが言った。「猟犬の群れのなかの死んだ狐みたいに、気の毒なマイルズ伯父の遺体がこづきまわされるのを、僕が望むとでも思うのか。はっ、ありえない。もしパートが言うように泥棒が盗んでいったのなら、騒ぎを避けるために喜んで金を払うさ。さあ、ふたりとも元気を出して」

「こう言ってよさそう」イーディスがごく静かに言った。「いま聞いたことはひと言も信じられないって」

美しい鬼女などというものが存在するだろうか、とスティーヴンズは思った。滑稽なまでに強すぎる表現だ。鬼女はイーディスにもっとも当てはまりそうにないことばだから。しかし、疑念で顔を曇らせた美女という雰囲気は伝えているかもしれない。

「そうなのか？」マークは言った。「まさか毒がどうこうといった幻覚をまだ見てるんじゃないだろうね」

「お願い、屋敷に戻って」イーディスは急き立て、ヘンダーソンを見た。「ジョー、なかがとても寒いの。暖房炉に火を入れてくれる？」

「わかりました。すぐに」ヘンダーソンが従順に答えた。

「夜も更けた」スティーヴンズが口を開いた。「もし失礼してよければ――」

イーディスがさっと振り向いた。「だめよ！　あなたも来て、テッド。あなたも。わたしたちみんなでとことん議論しないと。マーク、彼にも来てもらって。今回のことには何かとても邪悪なものが感じられる。あなたにはわからないの？　電報を送った誰かは、わたしたちをからかって嘲笑ってるのよ。お金のために遺体を盗みたがる悪党なんかじゃないわ。誰があんな電報を送るというの？　わたしはいつかこんなことが起きるんじゃないかと思ってた、あのときからずっと――」そこで口を閉じ、ふたつのランタンが灯っている道をまた振り返って、身を震わした。

一同は静かに道を歩いていった。パーティントンはイーディスに話しかけようとしたが、上辺《うわべ》の気まずさはないものの、やはりふたりのあいだには壁があった。ルーシーひとりが事を深刻にとらえていなかった。不快で怖ろしくもあるけれど、世界をひっくり返すほどの事態ではないと考えていた。〝電報を送った誰かは、わたしたちをからかって嘲笑ってるのよ〟――スティーヴンズはこのことばについて考えつづけていた。

彼らは屋敷に入り、広間を抜けて、建物正面の書斎に集まった。こういう会議にはふさわしくない部屋だった。過去と、過去のにおいが詰めこまれすぎている。幅も奥行きもあるが、垂木を組んだ屋根はあまり高くなかった。壁は漆喰とくすんだ緑の塗料で現代ふうに改装されている。しかし、もとの部屋には古めかしい奇妙な空間がたくさんあり、暖炉もそのひとつだった。イーディスは明るいランプの横のひとりがけのソファに坐った。うしろは鎧戸つきの窓だった。現代装飾に美を見出す高尚な趣味からすれば、マイルズかマークが遠方の旅行から持ち帰った雑多なものが散らばっているとしか思えないが、やはりこの部屋には、がらくたや華美な装飾を重宝した派手好みの十七世紀が似つかわしいのだろう。

「ねえ、イーディス」ルーシーが訴えた。「本当に何もかも話さなきゃならないの？　こんなやり方、嫌だわ．列車をおりるときに、あなたがした話も嫌だった。いっそ忘れてしまわない？　そして――」

「無理よ」イーディスが短く答えた。「あなたもよく知ってるでしょう、ここで何かおかしなことが起きてるって噂が町じゅうに広まってること」

マークが口笛を吹いた。「噂？」

「誰が始めたかと訊かれたら」イーディスは言った。「マーガレットと答えるしかないわ……まあ、わざとではなかったにせよ。口がちょっとすべったのよ。看護師がわたしに話したことを耳にしたのかもしれない。あるいは医者に話したことを。そんなに驚いた顔をしないで、マーク。あの看護師がここにいるあいだじゅう、わたしたちを疑ってるのを知らないの？　だから自分がいないときには、かならず部屋に鍵をかけておくのよ」

マークはまた口笛を吹き、不安げにパーティントンとスティーヴンズを見やった。「深いところ、見えないところには複雑な事情があるわけだ。誰もが何かを隠してるようだな。僕たちを疑ってるって？　なぜだ？」

「なぜなら」イーディスは答えた。「誰かが彼女の部屋から何かを盗んだから」

「情報を小出しにしないでもらいたいな」沈黙ができたあと、マークが少し苛立って言った。「昔はもっとはっきりものを言ってただろう。盗むって何を？　いつ？　なぜ？」

「マイルズ伯父様が亡くなるまえの週末――土曜よ。たしか八日」そこでスティーヴンズを見た。「憶えてるでしょう、テッド？　あなたとマリーがここに来て、ブリッジをやった日。マークが愉しみを台なしにしてしまったけれど。なぜだか幽霊話になってしまって」

「憶えてる」ルーシーが言った。喜びの表情で不安を押し隠そうとしていた。「マークがちょっとハイボールを飲みすぎたの。それが理由よ。でもどうして台なしになったなんて？　とても愉しかったのに」

イーディスは続けた。「翌朝、ミス・コーベットがわたしのところに来て、あるものをなくしてしまったようだと言った。なんだか怒ってるみたいだったから、何をなくしたのと訊くと、もう少し説明した。彼女の部屋から誰かがたまたま何かを持ち出したということはないだろうか、これこれこういうときに（具体的には言わなかった）マイルズに飲ませなさいと医者からあずかっていたものだが、と。小さな四角い壜ということだった。そして、誰の役にも立たないものだ、大量に与えれば命取りの毒になる、ありそうにないことだけど、誰かが気つけ薬とまちがえて使ったりしたら大変だから、戻してもらえるとありがたい、そんなふうにつけ加えた。彼女はわたしたちを疑ってるようでもなかった。誰かのいたずらだと思ってたわ」

マークは口を開きかけた。スティーヴンズが見ていると、「だが、治療用に砒素は持っていないだろう」といまにも言いそうだったが、すんでのところで口を閉じた。マークは困惑したようにパーティントンを見て、ルーシーに視線を戻した。「きみはその話を聞いてたのか、ルーシー？」

「いいえ」彼女は動揺していた。「でも驚くようなことじゃないでしょう？　みんな、わたしではなくイーディスのところへ行くから。当然だわ。みんなそう。もしわたしがほかの誰かだったら、やっぱりわたしのところへは行かない。わかるでしょう」

マークは一同を見まわした。

「だが、くそ、誰かがやったにちがいない――」ことばを切った。「ミス・コーベットにはなんと答えたんだ、イーディス？　そのあとどうした？」

「調べてみると答えたわ」

「で、調べたのか？」

「いいえ」イーディスの冷静な顔に弱さと疑い、迷いが戻ってきた。武器を振りまわして突破口まで行っても、そこでいつもためらってしまうのだ。「たぶん……怖かったのだと思う。ええ、馬鹿げて聞こえるのはわかってるけど、本当にそうだったの。何もしなかったわけじゃない。さもマイルズ伯父様の薬の壜のことを話してるみたいに、さり気なく尋ねたりはした。そして誰もふたつを結びつけなかった。わたしは毒とは言わなかった。言えなかったの」

「ひどいことだ」マークが言った。「だがそれは砒……いや、ありえない。パート、きみならわかるだろう。壜には何が入ってたのかな」

パーティントンは眉を寄せた。「医師が症状をどう見ていたかによるな。私は彼の処方をすべて聞いたわけではないから。しかし、いくつかは考えられる。ちょっと待て！　イーディス、教えてくれ、看護師はこのことを医師に報告したのか？」

「ベイカー先生に？　ええ、もちろん。当然、わたしは――」

「それで、ドクター・ベイカーはなんのためらいもなく、伯父上は胃腸炎で亡くなったと言ったんだね？　つまり、その点は疑わなかった？」

「もちろんよ！」

「だとすれば」パーティントンはぶっきらぼうに言った。「心配ない。伯父上が亡くなったのと同じ症状を引き起こす、たとえばアンチモンのような調合薬ではなかったと請け合うよ。まちがいないだろう？　でなければ、医師も看護師もたちまち気づくはずだ。おそらく鎮痛剤か、ジギタリンやストリキニーネのような強心剤だったのだろう。知ってのとおり、それらも人を死なせるが、どれもいわゆる神経毒で、伯父上が死んだときのような症状にはならない。これも請け合う。症状はかけ離れている。だから心配することなどないだろう？」

「わかってる」イーディスは打ち沈んでつぶやいた。爪でソファの肘かけを前後に引っかいていた。「わかってるわ。ずっと自分にそう言い聞かせてる。ありえないわよね。そんなことする人いるわけがない」微笑んだ。あるいは微笑もうとした。「でもそれ以来、ミス・コーベットは部屋を出るたびに鍵をかけてるし、マイルズが亡くなった夜、小塔が戻ってきたあとも鍵をかけて……」

「戻ってきた？」マークがすかさず言った。「そう、それを訊こうとしていたのだ。塔はどうなった？　家のどこかにあるさ、あはは、でベイカーがすますわけがないな。いま、戻ってきたと言ったのか？」

「ええ。明らかに、日曜の夜。結局、二十四時間ほど見当たらなかっただけだった。だから本当に大騒ぎする時間はなかったの。そう、日曜の夜だった。なぜ憶えてるかというと、マリーが立ち寄って挨拶していったから。翌朝、テッドと車でニューヨークに帰るからって。わたしは九時ごろ部屋から出て、二階の廊下でミス・コーベットと会った。すると彼女は〝誰かにお礼を言っておいて。壜が戻ってきたの。誰かがミスター・デスパードの――マイルズの――ドアの外の机に置いていた〟と言った。わたしが〝もうすべて大丈夫なの？〟と訊くと、〝ええ、大丈夫そう〟と答えた」

「それでわかった」マークが自信満々で言った。「マイルズ本人が盗んだということだ」

「マイルズ本人が？」イーディスはぼんやりとくり返した。

「まさに」マークは思いついたことに興奮して言った。「どうだろう、パート。その壜にモルヒネの錠剤が入っていた可能性はないか？」

「それは充分考えられる。いつもかなりの痛みがあって、よく眠れないと言っていたらしいし」

「それに、憶えてるだろう」マークは一同のほうを向き、指を立てて言った。「マイルズ伯父は、痛みがあるときにはいつも医者の処方より余計にモルヒネを欲しがっていた。そうだとも！　マイルズが看護師の部屋から壜を盗んで、薬を何錠か手に入れ、壜を戻したのだとしたら？　ん、待てよ。亡くなった夜、彼は誰かを呼んで、〝痛み止めの薬〟を一階のバスルームに取りにいかせたんじゃなかったか？　それが盗んだモルヒネの錠剤だったとしたら？　自分の部屋で看護師に見つけられないように、バスルームの薬戸棚に入れておいたのだ」

「いいえ、それはちがう」ルーシーが言った。「バスルームにモルヒネの錠剤はなかったわ。いつもあそこに置いてある、ふつうのベロナール（睡眠薬）の錠剤だけよ」

「そうか。だが、いまの推理のほかの部分はちゃんと成り立つと思わないか？」

「ああ、可能性は充分あるな」パーティントンが同意した。

「あなたたちみんな、どうしたの？」イーディスが訊いた。穏やかな口調だったが、それが突然、叫び声に近づくほど跳ね上がった。「何が起きてるかまだわからないの？　最初にあなたたちが教えてくれたのは、マイルズ伯父様の遺体が盗まれたということ。盗まれたですって！　霊廟から持ち出されて、切り刻まれたんだか、どうなったんだか。それが起きたことのなかでいちばん小さくて、単純なことなのよ。なのに、みんな落ち着き払って、暢気《のんき》な話でわたしを騙そうとしてる。ええ、そうよ。わかってる。あなただってそうよ、ルーシー。もう我慢できない。わたしはここで何が起きてるのか知りたいの。身の毛のよだつことだってわかってるから。この二週間はひどいことばかりだった。トム・パーティントン、どうしてあなたまで戻ってきて、わたしを苦しめるの？　あとわたしたちに必要なのは、冗談を飛ばすオグデンだけだわ。それで完璧でしょう？　本当にもう我慢できない」

イーディスの手が震えていた。首も。また美しい鬼女が戻ってきて、ソファに身を沈め、動揺して泣きそうになっている。ルーシーは相変わらず輝く茶色の眼でイーディスを見ていた。スティーヴンズはその眼の輝きを、表現しきれないほど深い同情の現われと見た。マークが重い足取りで歩いていき、妹の肩に手を置いた。

「よくなるさ、イーディス」マークはやさしく言った。「おまえこそベロナールを一錠飲まないと。そしてよく寝ることだ。それだけでいい。さあ、ルーシーと階上《うえ》へ上がって、薬をもらいなさい。僕たちを信じて——何が起きようと、ちゃんと対処する。それはわかってるだろう？」

「ええ、わかってる」沈黙のあと、イーディスは答えた。「取り乱すなんて愚かだった。でも、おかげで少し気分がよくなったわ、本当に。いろいろ考えがわいてしまうのはどうしようもないの」（マークとそっくりの言い方だった）「自分に霊感が備わってるなんて馬鹿げたことを言っちゃいけないのはわかってる。一度、ジプシーの占い師にそう指摘されたことはあるけれど。でもルーシー、あの絵とそっくりの衣装を作って着たのは縁起が悪かったわ。あの絵は昔から不運を招くと考えられてきた。大の大人がそんなこと気にしちゃいけないのはわかってる。でもわたしは、水の入ったバケツみたいに常識を頭にのせて生きていくのは好きじゃない。水がこぼれるといけないからって、背中も曲げられないし、首もまわせないような人生はね。なんと言っても、月の変化がある種の人間の脳に直接影響を与えるのは科学的事実でしょう？」

「月は狂える者たち《ルナティクス》の母だから」パーティントンが夢見るように言った。「彼らにその名を与えたとも言われる」

「あなたはつねに唯物論者だったわ、トム。でも、たしかにそうね。超自然という意味で、これほど奇妙か異様なことがある？」――そこでスティーヴンズは、同席者の表情がいっせいに変わったのを見た。スティーヴンズ本人の顔も変わったにちがいない――「だって、人の精神に影響を与えるものが何百万マイルも彼方にあるなんて、その――」

「グリーン・チーズだね」パーティントンは言った（グリーン・チーズは、月に似て非なるもののたとえで使われる）。「たしかに異様だと思うが、どうしていま、そんなに神秘主義的なことを？」

「わたしを笑い飛ばしてほしいから」イーディスは険しい顔で言った。「わたしはそのグリーン・チーズを見たい。憶えてる、ルーシー？　マイルズ伯父様が亡くなった夜は満月だった。きれいだってみんなで感動したわよね。あなたとマークは歌いながら家に帰った。でも、不死者について考えはじめると……」

マークがそのことばを一度も耳にしたことがないかのように、すぐさま真剣に尋ねた。が、少し声が大きすぎた。「なんだって？　おい、どこでそんなくだらないことばを習った？」

「え、ああ、何かの本で読んだのよ……階上へは行かないけれど、ここを出て何か食べるものを探すわ。さあ、ルーシー。わたし疲れた。本当にもうくたくた。サンドイッチを作ってくれない？」

ルーシーは弾かれたように立ち上がり、肩越しにマークにウインクした。ふたりがいなくなると、マークはむっつりと考えこんで部屋のなかを二度まわり、暖炉のまえで立ち止まって、煙草を巻きはじめた。地下室に行ったヘンダーソンが蒸気を起こし、書斎のどこか見えない場所にあるヒーターがカンカンと音を立てた。

「みんな互いに何かを隠しているな」マークは言い、暖炉の石でマッチをすった。「見たところ、マイルズの死体が消えたことにも驚かなかった、少なくともイーディスはね。くわしいことを訊こうともしなかった。のぞいてみたいとも言わなかったし……まったく、イーディスは何を考えてるんだ。われわれの頭に浮かんだのと同じことか？　それとも、これは夜だけに起きる錯乱か？　せめてわかればいいんだが」

「私が教えようか」パーティントンが立腹した声で言った。

「さらに、イーディスも本で読んだという。不死者だ。きみと同じようにね」マークはスティーヴンズを見た。「同じ本だったのかな？」

「それはまずありえない。僕のほうはまだ原稿段階だから。クロスの新作だ――ゴーダン・クロス。きみも何冊か読んだことがあるだろう？」

マークは動きを止めた。燃えるマッチを手にしたまま、相手を見つめた。軸を水平に持ち、火が指を焦がしそうになる直前に、見えない本能にしたがったかのように石に押しつけて消した。しかしその間も、かっと開いた眼でスティーヴンズを見つづけていた。

「その名前の綴りを教えてくれ」と要求したあと、言った。「いや、ありえない。きみは正しいよ、パート。僕は錯乱してきている。想像力が働きすぎて、すぐにそれこそ鎮静剤が必要になりそうだ。その証拠に、もうこの名前を何十回と見ているにもかかわらず、似ているなどとは思いも寄らなかった（少なくとも、正しい意味では）。ゴーダン・クロス……ゴーダン・サンクロワ。は、は、は！　誰か、僕を蹴り飛ばしてくれ」

「どういうことだ？」

「わからないか？」マークは何か悪魔めいた熱心さと陽気さで言った。「こういう事態になると、想像力を解き放つだけでなんでも好きなものが見える。ゴーダン・クロスは、おそらく罪のないふつうの人間であり、かなりすぐれた物書きだけれど、名前に注目すると、不死者の大きなサイクル、殺す者と殺される者の永遠の循環を完成させることができるのだ……ゴーダン・クロスはね。興味があるかもしれないから言っておくと、ゴーダン・サンクロワは、マリー・ドブレー、すなわちブランヴィリエ侯爵夫人の有名な愛人だった。彼女に、毒物にまつわる技術を一から教えた人物だ。死んだのは侯爵夫人より先で、実験室の毒物調合の釜のまえで事切れていた。さもなければ、処刑で車輪にくくりつけられて全身を砕かれたか、毒殺事件専門に設けられた法廷によって、火あぶりの杭に送られていただろう。〝火刑法廷〟と呼ばれたものだ。サンクロワの死後、あるチーク材の箱から証拠が見つかり、侯爵夫人に嫌疑が向けられた。彼女はサンクロワに飽き、彼を憎むようになっていた。しかし、それは取るに足りないことだ。サンクロワはともかく死んだ……デュマによれば、毒ガスを作っていたときに、つけていたガラスのマスクがはずれてしまい、ガスを吸って死んだ。そのまま倒れて釜に顔を突っこんでいたそうだ……そして侯爵夫人が追われることになった」

「もう、ひと晩で聞きすぎるほど聞いた」スティーヴンズがぞんざいに言った。「そろそろよければ、家に帰るとしよう。あの墓は明日の朝、封印すればいい」

パーティントンがそちらを向いた。「いい夜だ。門のところまで見送っていくよ」

十

ふたりは大木が枝を差しかけるドライブウェイを歩き、植えこみの横を通りすぎた。しばらくパーティントンもスティーヴンズも黙っていた。マークは、霊廟の入口をテニスコート用の防水布でふさぐために、最後にもう一度ヘンダーソンと話しにいった。スティーヴンズは、パーティントンの思惑（もしあるとして）は何だろうと考え、先手を打つことにした。

「壜が盗まれたことと戻ってきたことについて、何か考えがあるんじゃないですか？」彼は尋ねた。「女性たちに言ったこととは別に」

「ん？」パーティントンは放心状態から引き戻された。星空を見上げ、足元を確かめるようにすり足で砂利道を歩いていたのだ。話しかけられ、考えこんだ。「ふむ、すでに言ったとおり、私はものごとを常識に照らして理解するのが好きだ。大量に摂取すれば死ぬ何かを入れた小壜が盗まれ、その後戻ってきた。われわれにわかっているのはそれだけだし、看護師から話を聞くまで、それ以上のことはわかりそうにない。それが液体だったのか、固体だったのかすらわからないのだ、きわめて重要な点なんだがね。

しかし、それが何だったかについては、ふたつの可能性がある。ひとつはストリキニーネかジギタリンといった強心剤だ。もしそうなら、正直言って非常にまずい状況だ。毒殺者（もしいた場合）はまだ仕事を終えていないかもしれないからだ」

スティーヴンズはうなずいた。

「ええ。僕もそれは考えた」

「だが、請け合うよ」パーティントンは淡々と言った。「その可能性はあまり高くない。もしそのようなものが盗まれたら、医師は見つかるまで、あるいは説明がつくまで、家じゅうひっくり返しても探すだろうから。医師も看護師もひどく取り乱してはいなかったようだ。むしろ苛立っていた。わかるかね？　同様に、盗まれたのは、たとえばアンチモンのような刺激性の毒でもなかったはずだ。賭けてもいいが、もしそういう毒だったのなら、マイルズは自然死だったなどという死亡証明書を医師が書くわけがないからね。

そう、第二の可能性のほうがずっと有望だ。第二の可能性とは、モルヒネの錠剤が何錠か盗まれたというマークの説だ」

「それはマイルズが？」

パーティントンは顔をしかめた。その点が何より彼を悩ましているようだった。

「そう、ありそうなことだ。しかも簡単に説明できる。われわれはみな簡単な方法を探しているんじゃないかね？」星明かりに照らされた窪んだ眼が、興味深そうにくるりと向き直った。「だが、マイルズのせいにするには、いくつか問題がある。まず壜の返却だ。マイルズの部屋は看護師の部屋の隣だった。壜が盗まれたあと、看護師はドアに鍵をかけていたという——それは廊下側のドアだ。しかし、ドアはもうひとつある。マイルズの部屋に直接つながるドアで、看護師も、患者への配慮からそこ
には鍵をかけていなかったと思われる。だとすると、もしマイルズが壜を盗んで返したい場合、どうしてその連絡ドアを使って彼女の部屋に戻さない？　なぜわざわざドアの外の机に置いたのだ」

「答えは簡単じゃありませんか。誰がやったか、たちまち看護師にわかってしまうからですよ。彼女の部屋に直接入れるのはマイルズだけだ」

パーティントンはドライブウェイで足を止め、小さく悪態をついた。

「歳のせいで頭が鈍くなってるな」彼は言った。「たしかにそれは明白だ。さらに言えば、看護師は廊下側のドアと同様に、マイルズの部屋に入る連絡ドアにも鍵をかけたのかもしれない。マイルズも怪しいとにらんでね」

「ええ。でもほかにも気になることが？」

「動機だ」パーティントンは断固たる口調で言った。「知的な人間が考えをうまくことばにできないときのように、両手を少し動かした。「なぜモルヒネを盗んだか。マイルズがやったにしろ、ほかの誰かだったにしろ。もしマイルズが盗んだのなら、動機は理解できる

が、ほかの人間だったとしたら？　モルヒネを何に使うというのだろう。

ほかの殺人を企てたとは考えられない。盗めたとしても、おそらく二、三錠だからね。それ以上盗んだら、医師が騒ぐだろう。一般に、モルヒネの錠剤は一個につき四分の一グレインだ。人を危篤にするには二、三グレイン、確実を期するなら四グレインは必要だ。だから殺人はありえない。また、家族の誰かが中毒者という説も成り立たない。もしそうなら、ふつう壜をまるごと着服して二度と返さないだろう。次に、誰かがひと晩ゆっくり眠りたいと思ったのか？　可能性はあるが、その場合、なぜ痛みもないのに一気に意識を失わせるような強い薬を飲む？　たとえば、バスルームにあることがわかっているベロナールのような、ふつうの薬を飲めばいいではないか。いずれにせよ、どうしてモルヒネを盗むほど、眠りたいことを秘密にしなければならない？　これらすべてが合理的でないとしたら、泥棒にはどんな目的があったのだろう」

「答えは？」

「ふむ、ある晩、やらなければいけないことがあって」パーティントンは「誰かに見聞きされる怖れがあったとする。その人物に四分の一グレインのモルヒネを与えれば、安全に事が運べると思わないかね？」

パーティントンはまた足を止めて、振り向いた。星明かりの下で眉をひそめてスティーヴンズを見すえた。スティーヴンズは、次に来そうなものに対して身構えた。その瞬間、まるで一幅の絵でも見るように、マイルズが毒殺された夜が眼のまえに浮かんだ。彼とマリーが四分の一マイルと離れていない別荘にいた夜、彼自身が説明のできない眠気に襲われて、十時半前にばったりとベッドに倒れこんだ夜が。

ふいにパーティントンがしゃべりはじめた。

「私はずっと今回の最大の問題について考えていた――霊廟を開けたこと、死体が消えたことをね。だが、もしヘンダーソン夫妻がモルヒネで眠らされていたとしたら、死体泥棒が立てる物音に気づいただろうか。どう思う？」

「たしかに、そのとおりだ！」スティーヴンズは強烈な安堵を覚えて思わず叫んだものの、ためらった。「とはいえ――」

「それでも屋敷の誰かに騒々しい音が聞こえたのではないか、そういう心配かな？　さらに、霊廟の入口は乱されていないとヘンダーソンが断言したではないかと？　よろしい、ヘンダーソンは正直だとしよう。しかし、ほかに考慮すべきことがないわけではない。たしかにわれわれはあそこで大きな音を立て、あちこちひっくり返した。だが、自分のやったことを思い出してみたまえ。われわれは楔と槌で舗装を砕いたけれども、あの石はどうなっていたか。あの手の舗装用の薄い石で、隙間を漆喰で埋めて、糊で貼り合わせたジグソーパズルのようにくっついていた。その下は接着用のコンクリートで固めておらず、土と砂利だけだった。だから、舗装全体をひとつの大きな長方形として剝がし、そのまま持ち上げたとしたら？　漆喰が崩れる心配はほとんどない。亀裂は両端の細い線だけだ。ちょうどその下の石板のように、全体を片方から持ち上げて、終わったあとまた戻せばいい。おそらく足元の舗装全体を見ているヘンダーソンは、あのときと同じことを言うだろう。土と砂利は取りのけたことで乱れるかもしれないが、一週間前に霊廟を開けて乱れた跡も残っているからね」

スティーヴンズも、パーティントンが明らかに信じているくらい信じたかった。疑念が頭のなかでうごめいているとしても、それは理路整然と考えられるものではなかった。彼の思考は別種の問題――もっと個人的な問題――にかかりきりだった。ふたりはパークの門までたどり着いた。立ち止まって、微風の吹く暗いキングズ・アヴェニューの坂を見やった。街灯はまばらで、アスファルトの舗装路が黒い川のように走っていた。盛んに話していたパーティントンが、歩きはじめのころの内向きな態度に戻って、やや穏やかに言い添えた。

「しゃべりすぎて悪かった。要するに、人は何かを信じなきゃならんということだ。イーディスには唯物論者と言われたが、それは別に軽蔑されるようなことじゃない。認めよう。昔はイーディスにあらゆることを言われたものだ。例の少女に堕胎手術をおこなったのは、それが私の専門であり、彼女が私の診療所で働いていたからだ、とイーディスはずっと信じていた。さて、どっちが唯物論者だと思うね？」

屋敷を出るまえに引っかけた最後の一杯で、パーティントンの舌のたががはずれかかっていた。口調の激しさが増したかと思うと、明らかにこれまでに育まれた自制心によって、またふいに穏やかになるのだった。

「そう、それが真実だ。川縁のサクラソウ、黄色のサクラソウを彼に（ウィリアム・ワーズワースの詩『ピーター・ベル』より）、少なくとも私に、賢人が何を見せたかったのであれ……。サクラソウは自然の象徴ではない。神秘のつぼみが下手な詩の言いわけになるのでもない。見るべき美しいものはほかにたくさんある——たとえば、疾走する馬とか、ニューヨークのスカイラインとか。サクラソウなんて、たんにテーブルの花瓶に飾る程度の、そこそこきれいな花にすぎない。同意するかね？」

「ええ、おそらく」

「したがって、幽霊だの不死者だのといった話はすべて——」ぎこちない笑みを浮かべ、少し息を切らして口を閉じた。「言いたいが、言わないでおく。ただ、信じてもらいたいんだが、霊廟の説明は私がしたとおりだと思うよ。もちろん、葬儀屋のほうでごまかしがなければだが」

「葬儀屋？」スティーヴンズはくり返した。「J・アトキンソンのことですか？」

医師の眉が上がった。「老ジョナ、そう、彼のことは知っているだろう。立派な人物だ。数世代にわたってデスパード家の人々を埋葬しているはずで、いまや本人もかなりの年寄りだ。だから、われらがヘンダーソンも、葬儀屋がごまかすようなことはないとあれほどうるさく言い立てる。相手がアトキンソンだから。今晩ここへ来るときに、あの葬儀屋についてマークから聞いたんだが、いまは老ジョナの息子が実際の仕事を引き継いで、けっこううまく経営しているらしい。老ジョナはマークの父親のお気に入りでね。マークの父親はよく、個人的なジョークか何かで、老ジョナに、まだあの〝文句なしの喫茶店〟にいるのかと訊いていたものだ。〝隅〟にいるのか、とも。どういう意味かはわからんが、おそらく――ああ、そうだった、おやすみ」

スティーヴンズは、相手が素面《しらふ》と妄想を分ける微妙な線を越えたと確信し、別れの挨拶を交わすと、足早に道を下っていった。急ぐのは見せかけで、ひとりになりたかった。歩調をゆるめず歩いていると、パーティントンが砂利道を引き返していく足音が聞こえ、やがてそれも消えた。

スティーヴンズは体を動かして、戸惑いを解消したくなった――拳を振りまわしたり、ものを殴ったり。それとも、ただ途方に暮れて歯を食いしばるか。すべてがあまりにもつかみどころのない話だった。もしパーティントンが望むように、疑問をいくらかでも論理的に解決できたら、もし頭脳明晰な誰かが眼のまえに現われて、鋭い質問をしてくれたら、少しはわかるようになるかもしれない。自分に問うてみた。マリーにはどこか不可解なところがあると思うか？　しかし、不可解とは、具体的にどういう意味で？　そこで炎から思わず遠ざかるように、思考が働かなくなるのだった。心が自然に閉ざされてしまう。ことばにならない質問には答えられなかった。あまりにも奇怪な考えだ。脳にどんなひび割れができて、そんな考えが入りこんできたのだろう。ちゃんとした証拠があるのか？　すべては六平方インチにも満たない一枚の写真に関することだった。名前が似ていること、顔立ちが悪魔の仕業かと思うほどそっくりであること。そう、そしてその写真がなくなったこと。それだけだ。

スティーヴンズは白い壁の別荘に戻ってきた。家をじっと見つめた。玄関前の明かりは消えている。家のなかもすっかり暗く、ただひとつ、リビングルームで赤い光が揺らめいている。マリーが暖炉の火を熾《おこ》したのだ。それも奇妙だ。マリーは火をとても怖がるから。スティーヴンズはどことなく不審に思った。

正面のドアには掛け金だけがかかっていた。スティーヴンズはドアを開け、暗い玄関に入った。右手のリビングルームでわずかに光がちらついている。火のなかで樹液が立てるほんのかすかな音以外に、耳に入ってくるものもない。生木を使ったにちがいない。

「マリー！」と呼んだ。

返事はない。不安なままリビングルームに入った。明らかに生木が燃えていた。太い木から油臭い黄色の煙が立ち昇り、そのなかで悪意ある小さな炎がちろちろとうごめいていた。樹液が焦げてはぜる音がした。煙がわずかに石の暖炉から漏れている。ちらつく光で見慣れた部屋がゆがんで見えるのも不思議だったが、その明かりで、マントルピースの横のスツールにサンドイッチの皿と魔法瓶とカップがのっているのが見えた。

「マリー!」

また廊下に出ると、踏み出す足が床に重くぶつかる感じがして、硬材が軋むほどだった。電話机にぶつかり、その上にまだ置かれていたブリーフケースに、反射的に手をついた。このときには蓋が開いている感触があり、原稿が斜めに入っていた。まるで慌てて取り出して、また戻したかのように。

「マリー!」

階段を上がると、一段一段がうるさく軋んだ。裏手の寝室に入ると、ベッド脇の明かりは灯っているが誰もおらず、ベッドのレースの上がけも乱れていなかった。マントルピースの上の小さな時計が、せわしげに静寂を破っていた——三時五分。そのとき、簞笥の上に立てかけられた手紙に気づいた。

テッドへ。わたしは今晩、外出しなければなりません。わたしたちの心の平和がかかっているの。明日戻ります。どうか心配しないで。とても説明しにくいというだけだから。何が頭に浮かぼうと、それはあなたが考えていることじゃない。愛しています。

マリー

追伸――車が必要なの。リビングに食べ物を置いておきます。コーヒーは魔法瓶に。

明日の朝、エレンが来て朝食を作ってくれます。

スティーヴンズは便箋をたたみ、簞笥の上に戻した。ふいに途方もなく疲れ、ベッドに坐りこんで、整頓されたうつろな部屋のなかをまっすぐ見ていた。やがて立ち上がり、また階下に戻って、歩きながら明かりをつけていった。廊下のブリーフケースをもう一度調べると、そうだろうと思っていたことを発見した。クロスの本は十二章からなっていた。それがいまは十一章しかない。一八六一年に殺人罪でギロチンにかけられた、マリー・ドブレーの章がなくなっていた。

III 弁論

ローレンスはある日寝室に入り、黒いビロードで覆われた小さな仮面を取って、戯れにつけ、自分の姿を見ようと鏡のまえまで行った。まだよく見てもいないうちに、ベッドからバクスター老人が叫んだ。「はずすのだ、愚か者！　死者の眼を通してものを見たいのか」

――M・R・ジェイムズ『縛り首の丘』

十一

翌朝七時半、シャワーを浴び、清潔な服を着てさっぱりしたスティーヴンズが階下におりていると、玄関のノッカーがためらいがちに鳴った。

途端にスティーヴンズは階段の手すりを握って立ちすくんだ。応じたくない思いで舌が動かなくなった。もしマリーだったら、どう言おう。ひと晩じゅうリハーサルをしていたにもかかわらず、言うべきことがわからなかった。一階の明かりはまだついていて、リビングルームには昨夜の煙が充満していた。結局、朝までベッドには入らなかった。眠れなかったのだ。少し頭痛もして、頭の働きは最高からほど遠い。同じことを夜どおし考えつづけるのは、話し合いの準備としてはよろしくない。練りに練った台詞《せりふ》とはちがうことを言ってしまうのが落ちだ。廊下さえなじみのないものに見えた。夜明けは冷たく白い霧にまとわりつかれ、その霧が家のなかをのぞきこむように窓に押し寄せていた。心が和むのは、しかけておいたコーヒー沸かしがダイニングルームで静かに音を立てていることだけだった。

スティーヴンズは階段をおりてダイニングルームに入り、慎重にコーヒー沸かしのコンセントを抜いた。朝早くのコーヒーのにおいは快適だった。それからドアのノックに応えた。

「すみません」耳慣れない声が言った。スティーヴンズの気持ちはまた沈んだ。「あの——」

現われたのは、長めの青いコートを着た体格のいい女性だった。態度は控えめだが、その裏で怒りを燃やしているのがわかる。どこかで見かけた顔だ。わざと掻き乱したような波打つ髪に、小さな青い帽子を目深にかぶったその顔は、美しくはないが、魅力的で知性を感じさせる。用心深い茶色の眼についた薄茶のまつげは、めったに動かない。率直で、活気にあふれ、有能そうに見えた（実際にそうだった）。

「憶えておられるかどうかわかりませんけど、ミスター・スティーヴンズ」女性は続けた。「デスパード家で何度かお会いしました。ここの明かりがついていたので——マイラ・コーベットです。ミスター・マイルズの看護をしていました」

「おお、そうだ。たしかに！　入ってください」

「あのう」彼女はまた帽子をちょっと触り、デスパード・パークのほうをちらりと見た。

「何かよくないことが起きたようで。誰かが昨日の夜、わたしにすぐに屋敷に来るようにという電報を打ったんです──」

そこでまたためらった。またしても忌々《いまいま》しい電報だ、スティーヴンズにはわかっていた。

「——でも、用事で出かけていたので、ほんの一時間ほどまえに帰宅して受け取って。それで、いろいろな理由から」──また怒りが募ってきた──「できるだけ早く来るべきだと思ったんです。ところが屋敷に行っても誰も出てこなくて。いくらドアを叩いても、誰も応えてくれないし、何がおかしいのか想像もつかない。だから、ここの明かりが見えたときに、しばらく待たせてもらえないかと思ったんです」

「まったく問題ありません。さあ、どうぞなかへ」

スティーヴンズはうしろに下がって、道のほうを見た。紗幕のような白い霧のなか、一台の車がライトをすべてつけて坂をのぼってきた。それが急に不自然に曲がり、速度を落として、路肩に停まった。

「ハイホー、ハイホー!」大声が聞こえた。オグデン・デスパードだ、まちがいない。

車のドアがバタンと閉まり、霧のなかから上背のあるオグデンが歩いてきた。薄手のラクダ毛のコートを着て、礼装のズボンをはいている。オグデンは、どんな家族にもいる先祖返りのひとりだった。家族の誰にも似ていない。肌は浅黒くなめらかで、頬がこけ、ひげ剃りあとが青い。この朝はひげ剃りが必要だったが、黒髪が丁寧になでつけられてヘルメットのようにてかてかしていた。眼の下にしわが入った顔は血色が悪く、毛穴がいちいち見えるほどだ。腫れぼったいまぶたの黒い眼が、面白がるように看護師からスティーヴンズに移った。まだわずか二十五歳なのに（しかも、年齢より若くふるまうことも多いのに）マークより歳上に見える。

「おはよう」両手をポケットに突っこみながら言った。「浮かれ男が戻ってきたよ。やあ！　これはどんな集まり？　逢い引きとか？」

オグデンはいつもこういうことを言う。不快な人間とは言いきれないが、いっしょにいて愉しいことはめったにない。スティーヴンズは、この日はとても相手をする気になれず、ミス・コーベットを玄関に招き入れた。オグデンもあとからついてきて、ドアを閉めた。

「散らかっています」スティーヴンズは看護師に言った。「ほとんどひと晩じゅう仕事をしていたもので。でもコーヒーは沸いている。いかがですか？」

「いただきます、喜んで」ミス・コーベットは答え、ふと身震いした。

「コーヒー！」オグデンが軽蔑するようにぷっと息を吐いて言った。「パーティから朝帰りした人間にそれはないな。でももっと強いものがあるなら――」

「奥の書斎にウイスキーがある」スティーヴンズは言った。「なんならご自由に」

看護師とオグデンは互いに探るような視線を交わしたが、何も言わなかった。奇妙な緊張感が漂いはじめた。ミス・コーベットははっきりしない表情を浮かべてリビングルームに行った。スティーヴンズはダイニングルームのコーヒー沸かしを取り、台所に入ってカップを探しはじめた。そこにオグデンが、ウイスキーをたっぷりついだグラスを持ってスイングドアから入ってきた。鼻歌を口ずさみながらも、抜かりなくあたりに眼を配っている。ジンジャエールはないかと冷蔵庫を開け、くだけた口調で言った。

「どうやらマイラにも警察から電報が届いたようだね、ここに戻るようにと。僕と同じだ」

スティーヴンズは何も言わなかった。

「僕には昨日の晩、届いた」オグデンは続けた。「でもパーティをはじごしてて、電報だからって飲むのをやめるわけにもいかなかった。まあ、警察が乗り出してくれてよかったよ。これでみんなが知ってることが明らかになる」角氷の皿を抜き出し、流しの縁に叩きつけ、下げ振りの糸を垂らすようにそっと一個グラスに落とした。「ところで、昨日の夜はマークが霊廟を開けるのを手伝ったんでしょう」

「どうしてそう思う？」

「僕は馬鹿じゃない」

「そのとおり、どう見てもね」

オグデンはグラスを置いた。血色の悪い顔がどこかゆがんで、ただならぬ雰囲気だった。

「それは嫌味のつもり？」静かに言った。

「いいか」スティーヴンズは相手のほうを向いた。「いまはきみを殴ってそこの食器棚に叩きつけてやりたい気分なんだ。きみでなくてもかまわない、理由さえあるなら。だが、ここはお互い冷静でいようじゃないか。朝の七時に喧嘩を始めるというのもな。冷蔵庫からクリームを取ってくれないか？」

オグデンは笑った。「これは失礼。でもどうしてあなたがイライラしてるのかわからない。僕の探偵としての直感だよ。このウイスキーをもらった書斎に、マークが巻いた煙草が何本かあった。霊廟の上の舗装を描いたスケッチも。あれも明らかにマークのものだ。そう、僕はあらゆることに気づくんだ。その才能が役に立つ。マークがああいうことを企ててるのはわかってた。だから昨日の夜、僕たち全員を家から追い出したんだ」細面が鋭くなり、悪意を発した。「あなたたちが舗装を剝がして大いに愉しんでるのを見て、警察はなんと言った？」

「警察は来なかった」

「え？」

「さらに、電報が警察から送られたのでないことはほぼ明白だ」

オグデンは下唇を嚙みながら、スティーヴンズに鋭い一瞥を投げた。その表情の何かが動き、変わった。「ああ、それも考えたよ。けど――でも――スティーヴンズ、ひとつ教えてもらえる？　屋敷に戻ればわかることだから。書斎には三人いたんでしょう。グラスが三つあった。三人目は誰？」

「パーティントンという医者だ」

「なんとね！」オグデンは言い、心ひそかに愉しむように考えこんだ。「これまた大物が現われたもんだ。資格を剝奪された人でしょう。無事イギリスで暮らしてると思ってた。もし彼が見つけたら——でも、僕にも予感はあったのかもしれない。いまやすべてわかった、わかりました」（これもまたオグデンの苛立たしい口癖だった）「なるほど。マークは彼に調べてもらいたかったわけだ。なかをつつきまわしたり、あれこれ。ねえ、教えてくださいよ。あそこで何が見つかった？」

「何も」

「は——？」

「文字どおり、何も見つからなかった。遺体は霊廟になかったのだ」

オグデンはのけぞって青ざめ、疑いに眼を輝かせた。スティーヴンズはこのときほどオグデンの顔を嫌いになったことはなかった。オグデンは冷蔵庫をしばらく見たあと、手を入れ、重々しくアップルソースの小皿を取り出すと、水切り台の上をスティーヴンズのほうへ押しやった。

「つまり」彼は言った。「あなたたち信頼篤い友人グループは、ひとつ旗の下に集まり、気の毒なマイルズ伯父が毒殺されたことを発見した。そしてそれを誰にも知られないように、死体をどこかに隠した。僕も警察に対するマークの意見は知ってる。僕の意見は乱暴？」

「別に。こちらは起きたことをそのまま話しているだけだ。カップを運ぶから、そのドアをしばらく押さえておいてくれないか」

オグデンは明らかに驚いたが、考えに耽《ふけ》ってもいたので上の空でしたがった。スティーヴンズには、オグデンの抜け目ない頭脳が、話のほころびを見つけようとあらゆる個所を点検しているのがわかった。オグデンは、相手をまごつかせるような視線を家の主人に注いだ。

「ところで、マリーは？」

「彼女は──まだベッドだ」

「おかしいな」オグデンは言った。おそらく裏の意味はないのだろうとスティーヴンズは思った。たんに、くつろいだ会話でも誰かを不快にしたがるオグデンのいつもの癖だろうと。それでも緊張は高まった。ふたつのカップを持って、スティーヴンズはまず先にリビングルームに戻っていった。オグデンは何かを決意したらしく、途中でスティーヴンズを追い抜き、ミス・コーベットにグラスを掲げて挨拶した。「でもまず飲み物が必要だったんで。

「もっとまえに話しかけようと思ってたんだ」と切り出した。

あなたの健康に《ア・ヴォトル・サンテ》」

　スティーヴンズは思った――こんなつまらない決まり文句を口にしつづけるなら、このカップのコーヒーを頭からかけてやる。膝に両手を重ねておとなしく坐っていたミス・コーベットは、オグデンを見ても表情を変えなかった。

「電報のことだけど」オグデンは続けた。「あんたのにはなんと書かれてた？」

「どうしてわたしが電報をもらったと思うの？」看護師は訊いた。

「みんなに説明しなきゃならないのかよ。まあいい。要するに、僕ももらったからさ。この友だちにも言ったとおり、昨日の夜ね。けどパーティのはしごで、あちこちまわってたから――」

「パーティのはしごで、あちこちまわってたのなら」ミス・コーベットは冷たく言った。「どうやって電報を受け取ったの？」

　オグデンは眼を細めた。相手の無分別な怒りを抑えこむか、むしろあおるために、控えめながら強烈に皮肉の利いたことばを発しそうだった。が、そうしても無駄に終わることを感じ取るだけの知恵はあった。

「僕を追いつめたいとか？」オグデンは訊いた。「たまたま〈カリバン・クラブ〉に寄ったら、そこに届いてたんだ。いや、本当に。どうして正直に話してくれないの？　そのほうがいいでしょう。どうせ屋敷に戻ればわかることなんだから。テッド・スティーヴンズのまえなら正直に話せるはずだ。彼は何もかも知ってるよ。それに、あんたが呼び出されたのは、たぶんとてもいいことだ。警察にとって、あんたの証言が重要になるかもしれない。ならないとは言いきれないよ」

「それはどうも」看護師は暗い声で言った。「何に関するわたしの証言？」

「マイルズ伯父が毒殺されたことさ、もちろん」

「何を根拠にそんなことを！」ミス・コーベットは叫び、勢いでカップからコーヒーがこぼれた。「何か言いたいことがあるなら、ベイカー先生に言って。そんなふうに考える理由なんてどこにも――」そこでことばを切った。「あとで心配になったのは認めます。あなたが言ったようなことを思ったわけでは決してないけれど、あの夜、わたしは外出してたし――」

「それに」オグデンがここぞと割りこんだ。「自分の部屋には注意深く鍵をかけてた。だから、もし本当に彼が発作を起こしたのだとしても、誰もすぐに治療はできなかった。つまり、ある意味で、あんたは自分の患者を殺したのかもしれない。それが重い過失でなかったら、どう呼べばいいんだろう。この話が公になったら、あんたの評判にはよくないだろうね」

そのことでミス・コーベットが悩んでいるのは誰もが知っていたが、オグデンは巧みに彼女を誘導した。

「そう、あんたには理由があった」と認めた。「マイルズ伯父は順調に快復しているようだったし、誰かがあんたの部屋から危険な毒を盗んだばかりだったから、またそんなことが起きないように用心するのは正しかったんだろう。でもそれで嫌疑が晴れるとでも？ベイカーが石頭の爺さんで耄碌《もうろく》しかかってるのはわかってるけど、そんな彼すらあんたを疑ったんじゃないの？　土曜にあんたの部屋から毒が盗まれる。翌週水曜の夜、マイルズ伯父が死ぬ。じつに奇妙だ、僕ならそう思うけどな」

オグデンは愉しみすぎていた。そのせいで、告発するよりもめごとを起こしたいという目的が突如明らかになった。看護師もそれを悟ったようで、また顔から表情が消えた。
「誰よりもよく知っているようね」彼女はうんざりして言った。「じゃあこれも知ってるはずね。もし何かが盗まれたのだとしても、それはそもそも人を死亡させるようなものじゃなかった。第二に、ミスター・デスパードのあの症状を引き起こすようなものでもなかった」
「ああ、だろうと思った。すると砒素ではなかったわけだ。なんだったの？」

答えなかった。
「それに、誰が盗んだのか、あんたには見当がついてるにちがいない――」

ミス・コーベットは、空いたカップをごくゆっくりとテーブルに置いた。この朝は異常なほど雰囲気に敏感になっていたスティーヴンズは、尋問に新しい要素が加わったのを感じていた。何かの理由で看護師は部屋を見まわしていた。階段のほうも見た――待っているのか、聞いているのか。オグデンさえいなくなれば、どうしても語りたいことがあるのだ、スティーヴンズはそう感じた。

「まったくわからないわ」彼女は静かに答えた。

オグデンは説得にかかった。「さあ、話したほうがいいよ。そのほうが良心が痛まないし、僕がその気で探せば──」

「その手の脅しはもう充分使ったんじゃないか？」スティーヴンズは不機嫌に言った。

「なんなんだ、もっと人間らしくふるまえよ。きみは警察じゃない。それに、伯父上に起きたことに対して嘆きひとつ漏らしてないじゃないか──」

オグデンは油断なく微笑みながら振り向いた。「だったらあなたは何を隠してるのかな。絶対に何かある。今朝はずっと、いつもの明るく愉しいあなたじゃない。マイルズ伯父の死体が消えたっていうさっきの馬鹿げた話のせいかもしれないし、そうじゃないかもしれない。判断は保留しておくけどね」看護師が立ち上がったので、そちらに眼をやった。

「まだ行かない？　行く？　なら屋敷まで乗せていくけど」

「いいえ、結構よ」

不穏な雰囲気になっていた。オグデンはふたりの敵を相手にしている剣士のように、彼らを見つづけていた。ラクダ毛のコートの立てた襟のなかに首をうずめ、長い顔に相変わらず疑り深い笑みを浮かべて。どうも自分は歓迎されていないようだと感想を述べ、スティーヴンズにウイスキーの礼を言った。いろいろ考え合わせると、ここに来てよかった、と他人事のように言い残して去っていった。玄関のドアが閉まると、看護師はスティーヴンズのあとから廊下に出てきて、彼の腕に手を添え、早口でしゃべりはじめた。

「ここに来た本当の理由は、あなたと話がしたかったからなんです。重要でないのはわかってますけど、それでもお知らせしておきたくて――」

突然、玄関のドアが開き、オグデンが顔を見せた。

「失礼」狼のようににやりとして言った。「やっぱり逢い引きだったようだね。奥さんが二階で寝てるのに、こりゃ大変だ。でも、本当に寝てるの？　ガレージに車がないけど。健全な風紀のためにも、あなたたちが屋敷に行くときに、僕がいっしょについていったほうがいいと思うんだ」

「出ていけ」スティーヴンズは穏やかに言った。

「ちっ、ちっ」オグデンは愉しそうに続けた。「それに、寝室の明かりが煌々とついてるよ。マリーは明かりをつけたまま寝るの？」

「出ていけ」スティーヴンズは言った。

オグデンの態度は変わらなかったが、スティーヴンズのことばの何かが、したがったほうがいいと思わせたようだった。とはいえ、いまの状況をせいぜい利用するつもりらしく、その証拠に、スティーヴンズとミス・コーベットがパークに歩いていくうしろから、時速二マイルでついてきた。霧は少し晴れたが、まだ十フィート先も見えないほどで、生け垣や、木々や、街灯が、白い闇のなかからふいに浮かび上がってきた。パーク自体は死んだように静かだった。完全な静寂が続いたあと、玄関のノッカーを鋭く鳴らす音が聞こえてきた。しつこく鳴らしたかと思うと、消えていき、また鳴りはじめる。立ちこめる霧のなかに響くその音は、心地よいものではなかった。

「まさか!」オグデンがいきなり言った。「家のみんなが――」

そのときどんな突発事がオグデンを驚かしたのか、スティーヴンズにはわからなかったが、のろのろ進んでいた車は、屋根つきの車寄せの柱に危うく衝突しそうになった。玄関ポーチに、がっしりした体格の男が立っていた。ブリーフケースを持ち、足を左右に踏み換えてはドアを叩きつづけている。スティーヴンズたちが近づくと振り返り、誰だという ような視線を向けた。濃紺のコートに灰色の中折れ帽のすっきりした出で立ちだった。おろした帽子のつばの下には、ユーモアを解する眼と、陽焼けした顔、広い顎があり、もみあげにはわずかに白いものが混じっているが、歳よりはるかに若く見えた。態度は温厚で、申しわけなさそうにすら見えた。

「ここにお住まいのかたですか?」彼は尋ねた。「朝も早いのはわかっていますが、なかに誰もいらっしゃらないようなので」間を置いた。「ブレナンという者です。警察本部から来ました」

オグデンが口笛を二音吹き、急に穏やかになった。スティーヴンズには、彼が防御の構えに入ったように思えた。「さてさて、昨日の晩はみんな夜更かししたので、たぶんまだ寝てるんだと思いますよ。大丈夫、僕が鍵を持ってますから、どこかに。ここに住んでるオグデン・デスパードといいます。ところで今朝はなんのご用ですか、警視？」

「警部です」ブレナンはオグデンを見ながら言った。オグデンはこの朝は誰からも歓迎されないようだった。「私が会いたいのは、おそらくあなたのお兄さんのミスター・デスパードで、もし――」

ドアが突然開き、ノッカーにかけていたブレナンの手が宙に浮いた。玄関のなかは、霧に包まれたポーチよりいっそう寒々として暗かった。外の煙突から煤混じりの煙がもくもくと吐き出され、霧のなかに垂れこめている。パーティントンが家の入口から彼らをじろじろ見ていた。きちんと服を着、ひげもすっかりきれいに剃っていた。

「何か？」彼が言った。

警部は咳払いをした。「ブレナンという者です」とくり返した。「警察本部から――」

ここでスティーヴンズは、すべてが根本的におかしくなったと確信した。パーティントンの顔が土気色になった。手をドア枠に当て、下のほうをつかんだ。しっかりつかんでいなければ、両膝ががくんと折れてしまうかのように。

十二

「どうかしたのですか？」ブレナンがごくふつうに尋ねた。その当たりまえの調子に助けられ、パーティントンは糸をくいと引いた操り人形のように一瞬で立ち直った。

「警察本部」どうともとれるうなり声を発して、くり返した。「いや、もちろん。なんでもありません。というより、話したところで信じてもらえないでしょう」

「なぜです？」ブレナンは事務的に尋ねた。

パーティントンは眼をぱちくりさせた。すっかり当惑して、一瞬酔っているのではないかとスティーヴンズが思うほどだった。しかし、パーティントンは新しいことを思いついたらしく、そんな懸念を打ち払った。

「ブレナン！」彼は言った。「聞き憶えがある。もしやあなたは、みんなに屋敷に戻るようにと電報を送った人じゃありませんか」

警部は彼を見た。「どうやら話が混乱しているようだ」と辛抱強く言った。「もっと混乱するまえに、なかで話をさせてもらえませんか。私は電報など送っていない。むしろ知りたいのは、誰が私に送ったかです。ミスター・デスパード、ミスター・マーク・デスパードにお会いしたい。警察本部長の命令で彼に会いにきました」

「ドクターは、今朝はいつもの彼らしくないようです、ブレナン警部」オグデンがなだめるように言った。「お忘れかもしれませんが、ドクター・パーティントン、僕はオグデンです。あなたが――去ったとき、まだ学生だった。あと念のため、こちらはテッド・スティーヴンズ。昨晩会ってますね。それからこちらはミス・コーベット、マイルズ伯父の看護をしてました」

「わかった」パーティントンが言った。「マーク！」

正面の大部屋のドアが開き、黄色い光が廊下に伸びた。マークが部屋の入口に立っていた。いまやすべての動きの裏に、奇妙に抑圧され覆い隠された意味があった。傍観者にはわけのわからない危険がわずかに顔をのぞかせ、警告しているかのように。マークはゆったりと、しかしまっすぐに立ち、部屋の光がその顔の横を照らしていた。厚手の灰色のとっくりセーターを着ているので、肩が張って見えた。

「いやいや、まったく」オグデンが言った。「みんな問題に巻きこまれたようですよ、兄さん。こちらは殺人課のブレナン警部」

「殺人課ではないよ」ブレナンが言った。声に凄みが感じられてきた。「警察本部長直属の部門で働いていましてね。あなたがミスター・マーク・デスパードですか？」

「ええ、どうぞ入ってください」

マークは入口の片側に寄った。そのまま「すぐに先生の診察が始まります」と言ってもおかしくない口調で、マークらしくない。よくない徴候だった。

「今朝はちょっとばたばたしていまして」と続けた。「妹の具合が昨夜からよくないのです。(ミス・コーベット、二階に上がって診てもらえませんか?) それに、料理人とメイドもいない。できる範囲で朝食を用意しようとしていたところです。こちらへ。テッド――パーティントンも――いっしょに入ってもらえるか? いや、オグデン、おまえはいい」

オグデンは自分の耳を疑った。「ちっ、ひどいな、どうしたの、マーク? もちろん僕も入るよ。僕だけはずさないで。なんたって――」

「オグデン」マークは続けた。「兄としておまえに本物の愛情を感じることもある。誰よりおまえが家族を愉しませてくれることも。だが、おまえの存在がまちがいなく邪魔なときもあって、いまはそのときだ。台所に行って何か食べるといい。さあ、わかったな」

残る三人が正面の部屋に入ると、マークはドアを閉めた。窓の鎧戸は前夜と同じように閉まっていて、ランプがまだ灯っていた。時の隔たりがないかのようだった。マークに勧められ、ブレナンはひとりがけのソファに坐って、すぐそばの床に帽子とブリーフケースを置いた。帽子を脱ぐと、警部は明敏そうな中年男性で、半白の髪を丁寧になでつけて禿げたところを隠し、人のよさそうな顎と若々しい顔をしていた。どう話を切り出そうか迷っているようだった。やがて大きく息を吸って、ブリーフケースを開けた。

「どうして私がここに来たかご存知でしょうね、ミスター・デスパード」彼は言った。「ご友人たちのまえで話してもいいんでしょうな。読んでいただきたいものがあります」ブリーフケースから封筒と、きれいにタイプされた用箋一枚を取り出した。「昨日朝のちょうどいまごろ、この手紙を受け取ったのです。見てのとおり、私個人宛てで、木曜の夜にクリスペンで投函されている」

マークは慌てずゆっくりと手紙を開けた。最初は読まずに、ただ眺めているだけのようだったが、そのうち眼を上げずに声に出して読みはじめた。


四月十二日に、クリスペンのデスパード・パークで死亡したマイルズ・デスパードは、自然死ではありません。毒殺されたのです。これはいたずらの手紙ではありません。証拠が欲しければ、ウォルナット通り、二百十八番地の〈ジョイス&レッドファーン化学分析〉を訪ねてください。殺人事件の翌日、マーク・デスパードが、ミルクの入っていたグラスと、ワインと卵の飲み物の入っていた銀のカップを持ちこみました。カップには砒素が残っていました。そのカップはいま、マーク・デスパードの自宅の机に、鍵をかけて保管されています。彼は殺人事件のあと、それをマイルズ・デスパードの部屋のどこかで見つけたのです。以前そこで飼われていた猫が、屋敷の東側の花壇に埋められています。猫はおそらく砒素が混入したものを飲んだのでしょう。マークは殺人を犯してはいませんが、隠蔽しようとしている。

殺人はある女性の手でなされました。証拠が必要なら、料理人であるヘンダーソン夫人に会ってください。彼女は殺人の夜、マイルズ・デスパードの部屋でその女性が彼に問題の銀のカップを渡すところを目撃しました。屋敷の外で夫人を捕まえて、話を聞いてください。ただ、問いつめすぎないように。彼女は殺人だったことは知りません。穏やかに話せば、多くの情報が得られるでしょう。夫人はいま友人たちと、フランクフォード、リーズ通り、九十二番地にいます。この手紙は無視しないほうがいいですよ。

正義を愛する者

マークは手紙を机に置いた。「正義を愛する者というのはいいが、作文の見本とは言えないね」

「そこはわかりません。重要なのは、ミスター・デスパード、事実が書かれている点です――いいですか」ブレナンは鋭く言い足した。「われわれは昨日、市庁舎でこのヘンダーソン夫人という人に会いました。警察本部長はあなたの友人だ。そこで私があなたを支援するために送られてきたというわけです」

「まったく風変わりな刑事さんだ」マークは言い、急に笑いだした。

ブレナンも大きくにやりとして応じた。これほど完全な緊張の解除、唐突な仲直りは見たことがない、とスティーヴンズは思った。ようやく彼にも、その本当の理由がわかった。ブレナンにもわかったようだ。

「ええ、私がここに入ってきたときにあなたが考えていたことが、手に取るようにわかりますよ」と断言した。驚きの笑みがくすくす笑いに変わった。「訊いてもかまいませんか。私がずけずけと入ってきて、皆さんの顔を指差し、片っ端から侮辱して、逮捕するとわめき立てるとでも思われました？　教えてあげましょう、ミスター・デスパード。これだけは言える。そんなふうにふるまう警官は、あっと言う間に警察から放り出されて、消えてしまいます。とりわけ事件の関係者に、たまたま多少なりとも影響力があった場合や、その人物が本部長の友人だったりした場合にはね——あなたのように。その手の話を書くときに、作家がどうやら忘れていることがある。すなわち、政治です。しかし、それをわれわれが忘れるわけにはいかない。さらに言えば、われわれにはやるべき仕事がある。できるだけうまくやりとげようとするし、成果もあげていると思う。警察の仕事は余興でも見世物でもない。仕事をそういうものに変えて注目されようという野心満々の若者がいたとしても、警察じゃやっていけません。常識です。申し上げたように、私は本部長のカーテルを代理して——」

「カーテル」マークはくり返して、背筋を伸ばした。「もちろん知っている。彼は——」

「ですから」ブレナンは両手を広げて言った。「真実をすべて話していただけませんか。こんなことを話すのは、こちらの立場を理解してもらうためです。本部長も、私が法の範囲内でできるだけ支援することを望んでいる。交渉成立ですか？」

マーク・デスパードを口説き落とすにはこういうやり方しかないだろう、とスティーヴンズは思った。ブレナン警部はたんに警察本部長の代理というだけではない。聡明な男でもある。マークはうなずき、ブレナンはまたブリーフケースを開けた。

「ですが、まず、こちらの状況をお知らせしましょう。はったりなどではないことを示すために。

すでに言ったとおり、私はさっきの手紙を、昨日の朝早く受け取りました。あなたのことはすべて知っています、メリオンにいとこが住んでいるもので。そこで手紙をまっすぐ本部長のところに持っていきました。本部長は、根拠のないものだろうという考えだった。私もです。しかし、一応確認しておいたほうがいいだろうと思い、〈ジョイス＆レッドファーン化学分析〉を訪ねました。すると」タイプ打ちの用箋に指を走らせながら言った。「その部分はとにかく正しかった。あなたは四月十三日の木曜にあそこへ行き、グラスとカップの分析を依頼した。猫が毒殺されたのではないかと思う、このグラスとカップのどちらかから何かを舐めていたから、と説明したうえで、人に訊かれても何も言わないでほしいと頼んだ。そして翌日戻ってきて、報告を聞いた。グラスは問題なかったけれど、カップからは二グレインの砒素が検出された。そのカップの説明は、直径約四インチ、高さ三インチ、純銀で、口のまわりに花のようなデザイン、非常に古い」そこで眼を上げて、「正しいですか？」

続く数分間で、ブレナンは仕事の進め方を心得ていることをありありと示した。あとでマークは、優秀な販売員に巧みにものを売りつけられたようなものだと言っていた。不安も違和感もまったくないうちに、気づくとその商品を買うと約束している。ブレナンは――もの柔らかで、猫のように気安く、人の話を真剣に聞き、半白の頭をメモの上に傾けている――バルカン諸国の外交官のように秘密のにおいがした。天気の話すら、重大な秘密を打ち明けるように語ることができた。しかし一方で、与えるのと同じ量の情報を受け取っていた。マークもいつしか、マイルズの病気のこと、マイルズの死とあの夜のこと、マイルズの部屋でカップを見つけたことを語り、もしマイルズが毒を飲んだのだとしたら、あの銀のカップからにちがいないと説明していた。

次いでブレナンは、ヘンダーソン夫人が証言をしたときのことを話した。この部分ははっきりしないが、おそらくブレナンはマークの友人を装ってフランクフォードに赴き、ヘンダーソン夫人に会って、彼女のゴシップ好きの性質に訴えたのだろう、とスティーヴンズは思った。なぜなら、ブレナンも認めたとおり、夫人は市庁舎に迎えられて本部長に同じ陳述をするまで、なんの疑念も抱いていなかったようだから。ブレナンはまた、夫人がそのあとヒステリーを起こして、泣きながら去ったことも認めた。ご家族を裏切ってしまった、もう二度と皆さんに顔向けができないと嘆いていたと。

ブレナンは、タイプした供述書の複写を読み上げた。四月十二日の夜に関してヘンダーソン夫人がおこなったもので、基本的には彼女がマークに語ったのとまったく同じだった。警察の記録からひとつだけ抜け落ちていたのは、あの話にあった得体の知れない雰囲気だった。供述書は、超自然現象はおろか、通常から逸脱したことすら仄めかしていなかった。たんに、ヘンダーソン夫人が午後十一時十五分にカーテンの隙間からマイルズの部屋をのぞいて、女性の姿を見たというだけだ。そのとき、マイルズはまったく健康だった。訪問者は小柄な女性で、〝古めかしい妙な服〟または奇抜な衣装を着ていた。ヘンダーソン夫人は、ミセス・ルーシー・デスパードか、ミス・イーディス・デスパードだろうと思った。その夜ふたりが仮面舞踏会に出かけているのは知っていたが、夫人自身はクリーヴランドから帰ってきたばかりで、まだどちらとも会っておらず、ふたりがどんな服を着ているのか知らなかった。〝古めかしい妙な服〟の訪問者は銀のカップを持っていて——その形状は、のちに砒素が入っていたとわかったカップと一致している——マイルズ・デスパードにそれを渡した。マイルズはそのカップを持っているところを目撃されたが、実際になかのものを飲むところは見られていない。

ここまでの供述は、雰囲気や仄めかしを刈りこまれた分、いっそう犯罪の要素が強く感じられた。それでもスティーヴンズは、このブレナンの現実主義が話の結末をどう扱うのか、興味を覚えた——訪問者が、存在しないドアを通って出ていく個所だ。

ブレナンはそこに達した。

「さて、ミスター・デスパード。どうもすっきりしないのが、ここです」と打ち明けた。「ヘンダーソン夫人は、この女性が〝壁を通り抜けた〟と言う。ここですな——〝壁を通り抜けました〟。それ以上説明しようとしないし、説明できない。本人が言うには、壁が〝変わったように見えました。そしてまた戻ったんです〟。わかります？　結構。そこで本部長が言いました。〝おっしゃりたいことはわかる。秘密の通路につながるドアがあるということですな〟と。たしかに筋は通っている。たいそう古い屋敷だということは、私にもわかりますからね」

マークはいくらか身を強張らせて椅子の背にもたれていた。両手をポケットに突っこんで、警部を見すえ、その表情は相手と同じくらい読み取れなかった。「それで」と訊いた。

「ヘンダーソン夫人はなんと？」

「〝ええ、そうにちがいありません〟と言った。そこをあなたにうかがいたいのです。秘密の通路といったことは、私も数かぎりなく耳にしているが、見たことは一度もない。友人のひとりは自分の家の屋根裏にあると言っていましたが、偽物でした。ただヒューズ箱があるだけの部屋で、よく見れば扉もついていた。ですから、当然、非常に興味があるのです。その部屋にはあったのですね？」

「そう聞いています」

「なるほど。しかし本当にありますか。見せていただけますね？」

そこで初めてマークは、自分の得意分野になったと感じたようだった――事実ではなく、ことばの世界である。

「失礼ながら、警部、十七世紀にはヒューズ箱は存在しませんでしたよ。そう、昔あそこにはドアがありました。屋敷の別の部分につながっていたのだが、そこが焼け落ちてしまった。問題は、開けようにも留め金やバネがまったく見つからないことです」

「わかりました」ブレナンは眼をそらさず言った。「訊いた理由はただひとつ、もしヘンダーソン夫人がまちがいなく嘘をついていることが証明されれば、ほかの誰でもなく彼女だけを疑えばよくなるからです」

沈黙ができたあと――その間マークは心のなかで悪態をついているようだった――警部は続けた。

「それがわれわれの手元にある状況でした。彼女を信じれば、月並みな事件です。信じないと言っても無駄です。私も嘘つきは会った瞬間に、においでわかるほうですから」手を軽く振って、室内を見渡した。「殺害の時間はほぼ十一時十五分に定まった。砒素の入ったカップもある。伯父上がそれを持っているところも目撃された。その女性が着ていた服もわかった――」

「要するに、すべてそろっているということですね」マークが言った。「実際に殺人がおこなわれたという確たる証拠を除いて」

「そのとおり！」ブレナンはただちに同意して、ブリーフケースを叩いた。マークが要点を押さえていることを喜んでいるようだった。「状況がおわかりになったでしょう。まずわれわれはドクター・ベイカーに電話をかけ、ミスター・マイルズ・デスパードが毒殺されたという考えをどう思うかと内々に尋ねてみた。頭がおかしいんじゃないか、という返事でした。ありえないと。もっとも、ミスター・デスパードが亡くなったときの症状は、砒素中毒の症状だったかもしれないと認めましたがね。家庭医は、できるならこういうトラブルは避けたいと思うものです。発掘の令状が出て解剖がおこなわれ、見解がまちがっていたことがわかれば――まあ、彼にとっては気の毒なことになる。次に、本部長はあなたに連絡をとろうとしました。これらすべてについて、どうおっしゃるか聞くために。しかし、事務所にもお宅にもいらっしゃらなかったので……」

「ええ」マークは警部に、鋭く油断のない視線を注ぎながら言った。「ニューヨークにいましたから。ちょうどイギリスから到着する友人に会うために。じつはそこにいる、ミスター・パーティントンです」

パーティントンは手を組んで膝の上に置き、暖炉のそばに坐っていた。額の深いしわに影が差していた。名を呼ばれて眼を上げたが、何も言わなかった。

「そう、それもわかりました」ブレナンが短く答えた。「さて、事実と向き合おうじゃありませんか。仮面舞踏会の衣装を着た女性が問題の部屋にいた。ヘンダーソン夫人の証言から、あの夜はあなたの奥さん、妹さん、そしてあなたも、セント・デイヴィッズの仮面舞踏会に行っていたことがわかっている。女性はおふたりのどちらかにちがいない。まずまちがいなく奥さんでしょう。なぜなら翌日、ヘンダーソン夫人が奥さんの着ていた衣装を見て、あの部屋にいた女性の服とよく似ていると思ったと言っている。落ち着いて！いまはここだけの話ですから。

しかし昨日は、奥さんにも妹さんにも連絡がつかなかった。やはりニューヨークにいらしたからです。そこで本部長は十二日当夜のあなたの動きをすべて調べることにした。パーティの主催者と参加者の多くを知っていたので、大騒ぎを起こさずにそれができたのです。さて、ミスター・デスパード、あなたのすべてに関する完全な報告書があります、とくに、十一時十五分前後のきわめて重要な時間帯について。もしよろしければ、要点だけご説明しましょう」

沈黙が満ちた。部屋のなかは非常に暑く、二世紀の時が待ち、耳をすましているように思われた。スティーヴンズの視界の端でドアが動いた。誰かが最初から聞いていたにちがいない。スティーヴンズは、オグデンだと思った。が、ドアがさらに開くと、現われたのはルーシーだった。ルーシー・デスパードがそっと入ってきて、ドアのそばの部屋の隅に立った。両腕をまっすぐ体の横におろしている。顔があまりにも青ざめているので、薄いそばかすが目立つ。怒りにまかせて片側にくしけずったような髪の黒さも際立っていた。顔には反抗の表情があった。

「まず」そんなルーシーを見ずにブレナンは続けた。いることに気づいてもいない様子で、「あなたを取り上げましょう、ミスター・デスパード。ええ、もちろんわかっています。しかし、あなたを襟ぐりの深いドレスを着た小柄な女性とまちがえる人などいそうにない。しかし、いかさまの余地がまったくないことを証明するために、順に見ていくことにします。あなたには、ひと晩じゅう鉄壁のアリバイがある。とくにあなたは仮面をつけていませんでしたから。どの時点をとっても、あなたの居場所を証言する人間が、ざっと二十人はいるでしょう。ここで内部情報をすべて明かす必要はありません、重要ではないので。しかし、あなたがパーティ会場を離れてこの家に帰ってくることは不可能だった。以上」

「どうぞ先を」マークが言った。

「次はミス・イーディス・デスパード」ブレナンは書類に眼を走らせた。「彼女はあなたがたと先方に九時五十分ごろ着いた。黒い縁取りのある白いフープスカート、白い婦人帽、小さな仮面という恰好だった。十時から十時半のあいだに、踊っているところを目撃されている。十時半ごろ、パーティの女主人が彼女と話した。妹さんはフープスカートの下にはいていたレースのブルーマーだかズボンだかを破ってしまい――」

「そのとおり」マークが同意した。「家に帰ってくるときにも、まだ文句を言っていた」

「――機嫌を損ねた。それで女主人は、別の部屋でブリッジをやっているから、そこに加わってはどうかと勧めた。妹さんは、そうすると答え、部屋へ行って、当然ながら仮面をはずした。十時半から、皆さんが帰宅する午前二時まで、そこでブリッジをしていた。これには大勢の目撃者がいる。結果――完全なアリバイです」

ブレナンは咳払いをした。

「さて、今度はあなたの奥さんです、ミスター・デスパード。青と赤のシルクのドレス、ダイヤモンドのような飾りが入った幅広のスカートという衣装だった。帽子はないが、白いガーゼのスカーフを頭のうしろに垂らしていた。両端にレースがあしらわれた青い仮面もつけていた。奥さんはすぐに踊りはじめた。十時三十五分か四十分ごろ、彼女に電話がかかってきて――」

「電話ですって！」マークは鋭く言って、背筋を伸ばした。「よその家に電話がかかってくるとは。誰からです」

「それがわからないのです」ブレナンは鼻を鳴らした。「最初に受けた人間もわからない。

人々が電話に気づいた唯一の理由は、町の触れ役のような恰好をした人物が（主人夫妻を含めて、それが誰かわかる人がいません）踊っている客のあいだを歩きながら、まさに触れ役のように、ミセス・マーク・デスパードに電話ですと知らせてまわったからなのです。奥さんは部屋から出ていきました。そのあと十時四十五分ごろ玄関ホールに入ったところを、執事が見ています。記憶にまちがいはないそうで。玄関のドアに向かっていて、仮面はつけていなかったと。執事がそれをことにはっきりと憶えているのは、奥さんが外に出ようとしているのを見てドアを開けようとしたところ、それより先に早足で出ていってしまったからだといいます。執事はたまたまホールに残っていた。すると、五分ぐらいして、ミセス・デスパードが戻ってきた——このときにも仮面はつけずに。みんなが踊っている部屋にまた入り、ターザンに扮した男性にダンスを申しこまれた。そのあとふたりの男性と踊りました。ふたりとも名前はわかっています。十一時十五分には、誰もが知っている人物と踊っていた——七フィートほどもある長身痩軀の人物で、頭は骸骨のような——」

「ああ、そうだ！」マークが低く叫び、椅子の肘かけを叩いた。「思い出した。老ケニオン——ケニオン判事だ、最高裁の。そのあと僕は彼と飲んだ」

「ええ、それも確認しました。とにかく客の記憶に残っている。というのも、主人が誰かに〝ごらん、ルーシー・デスパードが死神と踊ってるよ〟と言ったからです。彼らは、あなたの奥さんが体をうしろにそらし、仮面をとって死神の顔をよく見ようとしたので気づいた。時間は、すでに申し上げたように、十一時十五分きっかり。結果――」

ブレナンは書類を置いた。

「完全なアリバイです」彼は言った。

十三

マーク・デスパードから大きな重荷がおりた。椅子の上で背筋を伸ばした。徐々に事態がわかってきたようだった。動揺したせいか、マークにしてはかなり派手な行動を起こした。椅子から跳んで立ち上がり、ルーシーのほうを振り向いた。

「紹介させていただきます」俳優さながら声を轟《とどろ》かせた。「死神と踊った女性を。ブレナン警部、これが僕の妻です」

しかし、不機嫌な調子で次のようにつけ加えて、味わいを損なった。「どうしてこちらに来てすぐ、そのことをすべて話してくださらなかったのです。思わせぶりな話が続くものだから、僕たちはみな殺人犯になった気分でしたよ」しかし、スティーヴンズの注意はルーシーとブレナンに集中していた。

ルーシーがすぐにいつもの軽くなめらかな足取りでまえに出た。その態度にみんなが安心した。ルーシーの薄茶色の眼には、かすかに愉しんでいるような表情ものぞいたが、顔はまだ青く、まわりの者が期待したほどほっとしてもいないようだった。スティーヴンズは、彼女がマークをちらりと見やったのに気づいた。

「ご存知かと思いますが、警部」ルーシーは言った。「あなたのお話はすべて聞かせていただきました。そのことを望んでおられるように思いましたので。けれど、もっとまえに話し合っておくべきだったことがこんなにあって、それがいま明らかになってくるなんて。わたし、あの――」顔が強張り、一瞬、泣きそうになった。「今回のことの裏に、これほどいろいろあるとは知りませんでした。知っていればよかったのですが。とにかく、本当にありがとうございます」

「いえいえ、どうぞお気遣いなく、ミセス・デスパード」ブレナンが驚いて言った。ルーシーのまえに立ち、体重をしきりに左右の脚に移し替えて、眼が合うのを避けていた。「こちらこそ、と申し上げたい。しかし、あのパーティの夜、出ていったあとでまた戻ろうと決めて、執事に姿を見られたのは正解でしたよ。でなければ、困ったことになったのはおわかりでしょう」

「ところで、ルーシー」マークがさり気なく割りこんだ。「電話は誰からだったんだ？ どこへ行くつもりだった？」

ルーシーはマークのほうを見ず、払いのけるように手を振った。「それはいいの。あとで話すから。ミスター・ブレナン、いまマークが尋ねましたよね、どうしてここへ来てすぐ、すべてお話しにならなかったのかと。理由はわかる気がします。あなたの噂は耳にしてますから。気をつけろと警告されていたようなものです」そこでにやりとして、「悪くとらないでくださいね。でも、市庁舎で〝狐《フォクシー》のフランク〟と呼ばれているというのは本当？」

ブレナンは悪びれなかった。同じようににやりとして、不賛成の仕種を返した。「耳に入ってくることを鵜《う》呑《の》みにしないよう心がけています、ミセス・デスパード。連中は——」

「あけすけに言えば」ルーシーは厳しく続けた。「あなたはどんなに心のひん曲がった人からも話を引き出して、逮捕してしまうと。本当ですの？　もしそうなら、ほかにどんな種を仕込んでいるのですか？」

「そんなものがあるなら、隠さずお話ししますよ」警部は答え、ふと口を閉じた。「どこから私の噂を聞かれました？」

「噂？　どうでしょう。なんとなく思い出しただけですから。本部長から聞いたのかも。でもどうしてです？　わたしたちみんなが、家に戻れというあなたの電報を受け取るなんて——」

「そう、それこそこちらが訊きたいことです。私は皆さんに電報も手紙も送っていない。しかし、誰かが私にも送ってきた。正義を愛する者と署名された例の手紙です。誰が書いたのであれ、その人物が内部情報をすべて握っていて、直接ぶつけてきた。書き手は誰です？」

「それはわかると思いますよ」マークがきっぱりと言った。

マークは部屋を横切り、雑多なものが並ぶ壁際に歩いていった。布がかかった四角いクルミ材の箱があった。その蓋を大きな音とともに引き開けると、折りたたみ式のタイプライター机が現われ、少々埃のたまったスミス・プレミアの機械が置かれていた。適当な紙を探したが見つからないので、マークは仕方なくポケットから古い手紙を出して、裏面をタイプライターに巻き入れた。

「打ってみてください」彼は提案した。「そしてタイプの文字を例の手紙と比較する」

ブレナンは鼈甲《べっこう》縁の大きな眼鏡を重々しく取り出してかけ、ピアノの巨匠のように机のまえに坐ると、機械をしばらく眺め、きわめて慎重に打ちはじめた。〝いまこそすべての善き人が――〟。トウモロコシの実をつつく鶏のように、タイプライターがパチパチと鋭い音を立てた。ブレナンは打った文字を見て、椅子に反り返った。

「私は専門家ではないが」と認めながら、「その必要もないでしょうな。どんな指紋よりもわかりやすい。同じ機械です。この屋敷の誰かが書いたのです。誰かわかりませんか？」

「オ、オ、オグデンですよ」マークが根気強く言った。「もちろん、オグデンが書いたのです。手紙を見た途端にわかった。というのも、この家であれを書けるのはオグデンしかいないからです。ほら——」いま思いついたことが正しいと確信して、スティーヴンズとパーティントンに熱い視線を向けた。「僕が死んだ猫を埋めたというところで、確実にわかる。昨日の晩、その話をしたのを憶えてるだろう？　ちょうど埋め終わったころ、オグデンの車のライトが丘を上がってきたので、見られたのではないかと思ったと。やはりオグデンは見ていたのだ。何も言わなかっただけで、ちゃんと見ていた」

ルーシーの眼が部屋の隅から隅まで見渡した。「すると、電報も彼が送ったと思うのね？　でもマーク、ひどすぎる！　どうしてそんなことをしなきゃならないの？」

「わからん」マークはくたびれたように答えた。椅子に腰かけ、こめかみの毛を掻き乱した。「あいつに根っからの悪意はないんだ。本当に。オグデンは決して——つまり、意図的に——うまく説明できないが、要するに、悪いことをしているつもりはなかったにちがいない。ちょっと騒ぎを起こして、みんなが驚くのを見物したかっただけで。オグデンは、もし愉しい食事会を催すとしたら、激しく敵対しているふたりの人間をわざと招待して、同じテーブルにつかせるようなやつだ。どうしてもそうしてしまう。そういう性分だから。そこから偉大な科学者が生まれることもあるし、狡猾《こうかつ》な人間が生まれることもある。あるいは、両方が育つことも。しかし、実際にあったのは——」

「もうやめて、マーク」ルーシーが刺々《とげとげ》しく言った。苛々して落ち着かないようだが、それはおそらく心配しているからだ。「あなた自身、誰にもなんの問題もないと信じているようにはとても見えない。オグデンはどこかおかしいわ。彼は――変わった、なんとなく。いまは最悪よ。マリー・スティーヴンズをとても嫌っているようだし（ごめんなさいね、テッド）。つまりあなたは、オグデンにはああいう手紙が書けたというのね？　自分の家族のひとりに殺人の罪をなすりつけて、なんの問題もないと思ったと？」

「どうして僕にわかる？　あいつは紛れもなく一級のスパイ、手のつけられない若造だ！　あいつは僕らが霊廟を開けるとは思って――」

そこでぴたりと口を閉ざした。部屋のなかに、手で触れられそうな沈黙が生じた。トントンという、ゆっくりとした正確な音がそれを破った。タイプライターのまえで背もたれのまっすぐな椅子に坐ったブレナンが、眼鏡をはずし、机の端に軽く当てていた。ブレナンは不気味な愛想のよさで一同を見まわした。

「どうぞ先を」彼は言った。「そこでやめずに続けてください、ミスター・デスパード。あなたは〝霊廟を開ける〟と言った。私はここまで何もかも包み隠さず話してきた。あなたが同じ態度をとるのを待っていたところです」

「フォクシー・フランク――」マークは言った。口を開け、また閉じた。「そのことも知っていると言うつもりですか？」

「ええ。それでずっと悩んでいました。頭から離れない。だからわからないのです、まったく――」ブレナンは、女性をまえにしたときの鈍重なデリカシーでことばを切ったが、忌々しいと罵声を轟かせて、一同を当惑させた。「この悪夢、この馬鹿馬鹿しさ、このどうしようもないごまかしの数々をどう理解すればいいのか！　だからあなたが霊廟で何を見つけたのか、話してくれるのを待っているのです」

「話したところで、信じてもらえませんよ」

「信じますとも。かならず。ミスター・デスパード、私はあなたとご友人たちが昨日何をしたか、細大漏らさず知っています。あなたがニューヨークの五十七番埠頭でドクター・パーティントンと会ったときからね。〝尾行〟をつけていたので」

「昨晩のことを知っている？」

「いいですか！」ブレナンは注意をうながすように人差し指を立て、ブリーフケースから別の書類を取り出した。「あなたはドクター・パーティントンといっしょに、ニューヨークから午後六時二十五分にこの屋敷に戻ってきて、八時五分にまた出ていった。そして、キングズ・アヴェニューの左手にある小さな白い家に車で立ち寄った。その家はミスター・スティーヴンズの別荘で……あなたですね」と上辺《うわべ》だけの愛想でつけ加えた。「そこに八時四十五分までいて、ドクター・パーティントンと屋敷に戻ってきた。おふたりは使用人のヘンダーソンをともない、ヘンダーソンの小屋とのあいだを往き来して道具を集めた。九時三十分、そこにミスター・スティーヴンズが加わる。九時四十分、あなたがた四人は霊廟を開ける作業に取りかかり、十一時四十五分にようやくそこを開けた」

「ヘンダーソンはあのとき、誰かに見られていると言ってたが」マークが不満と不安の混じった声で言った。ブレナンにちらりと眼をやって、「それにしても――」

「三人はなかに入った。ドクター・パーティントンは屋敷に一度戻ったが、二分後にまた加わった。十二時二十八分、ドクター・パーティントンと、ミスター・スティーヴンズと、ヘンダーソンが霊廟から文字どおり飛び出してきて、尾行者は何かおかしなことが起きたと思い、ついていった。しかし、それは明らかにあの場所のにおいのせいだった。ミスター・スティーヴンズとヘンダーソンは、ドクター・パーティントンと屋敷に引き返してきて、脚立をふたつ持ち、十二時三十二分に霊廟に戻った。ドクター・パーティントンが戻ったのは十二時三十五分。十二時四十五分に、大理石の壺をひっくり返すとんでもない音が聞こえた。十二時五十五分、あなたがたはあきらめて、ヘンダーソンの小屋に引き上げ――」

「くわしい説明はいい」マークが不満げに言った。切羽詰まった声音だった。「だが、ひとつだけ。自分たちがしたことは百も承知だから省いてもらっていいけれど、ひとつ訊きたいのは、あなたの〝尾行者〟に、われわれの立てた音が聞こえたのですか？　話している内容も？」

「あなたがたが霊廟にいたとき、ヘンダーソンの家にいたときには、聞こえました。お忘れかもしれないが、ヘンダーソンの家のリビングルームの窓は開いていた。だから会話はほとんど聞こえたのです」

「なんてことだ」マークはいっとき黙ったあと言った。

「いや、そこでがっかりしないでください」ブレナンはまた眼鏡をはずして言った。「事細かにすべて話しているのは、つまり、こんなに朝早くこちらにお邪魔した理由を説明したいからです。尾行者は今朝三時ごろまで、あなたがたについていた。口を出したりはしませんでした、しないようにと命令されていたので。しかし、その場を離れるや、まっすぐ私が住むチェスナット・ヒルまで来て、私を起こしました。自分の人生がこれにかかっている気がして、とても寝ていられなかったと言います。バークがあれほど狼狽《ろうばい》しているのを見たのは初めてです。彼は言いました。〝警部、彼らは頭がいかれてます。掛け値なしの狂人です。死人が生き返ったなんてことを話してる。老人が棺から起き上がって、あの穴から出ていった、だから棺は空っぽだなんて〟。そんなわけで、私としてもできるだけ早くうかがったほうがいいと思ったのです」

また部屋のなかを歩きまわりはじめていたマークは、足を止め、冷たい笑みを浮かべて警部を見つめた。

「ああ、なるほどそうでしたか。ようやくそもそもの出発点に近づいた。われわれの頭がいかれていると思っているわけですね、警部?」

「いや、そうとはかぎらない」ブレナンは眼を落として考えながら言った。「かならずしも」

「しかし、死体が霊廟から消えたことには同意する？」

「するしかありません。バークはそう言って引き下がりませんでした。警察が思いつくことは、あなたがたがみな検討したんだと。私自身の推測を言えば、霊廟にみずからおりていくのが怖かったんですな。あなたがた全員が引き上げたあと、あそこが薄気味悪くなったんでしょう。とりわけ――」ブリーフケースのほうを見て、ふいに口を閉じた。

マークがすぐに反応した。「待った！　どうしたんです。〝とりわけ〟何ですか？　この話し合いは、帽子から予想外のウサギが飛び出すようなことばかりだ。しばらくまえにルーシーがした質問を、僕もくり返します――まだあなたの帽子にはウサギがいるんですか？」

「います」ブレナンは穏やかに言った。「たとえば、四月十二日の当夜、ほかのご家族が何をしていたかという完全な記録もある」

間ができたあと、警部は続けた。

「あなたの問題は、ミスター・デスパード、奥さんに暗示をかけられている点です。つまり」大声で言ったあと、慌てて謝るように眼を閉じて、「奥さんが犯人である可能性に縛られている。妹さんについても同じです。しかし、屋敷にはほかの人もいる。弟さんのミスター・オグデン・デスパードから順番に取り上げましょう――あなたがたのときのように。よろしい。さて、私はヘンダーソン夫人から、弟さんは昨日、町の外に出かけていたと聞きました。したがって、質問はできなかった。少なくとも、できないと思った。ところが、部下に調べさせたところ、運よく、弟さんが殺人の夜に何をしていたかがわかったのです」

マークは思い出そうとした。「記憶にあるかぎり、私立高校の同窓会があって、センター・シティの〈ベルヴュー・ストラットフォード〉で食事をしていたはずだが。ただヘンダーソン夫人がクリーヴランドから帰ってくるまで、長いことここに引き止めていたので、間に合わなかったにちがいない。九時半にわれわれが仮面舞踏会に出かけたときには、あいつはまだいましたよ。それは憶えている」

「もしかして」ルーシーがふと言いかけて、口を閉じた。

「なんです、ミセス・デスパード？」

「いえ別に。続けてください」

「じつはおっしゃるとおりです」ブレナンは言った。「ヘンダーソン夫人は、彼の行き先を憶えていました。九時四十分に、青いビュイックで出かけたそうです。そのままセンター・シティに向かい、ベルヴュー・ストラットフォード・ホテルには十時三十五分に到着。食事はすでに終わっていましたが、スピーチが続いていた。会場に入るところを目撃されています。そのあと、同窓生の何人かがホテルに部屋をとって、何かを祝っていたようです。弟さんはそれに加わり、十時三十五分から午前二時までいたことがわかっている。結果――またしても完全なアリバイです。そもそも彼を謎の訪問者と見まちがえそうな人はいない。それはあなたの場合と同じですが、これも念のためということで。リストの次の人物は、看護師のミス・マイラ・コーベットです」

ブレナンは書類から眼を上げ、にやりとして手を振った。「まあ、看護師が患者を殺してまわるなんてことは考えにくいのですが、それでも一応調べておかなければなりません。優秀な男に担当させたところ」意味ありげに言った。「彼女の行動がわかったばかりか、面談もできました」

「つまり」間ができたところへ、ルーシーがすかさず割りこんだ。「彼女から話を聞いたのね――ここにいたときに何が起きたか」

「ええ」

ルーシーは罠を探すような眼つきで相手を見た。

「まだ何か隠してるわ」と警部を非難した。「彼女は――何か入った小壜が部屋から盗まれた話をしました？」

「ええ」

「それで？」マークが腹を立てて言った。「彼女は誰が盗んだか知っていましたか？　なかに何が入っていたにせよ」

「ふたりのうちのどちらかにちがいないと言っています」フォクシー・フランクは一同を見ながら、きわめて慎重に答えた。「ですが、それはあとで話します。まず彼女の動きから。十二日の夜、ミス・コーベットは非番でした。スプリング・ガーデン通りのYWCAにある彼女の、えー、怪しげな住まいまで尾行しました。着いたのは午後七時ごろ。彼女はYWCAで食事をとり、七時半ごろ、ひとりの女友だちと映画を見に出かけ、十時ごろ戻ってきて就寝。これは同居人のもうひとりの看護師が確認しています。またしても完全なアリバイというわけです。

次、そして最後は、いま西フィラデルフィアの両親のもとにいる、メイドのマーガレット・ライトナー……」

「マーガレット？」ルーシーが叫んだ。「彼女まで調べたんですか？　憶えてるわ、あの夜、デートに行きたいというので許可しました」

「そう。それもこちらでわかりました。彼女のボーイフレンド、それからダブルデートでいっしょに出かけたもうひと組のカップルと話をしました。四人はあの夜、町じゅうをドライブしていました（駐車時間も含めてですが）。だいたい十時半から夜中まで、フェアマウント・パークの荒れ地にいたとかで。つまり、メイドが——ちなみに、彼女はドイツ系ペンシルヴェニア人です、ご存知でしたか？——伯父上の部屋に十一時十五分にいたということはありえません」

マークはしかめ面で警部を凝視していた。

「マーガレットがドイツ系ペンシルヴェニア人であることが、これとどう関係するのかわからないけれど、計り知れない意味があるんでしょうね。ところで、あなたはヘンダーソン夫人の話を信じるのですね？」

「ええ」ブレナンは考えながら言った。「信じます」

「で、彼女の夫のジョー・ヘンダーソンがそこにかかわっているとは思わない？」

「思いません」

マークは両手の拳を腰に当てた。「だとすると、全員を排除したことになる！　この家にいるか、この家と関係のある人間について、あなたはひとり残らずアリバイを証明した。ほかにこれができた人間はひとりもいない。もし警察がこれを超自然現象と見なすのなら――」

「よろしいか」ブレナンは癇癪《かんしゃく》を起こしたように言った。「ここで気持ちを切り替えて、あの夜ここであったことを虚心に見ていただきたい。私がいままで幼稚園の先生のように説明してきたのは、皆さんがウサギのようにびくびくしているからです。あなたがたの誰かが犯人であるとか、くだらない幽霊話だといった考えを捨てないかぎり、どんな質問にも答えてもらえなかったでしょう。私が皆さんに示したかったのは、どこから見ても単純な説です。この件について聞いた瞬間にわかりました。今回の少々特異な事件は、外の人間によるものです」

沈黙のあと、警部はあっけらかんと続けた。

「そんなにびっくりしないで。いい知らせでしょう？　ご自身で考えてみてください。毒殺者は女性だった。彼女は十二日の夜、皆さんのほとんどが外出することを知っていた。ミセス・デスパードが仮面舞踏会に出かけることも、どんな衣装を着ていくかも知っていた。たやすいことです。犯人は頭から肩に垂らすガーゼのスカーフまでまねていた。そうして、誰かに見られたらミセス・デスパードだと思われるだろうと踏んで、ここへ来た――おそらく仮面もつけていたのでしょう。これが起きたことの真相です。

しかし、彼女がしたことはほかにもある。ミセス・デスパードは舞踏会に出かけ、仮面をつけている。当然ですが、みんながミセス・デスパードの正体に気づき、あとでアリバイを与えてしまう可能性がある。そこで毒殺者は一計を案じ、セント・デイヴィッズにいるミセス・デスパードに偽の電話をかける」そこで突然抜け目なくルーシーを一瞥した。「電話の主も、内容もわかりません。ミセス・デスパードが話したくないようなので」

ルーシーはしゃべろうと口を開けかけ、赤面して、ためらった。

「だが結構。十ドル賭けてもかまいませんが、偽の電話だったはずです。ミセス・デスパードに無駄足を踏ませて、どこにいたかを証明できないようにするものでした。何時に電話がかかってきたか憶えていますか。十一時に二十分ほどまえです。もしそこで外に出て、四十五分か一時間ほど行方がわからなかったら——言いたいことがわかります？　しかし、ミセス・デスパードは考えを変えて、戻ってきた。

真の殺人者《マーダラー》（あるいは、女殺人者《マーダレス》と言うべきかもしれない）は、見られることをあまり怖れていなかった。なぜか——なぜなら、秘密の通路を通ってきたからです。ところがそこにヘンダーソン夫人が現われて、ラジオを聞きはじめた。さらに、サンルームにつながるフレンチドアのカーテンに隙間があった。それでも彼女は困らなかった。誰かに顔を見られないかぎり、やはりミセス・デスパードと思われるはずだから。ヘンダーソン夫人は、女性がとても静かだった、まったく動かなかったとくり返し言っていました。それはそうでしょう。持ち金すべて賭けてもいい。もし振り返ったら、誰だかわかってしまうので、動きたくても動けなかったのです。

さて、長々としゃべってきましたが、これからは皆さんが考えなければならない。この家のことを何から何まで知っていて、あなたがたの友人で、かつあの夜の状況を知っていた人物は誰か。心当たりはありませんか？」

ルーシーとマークは向き合い、相手をじっと見つめた。

「ありえないわ！」ルーシーが反論した。「この家はだいたいスケジュールが決まっていて、外出はあまりしないんです。わたしは好きだけど、マークは出かけるのが大嫌いで。それに、あの夜の仮面舞踏会は特別な愉しみという感じでした。それに、ほら、親しい友人もいないし、あ——」

口を閉じた。

「なんです?」ブレナンがうながした。

ルーシーはゆっくりと首をまわして、スティーヴンズの顔をまっすぐ見た。

十四

こうなることはわかっていた。最初はわずかひとつの単語、ひとつのフレーズから、しかし道をそれて、また戻ってくる――スティーヴンズは、これがあくまで近づいてくるのを感じていた。だんだん大きく、予想のつかない動きをするがゆえに不快になってくるのを。でたらめにひらひらと近づき、ついに部屋のなかに入ってきた。そしてスティーヴンズにはそれを閉め出す力がなかった。

「テッドとマリーを除いて、ということだけど。もちろん」ルーシーが言い、不安そうに微笑んだ。

三人の頭に同時にその考えが浮かんだのが、スティーヴンズにはわかった。マークとルーシーが彼を見た。この会見のあいだじゅう物思いに耽っていたパーティントンまでも、少し顔を上げた。闘いに備えて神経が逆立つような異様な雰囲気のなかで、スティーヴンズは、マークの思考の流れをすべてたどれるような気がした。マークの頭に考えがわいた。マークはマリーの姿を思い描いた。空白ができた。信じられないと唇がゆがんだ。またマリーを思い描き、信じられないという思いが強まって、笑みが広がった。

その心の動きを証明するかのように、彼は言った。

「驚いたな」声明を読み上げるような平坦な口調だった。「考えてもみなかったよ。テッド、昨日の晩、きみは僕に訊いただろう、自分の妻が告発されるのに耐えられるかって。立場が完全に入れ替わったようだ。僕が同じ質問をしなきゃならない」

「いいだろう」スティーヴンズはいつもの軽い調子で応じた。「じつは、僕自身も考えたことがなかった。だが言いたいことはわかる」

スティーヴンズはしかし、マークについては心配していなかった。眼の隅で、礼儀正しい仮面のような顔を向けているブレナンをしっかりとらえていた。ブレナンはどこまで知っているのだろう。この場面全体が以前にどこか別のところで演じられたという、現実離れした感覚も味わっていた。とはいえ、次の数分間が、自分の人生でいちばん重要な意味を持つことは理解していた。これからフォクシー・フランクと取っ組み合おうというのだから。

「テッドとマリー？」ブレナンはくり返し、スティーヴンズが予想していたとおり、ちょうど心の広さと温かさを感じさせるだけ首を傾けた。「あなたと奥さんですな、ミスター・スティーヴンズ？」

「ええ、そうです」

「では、正直にお答えください。あなたがたのどちらかが、マイルズ・デスパードに毒を盛りたくなる理由がありますか？　どんなことであれ」

「いいえ、問題はまさにそこです。僕たちはふたりとも、彼をほとんど知りませんでした。僕が彼と話したのは十回ほど、マリーのほうはそれより少ない。デスパード家の誰に訊いてもそう答えるでしょう」

「あなたはあまり驚いていないようだ」

「驚いていないとは？」

「告発されたことについて」ブレナンは急に制止されたかのようにまばたきした。

「〝驚く〟の定義によりますね。僕はたとえば、跳び上がって〝つまらない当てこすりを言いやがって〟と叫んだりはしない。あなたが話をどこへ導いているのかはわかります、警部。責めるつもりはない。ただ問題は、事実ではないということです」

「議論のためにうかがいますが」ブレナンは言った。「私はまだ奥さんに会う光栄に浴していません、ミスター・スティーヴンズ。奥さんの外見を教えていただけますか。たとえば、身長や体つきはミセス・デスパードと似ていますか。どうです、ミセス・デスパード？」

ルーシーの眼は奇妙に輝いていたが、視線はうつろで、まるで内側に向いているようだった。いつも穏やかで大らかなルーシーのそんな表情を、スティーヴンズはそれまで見たことがなく、気持ちが乱れた。

「ええ、ちょうど同じくらいです」ルーシーは認めた。「でも――そんな、馬鹿げてるわ！　マリーをご存知でもないのに。それに……」

「ありがとう、ルーシー」スティーヴンズは言った。「ミセス・デスパードが指摘しようとしたのは、残念ながらあなたの理論にとって不利になる点です、警部」と楽に続けた。

「確認させてもらえますか。問題の女性は、もし誰かに見られたときに、ルーシーとまちがわれるように、ルーシーそっくりの仮面と衣装でやってきた。そうお考えですか？」

「ええ、それはまちがいないと思っています」

「結構。さらに、その女性は、ほかに何を身につけていたにしろ、帽子だけはかぶっていなかった。これにも同意しますか？」

「そう、申し上げたとおり、彼女はミセス・デスパードの衣装をまねていて、ミセス・デスパードは帽子をかぶっていなかった。だが、ふたりともガーゼのスカーフを肩に垂らしていた」

「だとしたら」スティーヴンズはきっぱりと言った。「それがマリーだったという考えは完全に捨てていいでしょう。ご覧のとおり、ルーシーの髪は、詩人ならカラスの羽にたとえそうな色です。一方、マリーはブロンドだ。ですから――」

ブレナンは手を上げた。「ちょっと待った！　そう先を急がないで。われわれもヘンダーソン夫人にそのことを尋ねました。気づかなかったそうです。あるいは、件《くだん》の女性の髪が何色だったか、はっきりわからないと。だから何も証明できませんよ。ヘンダーソン夫人は、明かりが暗すぎたと言っています」

「明かりが暗すぎて髪の色がわからなかった――ところが、衣装の色はすべてあなたに話している。さらに、立っていた女性は体のまえから光を受けて、シルエットになっていた。ガーゼのスカーフだろうとなんだろうと、ブロンドの髪であれば、そのあたりでシルエットの端の部分が輝くはずです。しかし、ヘンダーソン夫人は気づかなかった。夫人が見た女性は、ルーシーのように黒髪か、イーディスのようにダークブラウンの髪だった。あなたにもわかるでしょう。だから夫人は、ルーシーかイーディスにちがいないと思ったのです。しかし、マリーの髪は真鍮のやかんのような色だから、ふたりのどちらでもないと夫人にはわかったはずだ」そこで間を置いた。「とはいえ、重要なのはそこではありません。マリーがルーシーのふりをすると仮定します。さて、大げさな衣装と仮面とスカーフを身にまとって、ブロンドがブルネットに化けるとしたら、僕はこう質問します。帽子をかぶらないのはおかしくありませんか？　二十フィートほど先からでもブルネットでないことがわかる部分を、わざわざ外にさらしておきますか？」

マークが手を上げて、ベルの紐を引く仕種をした。

「第一ラウンド終了」評論家のように言った。「彼の勝ちですよ、警部。僕が法廷助言者《アミカス・キュリィ》にならなければと思っていたが、テッド、どうやらその必要はなさそうだ。ひとつ言っておきます、警部、この男の学識は空怖ろしいほどですよ。こと議論になるとイエズス会士だって敵《かな》わない」

ブレナンは考えこんだ。「たしかに、ある意味でね。ただ、肝心の議題から離れてしまった気はしますが」眉をひそめた。「もう一度、単純な事実の確認に戻りましょう。十二日の夜、あなたと奥さんはどこにいましたか？」

「ここクリスペンにいました。それは認めます」

「どうして〝認めます〟と？」ブレナンはすかさず質問した。

「いつもとちがったからです。いつもは週末にしか来ませんが、十二日は水曜だった。僕の仕事がフィラデルフィアであったもので」

ブレナンはルーシーのほうを向いた。「ミセス・スティーヴンズは、あなたが仮面舞踏会に行くことを知っていましたか？　あなたが着る衣装のことも？」

「ええ、知っていました。あの日の午後、マリーがここに来て、急な話だけれど今夜は別荘に泊まることになったと言い、わたしたちの夜の予定を尋ねたんです。わたしは彼女に衣装を見せました。ちょうど仕上がるところだったので。画廊の一枚の絵を見て、自分で作ったんです」

「ひとつ訊いてもいいかな、ルーシー？」スティーヴンズが割りこんだ。「マリーがその衣装について耳にしたのは、あの水曜の午後が初めてだった？」

「ええ、作ることに決めたのが月曜だったから」

「あのドレスを衣装屋とか仕立屋といったところから買うことはできるだろうか」

「絶対無理だと思うわ！」ルーシーは辛辣に言い返した。「すごく風変わりだし、細かくできてるから。言ったように、わたしはこの家にあった絵をまねたの。ほかであああいう服は見たことがない。だから――」

「水曜の午後、あなたがマリーに衣装のことを話してから、謎の訪問者がマイルズの部屋に現われた十一時十五分までのあいだに、マリーが自分でその服を作る時間はあったかな？」

ルーシーは大きく眼を見開いたあと、細めた。「ああ、それはないわ、もちろん！　考えてもみなかった。わたしがあれを作るのにも三日かかったの。マリーには素材を仕入れる時間すらなかったはずよ。それに、いま思い出したけど、彼女は六時半までここにいたの。そのあとあなたに会いにいったのよ」

スティーヴンズは椅子の背にもたれ、ブレナンを見た。初めてブレナンは心から困惑しているように見えた。うまく抑えてはいるが、快活な態度の下で、短気の虫がわずかに動きはじめたのがわかった。それを笑みと内密な雰囲気で押し隠した。

「そこは確かでしょうな、ミセス・デスパード？」警部は尋ねた。「その手のことには疎《うと》いのですが、もし誰かが急いで作業すれば——」

「絶対不可能です」ルーシーは女教師の威厳を漂わせて、首を振りながら宣言した。「本当に！　あのダイヤモンドの飾りを貼りつけるだけでも、まる一日かかるんですから。なんならイーディスに訊いてみて」

　ブレナンは首のうしろを掻いた。「それでも誰かがその衣装をまねたのです！　もし——いや、いかん。これはあとで話しましょう。また脱線してしまった。質問に戻ります」もはや損なわれた人のよさでスティーヴンズに向き直った。「あなたは十二日の夜、どうすごされました？」

「妻と家ですごして、早めに就寝しました」

「寝たのはいつごろですか？」

「十一時半ちょうど」スティーヴンズは実際より一時間遅く答えた。ブレナンに初めてついた明白な嘘だった。それを聞いて、フォクシー・フランクの眼玉が大きくなった気がした。想像力の働きで、スティーヴンズには自分の声が妙に聞こえた。「十一時半です、警部。とくに記憶に残っています」

「それはどうして？」

「平日にクリスペンに来たのは初めてだったので。翌朝、ニューヨークに車で戻るのに間に合うように、眼覚まし時計をセットしなければならなかった」

「それについて、あなた以外に証人はいますか？　お子さんとか、メイドとか？」

「いいえ。メイドはいますが、来ているのは昼間だけです」

ブレナンは決意したようだった。眼鏡をまた上着の胸ポケットに突っこむと、両膝をパンと叩いて立ち上がった。鋭く、危険な感じが強まった。

「もし同意していただけるなら、ミスター・デスパード」彼は言った。「この件に関して、いますぐ解決できることがひとつあります。看護師のミス・コーベットはご在宅ですか？　盗難のことについてうかがいたいのだが」

「イーディスのところにいます。呼んできましょう」マークは、警戒心と好奇心がない交ぜになった鋭い視線を送った。「それと、見当ちがいの議論をやめてくれてよかった。衣装の件でそれは明らかだ。わかっていましたよ、マリーがこのことにかかわっているはずがないと――」

「でも」ルーシーが言った。「わ、わたしがかかわっていることは、なんのためらいもなく信じたのね」

思わず口をついて出たことばだった。抑えられなかったようだ。ルーシーは言った途端に後悔していた。小さな四角い顎が強張り、眼が泳いだが、マークのほうは見なかった。紅潮した顔で立ち、石のマントルピースの上にかかった絵を見つめていた。

「何を考えてた？」マークは訊いた。「僕は――くそ、考えてもみろ。あの衣装、あの外見、あの——それに、きみがかかわってるなんて一度も考えたことがない！　そこがいちばん重要だ」

「それはいいの」ルーシーは依然として絵を見つめながら言った。「気にしてるのは、わたしにひと言でも話すまえに、あなたはまわりの人とよく相談すべきだったってこと」

厳しく咎められたマークは本能的に言い返した。「このあたりで、そういうことを相談して喜ばれる人間はいないね。僕は心配だったんだ。さっき聞いたとおり、仮面舞踏会できみを連れ去ろうとする電話があったと知っていたら、なおさら心配しただろう。電話のことを聞いてなかったから——」

「黙って《テ・トワ》、愚かな人《アンベシル》」ルーシーは言った。気持ちは変えても、眼は絵から落とさなかった。「警官が耳をそばだててるのに《レ・ザジャン・オン・デ・ゾレイユ・ロング》。誓って言うけど、逢い引きじゃなかった《ス・ネテ・パ・アン・ランデヴ・ジュ・タシュール》」

マークはうなずき、重い足取りで部屋から出ていった。猿のように腕を振る、そんな小さな動きにも怒りが表われていた。ドアのところでパーティントンに合図を送ると、パーティントンは立ち上がり、一同に神妙にうなずいて、あとを追った。スティーヴンズは、医師がそこにいたことにすら驚いた。穏やかではあるが、やたらとしゃべっていた前夜の彼を思い出し、威厳を取り戻すために眼覚めの何杯かが必要になったのだろうかと考えた。とはいえ、やはりブレナンが気がかりだった。ブレナンは本当に攻撃をあきらめたのだろうか、それとも、再開の準備を整えているだけだろうか。

ルーシーが伏し目がちに微笑んだ。

「申しわけありません、ミスター・ブレナン。フランス語を口にするなんて悪趣味もいいところでした。子供のまえでことばを理解されたくないときに、わざと綴りを言うみたいに。それに、あまりにもありふれた手口ですよね。理解されたにちがいないわ」

ブレナンは明らかにルーシーに好感を持っていて、片手を振った。

「例の電話についてずいぶん悩んでおられるようだ、ミセス・デスパード。私は悩んでいませんよ、このとおり。真相はわからないが、無理に訊くつもりはない。ほかにやるべき重要なことがありますからね」

「それは何ですの？」ルーシーは大声をあげた。「それをうかがいたかったんです。今回のことはあまりに混乱していて――幽霊だとか、意味をなさないこととか、マイルズ伯父様の遺体が消えたなどという身の毛のよだつようなことまであって――警部さんがどこから手をつけるつもりなのかもわからない」

「遺体は見つけますよ、もちろん」ブレナンは眼を見開いて言った。「それがなければ先へ進めません。伯父上は毒殺された、それは疑いのないところだ。そして犯人は、ミスター・デスパードが霊廟を開けるのを事前に知って怖くなり、遺体を盗み出した。単純な話です。遺体がないかぎり、毒殺されたと証明することはできない。どうやって盗んだか？それは私に訊かないでください！　霊廟の秘密の入口は見つかっていない――まだね」そこで振り返り、眉間にしわを寄せてスティーヴンズを見た。「ただし、ちょっとした情報がある。無料で提供しましょう。昨夜、霊廟を開けたあなたがた四人が、何も不審な行動をとっていないことはわかっています。これが今朝、私のところへ来て説明したのであれば、四人で示し合わせてでっち上げたと思ったことでしょう。しかし、あなたがたに見張りをつけていたので、そうでないことがわかる」

「ええ」スティーヴンズが言った。「これまでで、それが唯一運のよかったことでした」

ルーシーは不安だった。「でもどこを探すのです。たとえば、どこかの土地を掘ってみるとか？　物語のなかではいつもそうですけど。ランタンとかあれこれ用意して」

「必要があればやりますよ。しかし、それほどの騒ぎは起こさなくてすむでしょう。答えはすべて配られたカードのなかにある」――穏やかに、しかしふたりを見すえて――「つまり、この家のなかにありそうだ」

「この家のなか？」スティーヴンズがわけもなく驚いていった。

「ええ。ちがいますか？　霊廟には秘密の通路があるはずです。マイルズ・デスパードの部屋のどこかにも秘密のドアがある。個人的には、そのふたつは関連している気がします。直接つながっているのかもしれない」

「いや、ですが警部、まさか例の女性がマイルズに砒素のカップを渡したあと、秘密のドアから抜け出して、霊廟の棺のひとつに収まったなんてことを仄《ほの》めかしてるわけじゃありませんよね」

「〝仄めかす〟ね」ブレナンはすぐに応じた。「いや、私もそこまで頭がいかれてはいません。だが、こういうことは言える。昨日の晩、あなたがた四人が二時間かけて霊廟を開けているあいだに、女性がそのなかに入って、遺体を運び出したのかもしれない――だから、それはいま霊廟と屋敷を結ぶ通路のどこかにあると」片手を上げた。「女性にそんな力はないと言わないでくださいよ」そこで思いに浸り、懐かしそうに眼を輝かして続けた。

「私の父は荒くれ者でした」

ルーシーが眼をぱちくりさせた。「遺伝の話はしてませんでしたけど、どうしてそんな話題に？」

「アイルランドのコークの生まれで」ブレナンは言った。「一八八一年にこの国に来ました。身長は六フィート三インチ（約百九十センチ）。ラファティの酒場で『シャン・ヴァン・ヴォクト』を歌うと、セカンド通りから独立記念館まで声が聞こえたものです。で、父は土曜の夜にはかならず酔っ払い、これがもう筋金入りの酔っ払いで、帰ってきたときに、廊下の帽子かけを通過してからぶっ倒れるなら儲けものというほどでした。ただの重い荷物になってしまうのですが、それを私の母は――言っておきますが、決して大柄ではありませんでした――いつもベッドに運んで寝かせていたのです」ブレナンは間を置き、快活につけ加えた。「そういうことです。大げさに聞こえましたか？」

「ええ」スティーヴンズは短く答えた。

「今回のことを物理的に考えてみましょう。とりあえず、犯人が誰かは措《お》くとします。誰でもよろしい。しかし、霊廟に入る通路があったとして、棺を開けるのはむずかしかったでしょうか。ハンダづけとか溶接はしていなかったのですね？」

「ええ」スティーヴンズは認めるしかなかった。「金属ではなく木の棺で、縁のところにボルトが自動的に二本入ります。ですが、あの留め金を持ち上げるのには、さほど時間はかからないが大変な力が要る。女性でも砲丸投げや円盤投げの選手ならどうにかなるかもしれませんが」

「殺人犯に共犯者がいなかったとは言っていませんよ。あなた自身も立派な体格だ。老人はどうでした？　大きい人でしたか？」

ルーシーは首を振った。少しまえに眼に浮かんでいた当惑の表情が戻っていた。「いいえ、むしろ小柄でした。せいぜい五フィート六インチくらいで。それより低かったかも。わたしとそう変わらなかったから」

「体重はあった？」

「いいえ。ご存知のように、病気がちでしたし。回復してきたときに、お医者様がバスルームにある体重計で量らせようとするんですけど、伯父様は毎回とても怒っていました。ほとんど骨と皮みたいに痩せていて、わたしの記憶が正しければ、百九ポンド（約五十キロ）

でした」

「であれば——」ブレナンは言いかけて、口を閉じた。ミス・コーベットがマークと部屋に入ってきて、真剣に聞いていた。

看護師はまだコートを着ていたが、帽子は脱いでいた。スティーヴンズはとにかく髪の色という考えに取り憑かれていたので、ルーシーかイーディスのようなブルネットであってほしいとなかば願っていたが、ミス・コーベットの髪の色は薄く、角張って力強い顔立ちや、冷静な茶色の眼と対照的に、褪せたような黄色だった。本来じつに魅力的な顔だが、いかんせん活気がまったくと言っていいほど感じられない。仕事に対する義務感と、迷惑そうな表情が読み取れるだけだった。ブレナンは儀式めいた仕種で、彼女を椅子に坐らせた。

「ミス・コーベットですな？　結構。昨日の午後、うちの署からパートリッジという刑事がこちらに来て、お会いしたと思いますが。あなたは彼に供述した」

「質問に答えました」

「まさに。そういうことです」ブレナンはすばやく相手を見たあと、書類に眼を戻した。「お話によると、四月八日土曜の午後六時から十一時のどこかで、四分の一グレインのモルヒネの錠剤が入った二オンス壜が、あなたの部屋から持ち去られた」

「本当にモルヒネだったのか——」マークが言った。

「進行は私にまかせてください」ブレナンがぴしりと言った。「壜がなくなったとき、あなたは誰が持っていったと思いました？」

「最初はミスター・デスパードが持っていったと思いました。ミスター・マイルズ・デスパードです。いつもモルヒネを欲しがっていましたが、当然ながらドクター・ベイカーが与えなかったのです。一度、わたしの部屋で壜を探しているのを見つけたこともあります。だから、ミスター・デスパードだと思ったのです」

「壜がなくなったとわかったとき、どうしましたか？」

「探しました」看護師は事務的に答えた。この人の鈍さはなんなのと言わんばかりに。「ミス・デスパードに相談しましたが、細かいことまでは話しませんでした。持っていったのはミスター・デスパードで、戻してもらえると信じていましたから。でもご本人に訊くと、絶対にちがうということで――とはいえ、何かするような時間もなかったんです。壜はその日の夜に戻ってきたので」

「中身は減っていましたか？」

「ええ、四分の一グレインの錠剤が三錠」

「法律的に言えば」マークが口を挟んだ。「この質問は関連がなく、不適切で、まったく重要でない。なぜみんなモルヒネについて熱心に議論してるんです。それがマイルズ伯父に与えられた毒というわけでもないでしょう。たった三錠じゃ彼だって具合が悪くならない」

ブレナンは肩越しにちらっとマークを見た。「その点はあとで触れます。ミス・コーベット、昨日、部長刑事にした話をもう一度していただけますか――壜がどんなふうに戻ってきたか、そして、四月九日の日曜の夜に何を見たかについて」

看護師はうなずいた。

「午後八時ぐらいでした。二階の廊下の先にあるバスルームに入ったときのことです。そこのドアからは廊下がずっと見渡せて、途中にミスター・デスパードの部屋のドアと、そのまえに机があります。明かりもついています。二分も経たないうちに、わたしがバスルームから出てくると、ミスター・デスパードのドアから階段のほうへ遠ざかっていく人影が見えました。そのとき机の上に何かが置かれていました。距離があったので、何かまではわかりませんでしたが。でも机のまえまで行くと、それは二オンス壜でした。そこに戻ってきたのです」

「机から遠ざかっていった人は誰でした？」

「ミセス・スティーヴンズでした」看護師は言った。

それまで彼女の態度は、治安判事のまえで証言し、さっさと任務を果たそうとする警官のように形式張ったものだった。それがいまやスティーヴンズのほうを向き、思いつめたように話しかけた。

「ごめんなさい。今朝、あなたか奥さんとちゃんと話し合いたかったのだけれど、大事なお友だちのミスター・オグデン・デスパードが入ってきたものだから。昨日、あの愚かな警官に実際に話したことをお伝えしたかったんです。彼はわたしに、ミセス・スティーヴンズが壜を机に置くところをこの眼で見たと言わせようとした。そんなことを言うつもりは毛頭ありません」

ブレナンの眼にちらと光が差したが、愉しんでいる光ではなかった。「おやおや、それは感心しませんね。ほかにどう考えられるというんです。ほかに誰が壜を置けます？」

「いまもわかりません」

「ですが、あなたは何をしました？　ミスター・デスパードだったかもしれないし」

「話せませんでした。彼女は階下におりて、ミセス・スティーヴンズに話さなかったのですか」

「話せませんでした。彼女は階下におりて、家から出ていってしまいましたから。そのままふたりはニューヨークに戻っていきました。あの夜は別れの挨拶に来ていたのです。だからわたしは、待って様子を見るしかないと思いました」

「なるほど。それで？」

「もうああいう馬鹿げたことが起きるのには耐えられませんでした」ミス・コーベットは色の薄い眉を上げて言った。「誰がやったにしろです。そこで部屋を出るときには、かならず鍵をかけることにしました。ミスター・デスパードの部屋につながるドアには、わたしの側から閂《かんぬき》をかけました。廊下に出るドアのほうは、ふつうの鍵を使うので難がありましたけど、たまたま父が鍵屋で、わたしもいくつか習得していることがあります。一度、錠を取りはずして改造しました。鍵の操作法を教えないかぎり、奇術師フーディニだって開けられません。そこまでやることはなかったのかもしれませんが、意外なことにミセス・スティーヴンズが、続く水曜の午後にやってきて、その日の夜は、わたしは非番で――」

「マイルズ・デスパードが殺された日の午後ですね？」

「ミスター・デスパードが亡くなるまえの昼間です」ミス・コーベットは鋭く言い返した。「そのころには、わたしも考えていたことがあって――」

「ここです」ブレナンがさえぎって、マークのほうを向いた。「核心に近づいてきましたよ。これでなぜ私がこつこつと質問しつづけてきたのかがわかります。ミセス・スティーヴンズは――」また書類を見て、「ミセス・スティーヴンズは、これまであなたに毒薬一般について尋ねたことがありますか？」

「はい」

「その内容は？」

「どこで砒素を買うことができるだろう、と」

重く不気味な沈黙が部屋におりた。スティーヴンズは一同の眼が自分に向けられるのを意識した。眼に取り囲まれた。ミス・コーベットの額はまだらに赤らんでいるが、眼は冷静に、決然とスティーヴンズをとらえていた。彼女の息づかいが聞こえた。振り返ったブレナンの眼は猫のように敏捷で、温和だった。

「厳しい告発だ」ブレナンは言った。

「告発じゃありません！　告発なんかじゃなくて、ただ――」

「裏づけが必要ですね」ブレナンは続けた。「可能であれば、ですが。ミセス・スティーヴンズがそう言うのを、ほかに聞いていた人はいますか」

看護師は首をめぐらした。「ええ、ミセス・デスパードが」

「それは本当ですか、ミセス・デスパード」

ルーシーはためらった。口を開き、またためらい、ついに一同をまっすぐ見た。

「ええ、聞きました」彼女は答えた。

スティーヴンズは両手を椅子の肘かけに押しつけ、部屋のただならぬ熱気と、まわりの視線を感じていた。どこか他人事のような感覚で、自分を見る眼が一対増えているのに気づいた。ドアのそばの暗がりに、嘲笑う静かな眼差しと、驚きに開いた口――オグデン・デスパードだった。

十五

ブレナンはミス・コーベットの椅子の背に片腕をのせ、もたれながら、ルーシーに話しかけた。

「私はあなたの心の動きをたどろうとしています、ミセス・デスパード。顔を見ればだいたいわかる。最初に私が話を向けたときには驚いていたようだった。けれども、あなたはミセス・スティーヴンズのことを考えはじめた。考えれば考えるほど、思い当たることがある。それまで思いつかなかったのが腹立たしかったが、口に出すわけにはいかない。やがて仮面舞踏会の衣装の件が持ち出され、あれほど短期間で複製することは誰にもできないとなった。あなたとしては、それでひと安心だ。ミセス・スティーヴンズがかかわっているはずはない。ところがいま、また自信がなくなった。どうです、正しいですか、ちがいますか？」

「それは――」ルーシーは前後にせかせかと動きながら、腕を組んだ。「こんなこと、馬鹿げてます！　どうしてわたしにわかるというの。この人に説明してあげて、テッド」

「心配しなくていい。そうするから」スティーヴンズは言った。「反対尋問させてもらえますか、警部」空威張りだった。頭のなかにはなんの考えもなかった。

「反対尋問すべきことが見つかったら、いつでもどうぞ」ブレナンは言った。「先ほどの点に戻りましょう、ミス・コーベット。どこで砒素が買えるか、とミセス・スティーヴンズから尋ねられたのはいつでした？」

「三週間ほどまえです。日曜の午後だったと思います」

「そのときのことを話してください。残らずすべて」

「ミセス・スティーヴンズ、ミセス・デスパードとわたしの三人で、ダイニングルームに坐っていました。三月の終わりで、風の強い日でしたから、暖炉の火のまえに集まっていました。バターを塗ったトーストにシナモンを振って食べながら。そのとき、新聞にある事件がのっていたんです。カリフォルニアで起きた殺人事件で、わたしたちはそのことについて話しました。やがて話題が殺人になって、ミセス・デスパードが毒についてわたしに尋ねて——」

「ミセス・スティーヴンズですね」ブレナンが言った。

「いいえ、ちがいます」看護師は鋭く振り向いて反論した。「ミセス・デスパードです。本人に訊いてみてください。ミセス・スティーヴンズはそのあいだ、ひと言もしゃべりませんでした。まあ、一度だけを除いて。ちょうどわたしが見習いだったころの話をしていたときです。ストリキニーネを飲んでしまった男性が病院に運ばれてきたときの様子を話していると、ミセス・スティーヴンズが、その人はすごく苦しんでいたと思うかとわたしに尋ねました」

「ああ、そこが知りたかった。そのときの彼女はどんな態度でした？　どんなふうに見えました？」

「きれいでした」

ブレナンは困った顔で相手を見つめ、書類を一瞥して、また眼を上げた。「それはどういう答えですか。私の質問がおわかりにならなかったようだ。きれいでしたとは、どういう意味です？」

「ことばどおりの意味です。彼女は――正直に言ってもかまいません？」

「もちろん、どうぞ」

「彼女はまるで」目撃者は冷たく落ち着いた声で言った。「性的興奮を抑えきれない女性のようでした」

スティーヴンズの体を冷たい怒りが駆け抜け、何かの爆発か強い酒のように体じゅうに広がった。しかし、彼は相手にしっかりした視線を送りつづけた。

「ちょっと待った」スティーヴンズは割りこんだ。「議論がいささか度を越していませんか？　ミス・コーベット、もしよろしければ、性的興奮を抑えきれない女性がどのように見えるか説明してもらえませんか」

「いや！」ブレナンが鋭く言った。「そこはほどほどに。紳士らしくふるまうべきだ。この人を侮辱していい理由はありませんよ。彼女はただ――」

「侮辱するつもりはありませんでした。もしそうだったら謝ります。ただ言いたかったのは、こういうことばはなんの意味も持たないということです。いや、むしろ勝手にあらゆる意味を持たすことができる。だから、どういう意味なのか知りたいのです。咎めたいなら咎めてもらってかまわないが、これをくだらない心理学の症例にしないでいただきたい。簡潔なことばを使ってください、ミス・コーベット。あなたはつまり、僕の妻が殺人狂だと言いたいのですか」

「その調子だ」マーク・デスパードが怒り、当惑して弁護にまわった。「いまここで何をしているのか、よくわかりませんね、警部。よろしいですか。もしマリー・スティーヴンズを容疑者に仕立てたいのなら、どうしてわれわれと話しているのです。なぜ彼女に会わないのですか？　テッド、マリーに電話をかけて、ここに来てもらったらどうだ。マリーみずからすべての質問に答えてもらおう」

新しい声が言った。

「そうだ。そのとおり。どうしてそうしないのか、彼に訊いてよ」

部屋の入口から、オグデン・デスパードがふらりと進み出た。深々とうなずくので、長い顎が襟にぶつかっていた。ラクダ毛のコートも着たままで、服も着替えていない。喜ぶというより非難がましい表情だが、明らかにいまの状況を愉しんでいて、彼の人格が部屋を圧するほどだった。

「もしよかったら、ブレナン、この人にいくつか質問したいんだけど。あなたのためにもなりますよ。一分ほどで彼をがんじがらめにしてみせるから。さて、スティーヴンズ、どうして電話しないの？」

オグデンは待った。子供の答えに耳を傾ける人のように。スティーヴンズは怒りを隠すために、懸命に心を静めなければならなかった。ブレナンはまだいい。気のいい男だ。しかし、オグデンはまったく別種の人間だった。

「ほら、答えないでしょう」オグデンは言った。「僕が答えを引き出さなきゃならないようだ。電話しないのは、彼女がいないからでしょう？　逃げたんだ、ちがう？　今朝はあそこにいないよね」

「ああ、いない」

「ところが」オグデンは眼を見開いて続けた。「今朝七時半に僕が立ち寄ったときには、まだベッドにいると言った」

「言っていない」スティーヴンズは静かに答えた。

オグデンは不意を突かれた。十分の一秒ほど、ことばを失った。オグデンは自分の予想が正しいことを確かめて、攻撃するのに慣れていた。すると犠牲者はたいてい事実を認め、すぐに言いわけを並べはじめる。オグデンはそういう立場が好きなのだった。が、告発を否定されるのは、彼にとって新しい体験だった。

「あきれたな」見下したように言った。「嘘はやめようよ。まだベッドにいると言ったでしょう。ほかにも聞いてる人がいるんだから、認めたほうがいい。彼はそう言ったよね、ミス・コーベット？」

「わからないわ」看護師は冷静に答えた。「あなたたちは台所にいたから。わたしには聞こえなかった。だから、わたしを証人にしようとしても無理よ」

「あ、そう。でも、いまいないのは認めるんだね。彼女はどこにいる？」

「今朝、フィラデルフィアに出かけた」

「へえ、今朝、フィラデルフィアにね。なんの用事で？」

「買い物だ」

「ひとつ指摘したいね。今朝七時半前に起きて、大急ぎで買い物に出かけた、そんなことをみんなが信じると思う？」オグデンは襟に顎をこすりつけ、皮肉な顔つきで一同を見まわして言った。「マリー・スティーヴンズはこれまでそんな時間に温かいベッドから出て、買い物をしにいったことがある？」

「いや、なかった。たしかミス・コーベットにも言ったと思うが、僕たちはふたりともひと晩じゅう起きてたんだ」

「でも彼女はずいぶん朝も早いうちに店に出かけたわけだ。どうして?」

「土曜だからだよ。店は午《ひる》に閉まる」

オグデンは作り笑いをした。「へえ、土曜だから? 土曜だから彼女はあなたを見捨てていった? どうして嘘ばかりつくんだい。彼女が逃げ出したのは昨日の夜だよね、ちがう?」

「僕がきみだったら、この手のことをあまり長い時間、しつこく追及しないがね」スティーヴンズは言い渡して、ブレナンを見た。「ほかに僕に訊きたいことはありますか、警部。家内が今朝、町に出かけたのは事実ですが、午後戻ってこなければ、僕が殺人を自白してもいいくらいだ。僕としては、この友人のオグデンが言うことはあまり信用できない。ちなみに、あなたに匿名の手紙を送り、電報であなたの名を騙《かた》ったのは彼ですから、どれだけ信頼できるかは推して知るべしでしょう」

ブレナンの顔が疑念で暗くなった。オグデンからスティーヴンズに眼を移した。

「重要な話題が出るたびに、脱線はしたくない」警部は不満げに言った。「が、これについては脱線する価値がある。いまの話は本当かな、お若い人? 私に手紙を書き、ほかの人たちにここへ戻ってくるよう電報を送った?」

オグデンがほかにどんな素質を持っているにせよ、少なくとも勇気はたっぷりあった。

二歩うしろに下がり、冷ややかにまわりを見つづけた。回転の速い頭は明らかに方策を検討しているが、顔は完全に無表情のままだった。

「何も証明できませんよ」オグデンは肩をすくめて言った。「僕があなただったら気をつけるけど。これは誹謗だ。名誉毀損だっけ。どっちがどっちかいつも忘れる。でもとにかく、そういうことには気をつけたほうがいい」

ブレナンはオグデンを鋭く観察した。短いあいだ黙って、太い指でポケットの硬貨をチャラチャラいわせていた。そして首を振った。

「ふと思ったんだが、きみは気に入った本に倣《なら》って、探偵ごっこをしてるんじゃないかね？　それは不愉快だ。まちがってもいる。もしきみの想定どおりに私が行動するなら、あっと言う間にきみを刑務所に放りこんでいるところだ。証拠を見るかぎり、そうむずかしいことじゃない。電報を申しこんだ人間を見つけることはできるだろう」

「法律を勉強したほうがいいよ、フォクシーお爺さん」オグデンも首を振りながら、青白い笑みを浮かべて言った。「あの電報は文書偽造じゃない。法律によれば、文書偽造っていうのは、そこから個人の利益が直接得られる行為でなきゃならない。僕がチェイス・ナショナル銀行の頭取に、〝私の個人的な伝令であるミスター・オグデン・デスパードを紹介します。彼に一万ドルを渡していただきたい〟と手紙を書いて、そこに〝ジョン・D・ロックフェラー〟と署名したら、それは文書偽造だ。でも、〝ミスター・オグデン・デスパードを紹介します。くれぐれもこのかたに失礼のないよう願いたい〟と書いて、同じ署名をしても、文書偽造にはならない。微妙な問題ですよ。あの電報のなかに、僕が法的に追及されるような文言は何ひとつ含まれてない」

「すると、送ったことは認めるのだね？」

オグデンは肩をすくめた。「何も認めませんよ。認めるのは得策じゃない。タフであることが自慢なんで。実際にタフだし」

スティーヴンズはマークに眼をやった。マークは暖炉の横の本棚に物憂げにもたれていた。薄青の眼はとても穏やかで、思慮深い。両手を灰色のセーターのポケットに深々と突っこんで、服の形が崩れるほどだった。

「オグデン」マークは言った。「おまえがいったい何に取り憑かれているのか理解しがたいな。ルーシーの言うとおりだ。おまえはいままでいちばんひどいことになっている。マイルズ伯父の金をいくらか手にして、頭がおかしくなってしまったんだろう。なんなら、どれだけタフか、ふたりきりで試してみてもいいんだぞ」

「僕が兄さんだったらやめとくな」オグデンはさっと振り向いて言った。「世界における僕の価値は、知ってることの多さだ。僕はなんにでも興味を持つ。たとえば、そこにいるトム・パーティントンを兄さんが呼んだのは、愚かだったと思うよ。イギリスじゃパブの酒を片っ端から飲み尽くして、昔のことを思い出しながら、うまくやってた。何も学ばない人だけど、今回はさすがに、ジャネット・ホワイトについて何か学ぶかもしれないね。兄さんは一度じゃ足りないの？　また最初からくり返すつもり？」

「誰だね」ブレナンがすぐに訊いた。「そのジャネット・ホワイトというのは」

「ああ、ある女性ですよ。僕も会ったことはないけど、彼女のことはよく知ってる」

「きみはあらゆることを知っているようだ」ブレナンはかっとなって言い返した。「だが、今回の件にかかわることを何か知っているのかな？　ほかに何か？　ない。それは確かかね？　よろしい。もしないなら先を続けよう――砒素とミセス・スティーヴンズについて。ミス・コーベット、あなたは三週間前の日曜、毒薬のことを話したということでした。どうぞ先を」

　看護師は思い出しながら言った。

「そのあともしばらく話していましたが、ミスター・マイルズ・デスパードに牛肉スープを用意する時間になったので、わたしが少し暗い廊下に出ると、ミセス・スティーヴンズがついてきて、うしろからわたしの手首をつかんだんです。火のように熱い手でした。そしてわたしに、砒素はどこで買えるのと」ミス・コーベットはためらった。「そのときには、とても奇妙に思いました。言っていることの意味がわからなかったので。ミセス・スティーヴンズは、最初は〝砒素〟と言わなかったんです。誰かの〝処方〟だと言って。誰かの処方――名前は忘れてしまいました。フランス人だったと思いますけど。そのあとなんのことか説明してくれました。ちょうどそこでミセス・デスパードもダイニングルームから出てきて。ミセス・デスパードにも聞こえたんじゃないかと思います」

ブレナンは首を傾げた。「誰かの処方？　知恵を貸してもらえませんか、ミセス・デスパード」

ルーシーは不安そうに眉を寄せた。訴えるようにスティーヴンズを見た。

「あまりお話しできることはありません、たしかに聞こえましたけど。名前ははっきりわかりませんが、Gで始まっていたと思います。たとえば〝グラッセ〟とか。それでは意味がつうじませんね。それにとても早口だったので。彼女の声であることもわからないくらい。いつもとちがっていました」

そこでマーク・デスパードがゆっくりと部屋のなかを見まわした。正面にまぶしい光を置かれて、眼を慣らそうとしているかのように、まばたきした。両手をポケットから出し、片方で額をこすった。

「おふたりのどちらか」ブレナンが主張した。「彼女がなんと言ったか思い出せませんか。非常に重要な点であることはおわかりでしょう」

「無理です」看護師はどことなく迷惑そうに苛立って答えた。「話が混乱していましたし、いまミセス・デスパードが言ったように、とても変わった口調だったので。ミセス・スティーヴンズが言ったのは、〝いまは誰が持ってるの？　わたしがいたところでは、むずかしくなかった。でも昔の人が死んでしまって〟というふうな」

鉛筆でメモをとっていたブレナンは眉根を寄せ、「意味をなさない！」と文句を垂れた。「わからない、これは――いや待てよ！　言語で苦労しているということですか？　彼女の名前はマリーだ。そしてフランス人の名を口にした。すると、彼女はフランス人？」

「いえいえ」ルーシーが言った。「あなたやわたしと同じように英語をしゃべりますよ。彼女はカナダ人です。先祖はフランス人ですが、もちろん。たしか旧姓はマリー・ドブレーと」

「マリー・ドブレー――」マークが言った。

怖ろしいほどの変化がその顔に表われていた。少しまえに進み出て、一語一語、人差し指で強調しながら、重い口調で言った。

「よく考えてほしい、ルーシー。真剣に考えてくれ。誰かの命がかかっているかもしれないのだから。〝誰かの処方〟。それはひょっとして〝グラゼルの処方〟じゃなかったか？　ちがう？」

「ああ、そうだと思うわ。でもどうしたの。それがいったいなんなの？」

「きみはおそらく、この家の誰よりマリーのことをよく知っている」マークは同じ顔つきで続けた。「知り合いになってこのかた、彼女のほかのふるまいで何か奇妙だと思ったことはなかったか？　なんであれ、おかしいと気づいたことは？　それがどんなに馬鹿げたことに思えようと」

その間ずっと、スティーヴンズは、線路に立って列車が飛ぶように近づいてくるのを見ている感覚を味わっていた。線路から動く力もなく、吸いこまれそうな蒸気機関車の隻眼《せきがん》から眼をそらすこともできない。走る列車の轟きまで聞こえた。それでもどうにか割りこんだ。

「愚かしいことを、マーク。今回のことには伝染性があるようだな。まるで〝私ときみを除く全世界はおかしい。きみも少しおかしい〟という昔の考え方だ。その伝でいくと、この部屋にいる人は全員、頭がおかしくなっている。なんなら証明してみせようか。とくに、きみだ」

「答えてくれ、ルーシー」マークは言った。

「ないわ」ルーシーはすぐに答えた。「気づいたことは一度もない。テッドはひとつ正しいことを言った。あなたこそ自分の行動を調べてもらうべきよ。たまたま知ったんだけど、あなたが殺人事件の裁判だとかなんだとかに興味を抱いているのにはぞっとするって、マリーも思ってる。ええ、マリーにおかしいところなんて何ひとつないわ。ただ、もちろん――」

口を閉じた。

「ただ――？」

「大したことじゃないけど。マリーは漏斗《じょうご》をまともに見ることができないの。ヘンダーソン夫人が台所に果物の砂糖煮を保存していて、果汁を濾《こ》すために使ってたんだけど……つまり、マリーの眼のまわりにあんなにしわができるなんて知らなかった。彼女の口があんなにゆがむのも」

沈黙ができた。肌に冷たく感じるほどの沈黙だった。マークはまだ手で両眼を押さえていた。その手をはずすと、顔にはいつもの真面目で純朴な表情が浮かんでいた。

「いいですか、ミスター・ブレナン。ここから抜け出す最短の道は、背景にあるものをあなたに見てもらうことだ。すまないが、テッドと警部を除いて、残りのみんなは一度この部屋から出てくれないか。文句はなしということで。さあ、出て。オグデン、手伝ってもらおうか。ヘンダーソンの家まで行って彼を叩き起こしてくれ。どうやらまだ寝ているようだ。手斧と鑿《のみ》をここへ持ってくるように言ってくれ。もっと大きな斧はこっちの台所にあると思う。僕はそれを使う」

ブレナンの表情から、マークの頭のネジがついにはずれたかと彼が考えているのは明らかだった。警戒し、異を唱えるかにも見えたが、やがてブレナンはまあつき合うかといった態度で、そびやかした肩をおろした。ほかの面々はマークの命令にしたがった。

「いいや、斧で誰かを殺そうというのではありません」マークは言った。「大工を呼んで、マイルズの部屋の壁を調べさせ、ふたつの窓のあいだに本当に秘密のドアがあるのか確かめてもいいのですが、そうするとまた手間暇がかかる。いちばん手っ取り早いのは、自分たちで壁を壊してみることでしょう」

ブレナンは大きく息を吸った。

「なるほど。大変結構！　あの部屋を壊していいとおっしゃるのなら――」

「ただ、ひとつだけ質問させてください。これまで、今回のことに関するあなたの推理はいかにも型どおりだった。僕は何も言いませんよ。自力で結論を出してください。ただ、ひとつだけうかがいたい。問題の壁や、あの部屋のどこにも秘密のドアが見つからなかったとします。そのときにはどう考えます？」

「ヘンダーソン夫人が嘘をついていると考えるでしょうね」ブレナンは間髪入れずに答えた。

「ほかには？」

「ありません」

「そして、マリー・スティーヴンズは無実だと考える？」

「ふーむ」ブレナンは注意深く言ったあと、両肩を上げた。「そこまで断言はできないけれど――まあ、そう、おそらくそう考えますね。話全体にまちがいなく大穴が開いてしまう。筆頭の証人が嘘つきだと弁護側が証明できるときに、裁判に持っていくわけにもいきませんからね。生身の人間が石の壁を通り抜けられるわけがない。それは明らかだ」

マークはスティーヴンズのほうを向いた。「いい知らせだな、テッド。さあ、行こう」

三人は天井が高く薄暗い廊下に出た。マークが急いで台所に行き、いろいろ道具の入った籠と柄の短い斧を持って帰ってくるあいだ、ブレナンも、スティーヴンズも無言だった。階段を上がって右側の画廊の先が、マイルズ・デスパードの部屋だった。スティーヴンズは画廊の壁に並ぶ肖像画に気づいたが、薄暗すぎて、関心のある絵を見つけることができなかった。マークがマイルズの部屋のドアを開け、三人はしばらく入口からなかの様子を観察した。

二十フィート平方ほどの部屋だった。しかし、屋敷のほかの部屋と同様、十七世紀末の流儀で天井はやや低い。床に敷かれた青と灰色の明るい柄のカーペットは、色褪せて汚れている。両端から不揃いな床板がのぞいていた。壁は高さ八フィートほどまで暗色のクルミの板張りで、その上は、オークの梁が飛び出しているところを除いて、天井と同じように白く塗られた漆喰だった。入口から見て部屋の左隅に、巨大な戸棚（または衣装箪笥）がはすかいに置かれていた。模様入りのオーク製で、真鍮の把手のついた扉が少し開いている。吊るされた大量のスーツと、ずらりと並ぶ靴が見えた。

家の背面にあたる左手の壁には、小さなガラス窓がふたつついていた。そのあいだに、背もたれの非常に高い、黒いオークの王政復古時代の椅子がある。上の壁には、軽量の丸い額に収められた、グルーズの描く髪のカールした子の肖像画。その上の天井から短い電気コードと裸電球が下がっている。遠いほうの窓のそばには大きな籐椅子。その隣の壁——彼らの正面にあたる——には、足元が廊下側のドアに向く恰好でベッドが置かれていた。同じ壁に、真鍮のベッド温め器と十七世紀の木版画がかけられている。右手奥、その壁と右側の壁が接するところに、サンルームにつながるガラスのドアがあり、まだ茶色のビロードのカーテンが下がっていた。右の壁でまず眼につくのは、ひどく不細工なガスストーブで（暖炉はない）、それから看護師の部屋に続くドアがある。そのドアのまえには、マイルズの青いキルトのドレッシングガウンがハンガーにかかっていた。そして観察の最後として、廊下側のドアがある壁に化粧箪笥が置かれ、ネクタイがあふれそうになっていた。

とはいえ、彼らの注意を惹いたのは、絵と椅子が譲らず張り合っている壁の板張りの部分だった。ドアがあるとされるその部分の板が、ドア枠の輪郭をなぞるようにわずかにふくらんでいたのだ。

「わかります？」マークが指差して言った。「ドアが昔、家の別の部分とつながっていたと言ったでしょう。そこは十八世紀の初めに焼け落ちてしまった。そこで入口を煉瓦でふさいで、上から板を張ったのですが、支柱は石だったので、いまも跡が残っている」

ブレナンがその壁に近づき、じっくりと眺めて、拳で叩いてみた。

「充分しっかりしている」と言い、まわりに眼をやった。「これはまいった、ミスター・

デスパード、この説明がつかないとなると――」反対側のガラスのドアまで歩いていき、カーテンを調べて、あれこれ目測した。「このカーテンは、ヘンダーソン夫人がこちらをのぞいたときのままですか？」

「ええ、僕もいろいろ試してみました」

「隙間はあまり大きくないな」ブレナンは前後からのぞいてみながら、疑っているように言った。「十セント玉ほどもない。部屋の向こうの別の扉は見えないでしょうね。たとえば、あの衣装戸棚の扉とか」

「まったく不可能ですね」マークは言った。「自分で確かめてみてください。そこから見えるのが、夫人が部屋の奥に見たもののすべてです――グルーズの肖像画、椅子の背の上のほう、壁で少し盛り上がっている支柱の輪郭。あとはどれだけ首をひねっても角度が得られない。たとえ絵や椅子やドアの支柱がなかったとしても、室内に大きく開く、真鍮の把手のついたあの馬鹿でかい衣装戸棚の扉を、何かの秘密の入口とまちがえる人はいない……どうしました、警部？　取りかかるのが怖くなったわけじゃありませんよね？」

捨て鉢な冗談を言う雰囲気で、マークは斧を腕と交差させて持ち、攻撃の構えをとった。襲いかかってくる生き物を見るかのように、眼のまえの壁を睨みつけた。マークが斧を振りかぶって壁板に打ちつけると、家が叫びを発した気すらした。遠くから声が聞こえた。

「満足しましたか、警部？」

部屋のなかが埃でうっすらと霞み、砕けた漆喰の鼻をつくにおいが漂った。埃は窓の外の薄れゆく霧のようだった。窓からは、沈床園やその向こうの舗装道、花が咲き乱れる敷地内の木々が見えた。板と漆喰が崩れ落ちた。木組みを取り払ったあとは、木槌と鑿で煉瓦を穿《うが》ち、はずしていった。探索者が掘り進むと、むき出しの壁にいくつかできた穴から陽の光が射しこんだ。

秘密のドアはなかった。

十六

　しばらく、ブレナンは何も言わなかった。骨の折れる作業で顔は紅潮し、顎まで疲れているように見えた。壁を見つめたあと、深く考えこんだ様子でハンカチを取り出すと、儀式をとりおこなうように額と首をふいた。

「もとより信じられない話ではあった」彼は言った。「まったくね。この壁沿いのどこかに隠しドアのようなものがあって、目撃者が別のところを見ていた可能性があると思いますか？」

「それなら、部屋じゅうの板をはずしてみましょうか、念のため」マークは言い、歯がのぞくほど大きくにやりとした。窓の灰色の光を背景にゆったりと立ち、鑿を手のなかでくるりとまわした。「しかし、警部、そろそろドアなどないと信じてるんじゃありませんか？　いまなら幽霊のいない世界にいくら払います？」

　ブレナンは衣装戸棚まで歩いていき、不満げに扉を眺めた。

「うむ」ひとりつぶやき、また首を伸ばして振り返った。「ところで、いま崩した板の上にひとつ明かりがあるが、あれは、謎の訪問者が、存在しないドアを通り抜けていったときに灯っていたのかな。いや、待てよ。夫人の話では――」

「そう」マークは同意した。「灯っていませんでした。ベッドの枕元の小さな読書灯のほかに明かりはなかった。かなり暗かったはずだ。だから訪問者の情報がこれ以上ないのです、髪の毛の色を含めてね。ご覧のとおり、部屋の明かりはこのふたつだけです。ヘンダーソン夫人の話では――」

スティーヴンズは、眼もくらむような憤怒《ふんぬ》がわき起こってくるのを感じた。秘密の通路がなかったことで、すっかり安心していいのか、わからなかった。おそらく安心していいのだろう。それでも怒りはこみ上げてきた。

「ひとつ指摘していいですか」彼は言った。「今回の件では、〝ヘンダーソン夫人の話〟に頼っていないことがただのひとつもない。正直なところ、〝ヘンダーソン夫人の話〟が出てくるたびに不愉快になる。ヘンダーソン夫人は何者ですか。彼女がなんだというんです。預言者、占い師、それとも聖書の語り部？　ヘンダーソン夫人はどこにいるんです。

〝ハリスおばさん〟のように捕まえにくい人だ（ポール・ギャリコのシリーズ小説の主人公で、活動的な夫人）。この屋敷でまだ一度も見かけていないが、警察に捜査を始めさせて、文字どおり悪魔を呼び出しかけてるのは彼女ですからね。警部、あなたはマークの奥さんに殺人の罪をなすりつけた。僕の妻にも。ふたりにかかわるほんの小さな状況まで調べ上げたけれど、ルーシーには鉄壁のアリバイがあるし、マリーについても、別の証人によって、ブランヴィリエのような衣装は調達できず、作れもしないことがわかった。ここまではいい。なのに、ヘンダーソン夫人が、血は上に流れると言い、どこにあるのかもわからない場所にドアがあると言えば、あなたはそれを信じるわけだ、その話がとうてい信じがたい奇天烈なものであることを根拠に」

マークが首を振った。「そこはさほど矛盾しないよ。もし夫人が嘘をついているなら、どうしてあれこれ幻覚のようなことまでつけ加える？　たんに女性が部屋にいて、マイルズに飲み物を渡すのを見たと言えばすむ話なのに。どうして事実ではないと証明できることまでつけ加えるんだ？　むしろ信じてもらえなくなるのに」

「自分で自分の質問に答えてるよ。なぜなら、きみはまだ彼女の話を信じてる。だろう？　でなければ、いま反論するはずがない」

沈黙ができた。

「だが、それは本筋からはずれた問題だ」スティーヴンズは続けた。「死んだ女性が煉瓦の壁を通り抜けた、とヘンダーソン夫人があそこまで強く言い張るのはなぜだろう。きみはそう訊いたね。今度は僕が訊こう。死んだ男性が花崗岩の壁を通り抜けた、と夫のヘンダーソンがあそこまで主張するのはなぜだろう。どうして封印された霊廟のなかの石の一個も動かされていない、とあんなにも言い張るのか。この事件には、どう見ても不可能な事態がふたつある。そして、このふたつ以外にはないんだ。第一に、この部屋から女性が消えた。第二に、棺から遺体が消えた。このふたつの唯一の証人がヘンダーソン夫妻だというのは、なかなか興味深いと思わないか」

ブレナンは歯のあいだから静かに口笛を吹いていた。ポケットに手を入れ、煙草の包みを取り出して、一同にまわした。ふたりとも剣を受け取る決闘者のように、一本ずつ取った。

ブレナンは言った。「続けてください」

「この殺人事件の物理的状況について考えてみましょう、殺人だったとしてですが」スティーヴンズは言った。「警部、あなたは、犯人は外から来たとお考えだ。僕はちがいます。殺人者はここの家族のなかにいると思えてならない。なぜなら、みんなが見落としていることがひとつだけある――毒が与えられた方法です。毒は、卵、ミルク、ポートワインを混ぜた飲み物のなかに入れられた」

「なるほど、たしかに――」ブレナンは言った。

「そうでしょう。まず、外の人間がここに入りこんで、冷蔵庫から卵を取り出し、掻き混ぜて、やはり冷蔵庫から出したミルクと、貯蔵室のポートワインを加えて飲み物を作るでしょうか。あるいは逆に、作った飲み物をボウルに入れ、はるばるここまで運んできて、サイドボードの上にあった銀のカップについだのでしょうか。しかし、ここで最大の疑問が生じる——どうしてマイルズがそれを飲むと外部者にわかったのか。マイルズに毒を与えたければ、その外部者は彼がまちがいなく飲むものを選ぶでしょう。たとえば、シャンパン、ブランデー。ところが、ちがった。あの手作りの卵とポートの飲み物は、家族の一員が思いつきそうなことです。家族なら（1）あれを作ろうと思い、（2）マイルズに飲ませることができた。それはルーシーかもしれないし、イーディスだったかもしれない。看護師とも考えられるし、もしかするとメイドだったのかもしれない。けれども、ルーシーはセント・デイヴィッズで踊り、イーディスはブリッジをしていた。ミス・コーベットはYWCAに、マーガレットはフェアマウント・パークにいた。そこで今度はアリバイの問題になる。あなたがアリバイについて調べていない、あるいは質問すらしていない人が、ふたりだけいる。名前を挙げるまでもないでしょう。ただ、手作りの飲み物という点で注意していただきたいのは、ひとりが料理人であることです。そしてふたりとも、たしかきみから聞いたと思うが、伯父上の遺言でかなりの額の遺産を手にした」

マークは肩をすくめた。

「信じられないな、絶対に」と応じた。「第一、彼らはずっと昔からうちで働いている。第二に、もし彼らがマイルズ伯父を殺して、それをごまかす話をでっち上げたのなら、なぜわざわざ超自然現象を持ってくる？　ふつうの殺人者が単純な嘘でも逃げきれないというのに、いまの話はあまりにも異様で、空想じみている」

「ひとつ質問がある。昨晩、きみは夫人の話を聞かせてくれた。謎の訪問者がいたこと、夫人が不安を抱いたこと、その女性の姿がおかしかったこと、彼女の首がちゃんとつながっていなかったかもしれないという愉快なこぼれ話まで……」

「なんですって？」ブレナンが言った。

「考えてくれ、マーク。あの考えは、われわれが昨晩そう思ったように、きみが夫人に吹きこんだのか？ それとも夫人がきみに吹きこんだのか」

「わからない」マークはぶっきらぼうに言った。「昨日からそのことを思い出そうとしてるんだが」

「でも、もし夫人に言われたのでなかったら、きみひとりで思いつくことだろうか」

「たぶん思いつかないな。わからない」

「だが、われわれみんなにわかっていることがある。四人で霊廟を開けたとき、ひとりだけ幽霊を信じると断言した者がいる。それは誰だ？ われわれを見つめる存在があるようなことまで仄めかして、誰が怪談めいた雰囲気を醸《かも》し出そうとしてた？ 霊廟に近づいた人間はひとりもいないとさんざん力説したのは誰だ？ ジョー・ヘンダーソンじゃなかったか？」

「ああ、そうだな。だが、引っかかることがある。きみは昔からこの家族のために働いてきた純朴な夫婦が突然、悪魔に変わったと言うつもりか？」

「まったくちがう。彼らは悪魔ではない。何かと悪魔を持ち出すのは、きみだ。たしかにふたりはいい人だが、すこぶるいい人だって殺人を犯すこともある。ふたりがきみに忠実なのは認めるよ。しかし、マイルズに忠実である必要はない。マイルズは外国暮らしが長かったから、夫妻も（きみ同様）彼のことをほとんど知らなかった。マイルズから金が出ていたのも、きみの父上がそう望んだからだ。超自然の話については、どこから出てきた？」

「どこからとは？」

そこでブレナンが火先のそり上がった煙草を突きつけて、割りこんだ。曲がった煙草は彼の心象風景のようだった。

「すべては証拠のない議論、議論、議論ですな。それでもミスター・スティーヴンズの言わんとすることはわかる気がします。私の理解はこうです。老人が亡くなったとき、毒殺されたと疑った人はいなかった――あなたを除いて」マークのほうにうなずいた。「なぜなら、あなたはあの戸棚のなかに銀のカップを見つけたから。そのあとすぐに、ヘンダーソン夫人があなたのところに来て、悪鬼だとか壁を通り抜ける女性だとかの話をした――ただ私には、女性の首がつながっていなかったという話はしませんでした、それがどんなことであれ。残りはすべて同じです――とにかく夫人はあなたにそういう話をした。なぜなら、あなたがそれを半分くらいは信じるからです。それでいっそう事件をもみ消そうとするからです。あなたはたぶん霊廟を開ける。そこでどうやら悪鬼が老人の死体を盗み出したことがわかると、ますますもみ消しを図る。これで、あの夫婦が私たちに言ったことすべての辻褄が合いませんか？」

マークはふいに興味を覚えて警部を見つめた。

「つまり、次から次へと嘘をつき、死体まで盗み出したのは、すべて僕に強い印象を残して、事件を口外させないためだったと？」

「かもしれない」

「でも、もしそうだとしたら」マークは言った。「なぜ昨日、まだ霊廟が開けられてもいないうちに、ヘンダーソン夫人は同じ話を警察本部長にしたんでしょう」

ふたりは見つめ合った。

「たしかに」スティーヴンズが認めた。

「いや、私は別の意見だ。あなたの弟のミスター・オグデン・デスパードをお忘れなく」ブレナンが言った。「弟さんは非常に頭がいい。彼もまた疑っていました。どこまで疑っていたのかは知りようがない。ヘンダーソン夫妻がそれをどこまで認識していたかもね。ただ、彼が黙っていないのは夫妻にもわかった。結果、ヘンダーソン夫人はおそらくヒステリーを起こし、これまで多くの女性がしてきたことをした――あと戻りできないのはわかっていたので、ああいう話を試してみることにしたのです」

　ブレナンはまたぶらぶらと衣装戸棚のほうに歩いていき、じっと見つめた。しかしいまは、何かと闘っているような雰囲気だった。

「この衣装戸棚が事件とどうかかわっているのか、わかるといいのだが。ご友人たち、これは私の勘ですが、かかわっているという気がするのです——なんらかのかたちでね。造りがおかしいとか、そういうことではないが、あなたはこの戸棚の床で例の毒入りのカップを見つけたんでしょう？　なぜ殺人者はカップをこのなかに置いたのか。なぜ無害なミルクのグラスと、とても無害とは言えない砒素のカップの両方が入っていたのか。なぜ猫はあとから入って、おそらくカップのほうを舐めたのか」なかに吊るされているスーツをまさぐった。「伯父上はたいそうな衣装持ちでしたね、ミスター・デスパード」

「ええ、ゆうべも話していたのですが、ここで長いこと、服を着替えては着こなしのセンスを磨いていたようです。といっても、そのことは家族の誰にも知られたくなかったようで——」

「それだけじゃないわ」新しい声が言った。「伯父様がここでしてたことは」

　イーディス・デスパードが廊下側の入口に立っていた。あまりに静かに現われたので、誰も気づかなかった。が、人目を忍んで行動しているのではなかった。イーディスの顔の奥に秘められた表情は、彼らにはわからなかったし、そのあともしばらく理解できなかった。眼は睡眠不足で少ししょぼついているが、華奢《きゃしゃ》な美しい面差《おもざ》しには何かを確信した静かさがあった。スティーヴンズには、なぜか前夜よりはるかに若返って見えた。イーディスは本を二冊抱えていて、もう一方の手の指でそれを軽く叩いていた。さり気なく流行を取り入れ、端整に飾った姿だが、何を着ていたのだったか、スティーヴンズはあとで振り返ってもまったく思い出せなかった——ただ、黒い服だったということしか。

マークは驚いてたしなめた。「イーディス、ここに来ちゃいけない！　今日は一日ベッドにいると約束したじゃないか。昨日の夜は一睡もしていないとルーシーから聞いた。一度うとうとしたが、悪夢を見てしまったと」

「そうよ」イーディスは言った。事務的な礼儀正しさでブレナンのほうを向いた。「ブレナン警部ですね？　数分前にほかの人からあなたのことを聞きました。あなたが彼らを追い払ったときに」イーディスの笑みはじつに魅力的だった。「でも、わたしは追い払いませんよね」

ブレナンは愛想よく応じたが、態度は明らかにしなかった。「ミス・デスパードですな？　申しわけないが、われわれはその——」崩れた壁に向かってうなずき、咳払いをした。

「ああ、こうなるんじゃないかと思ってました。ここに皆さんの困難を解決するものがあります」イーディスは言い、抱えた本をそっと叩いた。「今回の事件に衣装戸棚がかかわっている気がするとおっしゃるのが聞こえました。まさにそのとおりです。昨晩、その戸棚にこの本が入っているのを見つけたんです。二冊目のある章に折り癖がついています。マイルズ伯父様はとても読書家とは呼べない人でしたけど、そこに何か研究すべきものを見つけたんですね。いまあなたに――皆さんに――読んで差し上げます。夢中になるようなものではないかもしれません。専門的ですし、退屈と言ってもいいくらい。でも、聞いていただくべきだと思います。ドアを閉めてくれる、テッド?」

「本?」マークが言った。「なんの本だ?」

「グリモーの『魔術の歴史』よ」イーディスは答えた。

窓際の籐椅子に腰をおろすと、彼女はもう弁明も遠慮もせず、手にしているのが洗濯物のリストか何かのように話した。が、いざ声に出して読もうというときに、眼を上げてスティーヴンズを見た。スティーヴンズはその視線に含まれる興味と好奇心に驚いた。まるで彼に問いかけるようだった。イーディスの声は、表情こそあまりないものの、朗々としてなめらかだった。

〝不死者《バ・モール》〟の信仰の起源は、十七世紀最後の四半世紀のフランスにあるようだ。最初の書物は一七三七年、ラ・マールによって書かれた(『魔術・呪文・憑依・妄想・呪詛概論』)。数年間は科学者によっても真剣に議論され、一八六一年のとある刑事裁判でも、ふたたび論争が巻き起こった。

接する。

簡潔に述べれば、不死者とは、毒殺の罪で死刑を宣告され、生前、死後にかかわりなく火刑に処された人物（通常は女性）である。そこで犯罪学の領域と魔術の領域が接する。

最初期のころより、毒薬の使用は魔術の一種と見なされてきたので、その信念の源泉をたどるのはむずかしくない。広く魔術の一部とされる〝惚れ薬〟や〝憎み薬〟は、つねにその裏で毒殺者が働くための仮面であった。ローマ法では、無害な惚れ薬を飲ませることすら罰せられた。(原注1) 中世には異端とされ、イギリスでは一六一五年に至るまで、毒殺事件の裁判は事実上、魔術の裁判と同じであった。アン・ターナーがトマス・オヴァーバリー卿毒殺のかどでコーク首席裁判官に裁かれた際には、彼女の〝魔術の道具〟──鉛の人形《ひとがた》、羊皮紙、人間の皮膚の一部──が法廷に持ちこまれ、傍聴人は悪魔が通りすぎる風を感じたと言われる。

書記はこう書き残している。〝それらに加えて、呪文書、さまざまな絵が法廷に示されると、突如、断頭台のこだまが響き、傍聴人のあいだに恐怖、混乱、騒ぎが広がった。まるで悪魔が降臨し、弟子でもない者が魔術を公開したことに激怒したかのように、誰もが怖れおののいた(原注2)〟。

しかるに、魔術による殺人は同世紀の後半、フランスでもっとも隆盛をきわめる。(原注3) リスボンでは魔女があまりに増えて、彼らだけが住む地区が形成されたと言われる。

イタリア（トッファーナの秘密結社の女性たちが六百人を毒殺した）からはグラゼルとエグジリが現われ、賢者の石を探しながら、砒素を売った。ルイ十四世時代の宮廷の貴婦人たちがいかに熱心に悪魔崇拝の儀式を受け入れていたかについては、すでに別の章で述べた。その顕著な例として、黒ミサのあいだ、女性の死体の上に生贄の子をのせた（原注4）。幕に覆われた部屋で秘密の儀式がとりおこなわれた。魔女ラ・ヴォワザンは、サンデニスで幽霊を呼び出した。いまや悪魔を崇拝するのは、ゴールの言う〝しわだらけの顔、濃い眉、乱杭歯《らんぐいば》、よそを向いた眼、金切り声、うるさい舌を持つすべての老女〟ではなく、針子から宮廷の貴婦人に至るまで、世にあるなかでも最高に美しい女性たちであった（原注5）。かくして夫や父親は死んでいった。

　告解をつうじて、こうした秘密の技術がパリの裁判所長にもいくらか伝えられた。かくしてバスティーユにほど近いアーセナルに、有名な〝火刑法廷〟が設けられ、車輪や火を用いる懲罰が加えられた。ルイ十四世の寵姫モンテスパン夫人が一六七二年に謎の死を遂げたことにより、毒殺者の追及に拍車がかかった。一六七二年から八〇年にかけて、フランス上流階級の女性たちが火刑法廷にかけられた――マザラン枢機卿のふたりの姪、ブイヨン公爵夫人、スワソン伯爵夫人、ユージーン王子の母親らである。しかし、秘密の戸棚がすべて開いたのは、一六七六年に三カ月にわたって続いた、ブランヴィリエ侯爵夫人の裁判であった。

ブランヴィリエ侯爵夫人の所業は、王軍大尉サンクロワの急死によって明らかになった。サンクロワの遺品のなかにチーク材の箱があり、自分の死後それを〝ヌヴ・サンポール通りに住むブランヴィリエ侯爵夫人に届けられたし〟とする指示書がついていた。その箱には、昇汞《しょうこう》、アンチモン、阿片を含むさまざまな毒が入っていた。ブランヴィリエ侯爵夫人は逃亡したが、最終的にはデプレなる刑事の努力によって捕らえられ、大量毒殺のかどで裁判に付された。弁護士ニヴェルの秀抜な弁護はあったものの、侯爵夫人の有罪を確定させたのはデプレの働きであった。デプレは侯爵夫人が彼だけに聞かせた自白の書状を法廷に提出したのだ。それは彼女がおこなった怖ろしい犯罪の数々に加え、できなかったはずの行為まで含む、常軌を逸した記録だった。ブランヴィリエ侯爵夫人には、断首および火刑が言い渡された。(原注6)

刑の宣告のあと、共犯者の名前を吐かせるために、侯爵夫人は〝水拷問〟にかけられた。これは法制度の一環で、容疑者は台の上に寝かせられ、革の漏斗を口に入れられて、水を注ぎこまれ、やがては……

イーディス・デスパードは、短いあいだ本から眼を上げた。窓から射しこむ灰色の光が、淡々と彼女の髪を照らしていた。その表情からは、好奇心と興味をかき立てられていることしか読み取れない。男たちは誰も動かなかった。スティーヴンズはカーペットの模様を見つめていた。有名な犯罪現場に興味があるなら行ってみれば、とウェルデンに勧められたパリの家の住所を思い出した。あれはヌヴ・サンポール通り、十六番地だった。

セヴィニエ夫人は、のちに処刑場に連れていかれるブランヴィリエ侯爵夫人の姿を見て、笑い、噂した。多くの群衆がノートルダム寺院のまえで懲罰を受ける彼女を見物した。侯爵夫人は、白い肌着に裸足、手には火のついた蠟燭を持たされていた。齢四十二歳で、人形のごとき美しさはあらかた失われていたが、悔恨と献身の模範のような姿で、これには懺悔聴聞僧のピロー師も満足した。しかしながら、ブランヴィリエ侯爵夫人は、デプレだけは赦していないようだった。処刑台にのぼるときに、いくつかのことばを発したが、人々にはよく聞き取れなかった。彼女の死体はグレーヴ広場で燃やされた。

裁判で明らかになった事実によって、当局はついに、偉大なる宮廷の裏にひそむ魔術の網を突き破ることができた。サンクロワの使用人であるラ・ショセーは、すでに車裂きの刑に処されていた。妖術師にして毒殺犯のラ・ヴォワザンも、すべての共犯者とともに捕らえられ、一六八〇年に生きたまま火あぶりとなった。魔王の踊り手たちはいなくなり、その灰もまかれて、魔王ひとりがノートルダム寺院でせせら笑っていた。

しかし、すべての人がこれを受け入れたわけではないようだ。反対する者たちに明らかな根拠があるわけではないが、ニヴェル弁護士は裁判所長にこう告げたと言われる――〝これだけではない何かがあります。死ぬところはこの眼で見ましたが、彼らはふつうの女性ではない。これで落ち着くことはないでしょう〟。

さて、この裏にあるのは何か。今日のヨーロッパでも、ときに悪魔崇拝の大流行が見られる。たとえば、マルセル・ナドーとモーリス・ペレティエ両氏が、現在に近い一九二五年におこなった調査(原注7)がある。これまで毒殺や大量殺人の流行があったことは、記録で確かめるまでもない。その多くは女性によるもので、さしたる動機もなかった。たとえば(とペローは論じる)、一八一一年にバイエルン地方にいたアンナ・マリア・シェーンレーベン、一八六八年にスイスにいたマリー・ジャヌレ(原注8)、二十七人を毒殺したファン・デ・ライデン夫人、男性にはイギリスのパーマーやクリーム(原注9)がいる。彼らにはどのような動機があったのか。女性の場合には、犠牲者が死んで得られるものはめったになかった。利得にも善悪にも関係がなかった。狂っていたわけではないが、動機はみずからうまく説明できないようだった。

動機はたんなる欲望だったという議論もある。女王の権力と、運命の支配者たる地位を与えてくれるから、砒素の白い粉を愛したのだと。しかし、それですべて説明できるわけではない。女性たちに殺人願望があったとしても、犠牲者の側に殺されたい願望があったとは考えられない。けれども、こうした事件に共通するもっとも興味深い点は、犠牲者たちに安閑と、むしろ喜んで運命を受け入れる感覚があることだ。たとえ毒を盛られているとわかった場合にもである。ファン・デ・ライデン夫人は犠牲者に〝次は一ヵ月以内にあなたよ〟とあからさまに告げていた。エレーヌ・ジュガードは〝わたしが行くところ、人が死ぬ〟と言っていた。なのに、どちらも糾弾されることがなかった。まるで殺人者と犠牲者をつなぐ悪魔的な絆があったかのようだ。それは魔術や催眠術に似ていなくもなかった。

この説は、まず一七三七年、ラ・マールによって漠然と唱えられた。発端はその年、パリを騒然とさせる事件が起きたことだった。テレーズ・ラ・ヴォワザンという十九歳の娘——妖術師と呼ばれて一六八〇年に火刑に処された女性と同姓——が連続殺人容疑で逮捕されたのだ。彼女の両親はシャンティリーの森の炭焼きだった。テレーズは読み書きができなかった。ふつうに生まれ、十六歳までなんらほかの子と変わらなかった。が、当時の鈍感な警察でさえ、その近所で八件の死があったことには注意を惹かれた。不思議だったのは、死者全員の枕か毛布の下に紐が見つかったことで——たいてい髪の毛だったが、ふつうの紐や、髪を編んだものもあった——それには九つの結び目がついていた。

彼らは理解した。これまで見てきたとおり、三の倍数である九は神秘的な数字で、世界じゅうの魔術の儀式に関連してくり返し登場する。紐の九つの結び目は、犠牲者を完全に妖術師の魔力の支配下に置くものと信じられている。

警官たちがラ・ヴォワザンの家に出向くと、娘は近くの森のなかにいた。全裸で茂みに身をひそめ、目撃者のひとりが言うには〝狼の眼〟をしていた。彼女はパリに連れていかれ、尋問され、供述した。火を見ると悲鳴をあげた。読み書きはできないと両親は言ったが、実際には両方でき、貴婦人のようにしゃべった。殺人を犯したことを認め、犠牲者に残した呪物の意味を尋ねられると、こう答えた。

〝いまや彼らはわたしたちに加わったのです。わたしたちの数はとても少なく、もっと増やさなければならない。彼らは本当に死んではいません。いままた生きている。信じられないなら、棺を開けてご覧なさい。棺のなかにはいませんから。ひとりは昨夜、サバトの夜会に現われました〟

少なくとも、棺が空《から》というのは事実のようだった。この事件にまつわるもうひとつの不思議は、一件の犯罪について、娘の両親がほとんどアリバイを証明しかかったことだった。それを犯すには、娘はきわめて短い時間で二キロの距離を歩き、鍵のかかった家になんらかの方法で侵入しなければならないというのである。ラ・ヴォワザンはこう答えたと言われる。

〝大したことではありません。茂みに入り、体に膏薬を塗って、昔持っていた服を着る。あとはたやすいことです〟。昔持っていた服とは何か、と訊かれると、彼女は言った。〝昔はたくさん服を持っていました。あれはとてもきれいなドレスだったけれど、火に入ったときには着ていませんでした〟。火と言った途端に、われに返ったのか、発作を起こしたように叫びはじめた……

「もう充分ですな」ブレナンが重々しくさえぎった。手でまだそこにあるのを確かめるように顔をぬぐった。「申しわけないが、ミス・デスパード、私にはやるべき仕事がある。いまは四月で、万聖節前夜ではありません。箒《ほうき》に乗った女性は少々専門外でしてね。もしある女性がミスター・マイルズ・デスパードに魔法をかけ、自分の体に膏薬を塗って、数百年前のドレスを身にまとい、そのおかげで壁を通り抜けたとおっしゃりたいなら——まあ、私に言えるのは、少なくとも大陪審で有罪にできる事件を扱いたいということです」

イーディスは少し横柄に構えているが、腹は立てなかった。

「そうですか？　では証拠をお見せしましょう。次の個所が皆さんにいちばん聞いてもらいたいところでした。でも意味がないとお考えなら、やめておきます。マリー・ドブレーという女性が出てきて（言うまでもなく、ブランヴィリエ侯爵夫人と同じ旧姓です）、一八六一年にギロチンにかけられました。十七世紀とか十八世紀の状況にくわしくなくても、一八六〇年代がさほど蒙昧《もうまい》な時代でなかったことには同意していただけますね」

「まさかその女性が妖術師として処刑されたとか?」

「いいえ。殺人罪で処刑されました。細かい内容は聞いて気持ちのいいものではありませんから話しません。ですが、被告席に立った彼女を、現代の記者が描写したところを読みたいと思います。こう書かれています——〝事件は広く注目を集めた。なぜなら、被告が美女で比較的裕福だっただけでなく、彼女の立ち居ふるまいにしとやかさがあったからだ。検事が無遠慮なことばをぶつけた一幕で、女学生のように顔を赤らめたほどだった〟。そして、次のところ。〝彼女は裁判長におずおずと会釈しながら被告席に立った……羽根飾りのついた茶色のビロードのボート型の帽子をかぶり、茶色のシルクのガウンを着ていた。片手には銀の蓋のついた気つけ薬の壜を持ち、もう一方の手首には奇妙なアンティークの金のブレスレットをはめていた。その留め金は猫の頭のような形で、口にルビーがあしらわれていた。ヴェルサイユの別荘の二階で開かれた黒ミサや、ルイ・ディナール毒殺の模様を目撃者が証言しはじめると、興奮しすぎた何人かの傍聴者が『ひどい、ひどすぎる』と叫んだが、被告は手首のブレスレットをいじっていること以外、動揺している様子もなかった〟」イーディスはぱたんと本を閉じた。「やがて真実は知れる、テッド。これとそっくりのブレスレットを誰が持ってるか、あなたは知ってるわよね」

スティーヴンズは知っていた。一八六一年のマリー・ドブレーの写真でそのブレスレットを見たことを思い出した。写真はその日の夜に消えた。思い出しはしたものの、暗い混乱に包まれて何も言えなかった。

「ああ」マークが力なく言った。「僕もそう思った。わかりはしたが、とても向き合えない」

「私は向き合えますよ」ブレナンが即座に言った。「話の先はわかる。私が同情するのはミスター・スティーヴンズです。私がなんとかしますから、心配するのはおやめなさい、ご友人、もしそのせいで妙な顔をしておられるのなら。おかしなことに、ミスター・デスパードは、いまのくだらない話を聞くまえには彼女を強く弁護していた。逆に、私は彼女を責め立てていた」

イーディスの声が尖った。「かつて魔術がおこなわれていたことを否定するのですか？」

「もちろん否定しません」ブレナンは意外な答えを返した。「それは現代のアメリカでもおこなわれている。私だって九つの結び目のある紐の呪いは知っていますよ。魔女の梯子《はしご》と呼ばれるものだ」

マークは眼をみはった。「だが、それでもです！　あなたは――」

「自分がどこにいるか忘れたのですか？」ブレナンは訊いた。「新聞も読まないのですか？　ここはドイツ系ペンシルヴェニア人が住む地域の端ですよ。地元の魔女がいまだに蠟人形を作って、牛に魔法をかけている。ついこのまえ、北で魔術がらみの事件があったときにも、うちからひとり警官を派遣して助言させたくらいで。憶えているでしょう、先ほど私は、ここのメイドのマーガレットがドイツ系ペンシルヴェニア人だということに注目した。あなたはそれが事件にどう関係するのかと尋ねたが、大いに関係するかもしれませんよ。メイド本人はかかわっていないと思いますが。私は結び目のある紐の話を聞くなり、どこか田舎の雨乞い師があなたの伯父上に呪いをかけようとしている、もしくはそのふりをしているのだろうかと思った。そして、ヘンダーソン夫妻に関するミスター・スティーヴンズの推理を聞いたいま、その雨乞い師が誰かわかった気もします。だからうかがいたいのですが、ヘンダーソン夫妻はどちらの出身ですか？」

「レディングだと思う」マークは言った。「もともとは。家族の一部がクリーヴランドに越してきたのです」

「なるほど、レディングはいい町だ」ブレナンは穏やかに言った。「田舎者が大勢いるとは言いがたいが、それでもドイツ系ペンシルヴェニア人が住む地域です」

「どうにも理解できませんね、警部。あなたは驚きに満ちた人だ」マークはうなった。

「では、魔術には効き目があると考えているのですね。なぜなら、もし――」

ブレナンは腕を組み、首を少し傾げてマークを見つめた。その眼に回想の光が戻ってきた。

「子供のころ」彼は言った。「私はリボルバーが欲しかった。そう、どれほど欲しかったことか！　アイヴァー・ジョンソンの大型六連発で、象牙のグリップ。あのリボルバーが世界のどんなものより欲しかったのです。日曜学校で、本当に欲しいものがあれば、祈りさえすれば得られると教わった。そこで私は祈りました。毎日、リボルバーをくださいと祈りつづけた。あれほどリボルバーについて祈った人間はいないと思う。当時、父はよく私に悪魔の話をしました、とりわけ酒の恐怖から立ち直りかけていて、もう一滴も飲まないぞと決意しているときにね。非常に信心深い人で、一度、居間のドアから悪魔がひょっこり顔を出したことがあると言っていた。〝シェイマス・ブレナン、もし今度、ウイスキーをほんのちょっとでも口にしたら、襲いかかるぞ〟と言われたそうです。悪魔は全身真っ赤で、一フットの曲がった角が生えていたらしい。それでも私は、悪魔が現われて、この魂と引き替えに、クランシーの店に展示されている象牙のグリップの大きな六連発をやると言われれば、したがうつもりでした。しかし、どれほど望んでも、どれほど祈っても、あのリボルバーは手に入らなかった。

今回も同じことです。魔術を使いたければ、好きなだけ使うことができる。嫌いな人間全員——ほとんどは共和党員ですが——の蠟人形を作ってもいい。だが、蠟人形に針を刺したところで彼らが死ぬとはかぎらない。ですから、伯父上は悪鬼の仲間入りをするために殺され、魔法をかけられた……霊廟の棺から出て、いつこの部屋に入ってきてもおかしくない……そんなことをあなたが言いたいなら、私はもう暇乞《いとまご》いをしなくては——」

部屋のドアがいきなりバタンと開き、一同は跳び上がった。マークは大声で悪態をついて振り返った。オグデン・デスパードが入口に立っていた。顔は緑がかって、うっすらと汗をかいている。そのオグデンの姿を見て、スティーヴンズはとくに理由もなく、それまで這い寄ってきたものとは比較にならないほどの恐怖を感じた。オグデンはコートの袖で額をふいた。

「ヘンダーソンが――」

「ヘンダーソンがどうした」マークが訊いた。

「持ってきてもらう道具があるから呼んでこい、と兄さんに言われたから、家に行ってみた。連れてくるつもりだったけど、今朝早くにヘンダーソンが現われなかったのも無理はないよ。発作みたいなのを起こしてる。まともに話せない、というか、話そうとしない。みんなも来て。ヘンダーソンはマイルズ伯父を見たと言ってる」

「つまり」ブレナンがきびきびした事務的な口調に戻って言った。「遺体を発見したということかな?」

「ちがう、そうじゃなくて」オグデンは苛立って言った。「つまり――マイルズ伯父に会ったと言うんだ」

(原注1) ユリウス・パウルス『断案録』v、二一 - 二三。

(原注2) 一六一五年十一月七日、キングズ・ベンチ裁判所における、未亡人アン・ターナーの公判。

(原注3) 神秘学百科、パリ、一九二四年。

(原注4) モンタギュー・サマーズ『魔術の歴史』。

(原注5) ジョン・ゴール、グレート・ストートン教区牧師、魔女狩りマシュー・ホプキンスの不正を暴露。

(原注6) 『ブランヴィリエ侯爵夫人裁判』一六七六年。アレクサンドル・デュマ『有名犯罪』。セヴィニエ夫人『手紙』。フィリップ・レフロイ・バリー『十二の極悪犯罪』。バーケンヘッド卿『有名裁判』。

(原注7) 『ル・プチ・ジュルナル』一九二五年五月。エリオット・オドネル『現代ロンドンの奇妙な教団と秘密結社』も参照。

(原注8) ヘンリー・T・F・ローズ『天才と犯罪』。

(原注9) F・テニソン・ジェシー『殺人と動機』。H・M・ウォルブルック『殺人と殺人裁判、一八一二－一九一二』。『著名なイギリスの裁判』全集に収められたウィリアム・パーマーとドクター・プリチャードの裁判も参照。ふたりに殺された人々は、毒を盛られたことを知っていたようである。

Ⅳ 説示

「あんたの鼻はどこに？」変装を解いた相手を見て、サンチョが言った。「このポケットのなかだ」そう言いながら、相手は厚紙にニスを塗った仮面の鼻を取り出した……「なんてこった！」サンチョは言った。「誰だ、まさか友だちでご近所のトメ・セシアル？」「そのとおりだ、わが友サンチョ」従士は言った。「どんな企みと口車でこんなことに担ぎ出されたか、これから説明しよう」

——高名なるラ・マンチャのドン・キホーテの生涯と功績

十七

ニレの大木の陰、広い舗装道の近くに建つ石造りの小屋のドアは、大きく開いていた。霧はすっかり晴れ、爽やかな好天になっていた。気持ちのよい微風が、緑のレースのようなニレの若葉をそよがせる。道の突き当たりには、薄青の空を背景に、入口に板を張られ、崩れかけた礼拝堂があった。そこから少し離れて、砂利や割れた石が散らばるなかに、テニスコートで使う防水布が広げられていた。四隅を石で押さえて霊廟の入口をふさいである。

ヘンダーソンの家では、昨晩、彼らが集まった小さなリビングルームの革のカウチに本人が横たわり、半開きの眼で天井を見ていた。本物の病気と、抵抗する気持ちが混じった暗い表情だった。窪んだ左のこめかみにひどい傷がある。薄くなった髪はそれまでにも増して乱れたクモの巣のようだった。前夜とまったく同じ服を着ているが、洗ってはいないようだ。胸まで毛布を引き上げ、血管がくねくねと走る両手を外に出している——その手が震えていた。外の足音を聞いて、体はまったく動かさず首だけさっとそちらに向けたが、すぐにまたもとに戻した。

マーク、ブレナン、スティーヴンズが部屋の入口に立って、彼を見ていた。

「おはよう、ジョー」マークが皮肉をこめて言った。

ヘンダーソンの顔が何度か引きつった。いくらかは屈辱によるものかもしれない。しかしその表情は、苦しみが人の限度を超えるものであることを訴えているかのようで、細くなった眼は相変わらず天井を暗く見つめていた。

「少し休むといい」マークは同情していなくもない口調で言った。ヘンダーソンに近づくと、その肩に手を置いた。「働きすぎだ。年寄りなのに犬のように働いている。ところで、マイルズ伯父を見たという馬鹿げた話はなんだね？」

「これは、ミスター・デスパード」ブレナンが静かに言った。「両方というのは困りますな。どうして馬鹿げた話だと？　ついさっきまで幽霊だの不死者だのについて話していたかと思えば、今度はまったく逆の立場だ」

「わかりません」マークはとっさに反論できず、相手を見つめた。「ただ……あなたがこれをどう考えるかはわかります。あなたはテッドの推理に影響されすぎている。そんなとき、ヘンダーソン家のもうひとりも幽霊を見てしまった。これがあなたの眼にどう映るか。

偶然にしてはできすぎだ、でしょう」ヘンダーソンのほうに向き直って、鋭く言った。「さあ元気を出して、ジョー。いまの気分がどうだろうと、しっかりしてくれ。警察の人が来てるんだ」

ヘンダーソンの眼がぱっと開いた。顔の表情は、もうたくさんだ、責め苦もここまで来たかと言っていた。泣きだすかに見えたあと、体をどうにか途中まで起こして、潤んだ眼で一同を見た。

「警察」彼は言った。「誰が呼んだんで？」

「あなたの奥さんだ」ブレナンが短く答えた。

「そんなわけがない！　ふざけんでください。信じられない」

「言い争いはやめようじゃないか」ブレナンは言った。「われわれが知りたいのは、あなたがミスター・オグデン・デスパードにした話だ。彼の伯父上の幽霊を見たという……」

「あれは幽霊なんかじゃなかった」ヘンダーソンは喉を絞って抗議した。スティーヴンズは不安のうずきとともに、ヘンダーソンが文字どおり正気を失うほど怯えているのを見て取った。「少なくとも、これまで話を聞いたことがあるどんな幽霊ともちがってました。もし幽霊だったら、こんなに怖くはない。けどあれは――あれは――」

「生きていた？」

「わかりません」ヘンダーソンはみじめな声で言った。

「何を見たにしろ」マークは言った。「とにかく話してくれないか。気持ちを楽にして、ジョー。何を見た？」

「あそこの寝室で」ヘンダーソンは指差した。「こういうことです。よく考えないと思い出せないんですが。憶えておいででしょう、昨日の夜、ここにいたときにイーディス様とルーシー様が加わって――で、皆さんは屋敷のほうに戻られた。そのあとイーディス様が暖房炉にしっかり火を熾《おこ》してとおっしゃるんで、そうしました。皆さんは正面の部屋で話して、三時前にお開きになった。憶えてますか？」

「ああ」

「まずそこははっきりさせときたいんで」ヘンダーソンはうなずきながら言った。「そのあと、あなたとテニスコートの物置から防水布を出して、あそこの穴にかぶせようとしたんですが、あなたがあんまり疲れてる様子でしたし、大した仕事でもなかったんで、あたしがやっときますからお休みになってください、と言いました。するとあなたは、ありがとうと言って、酒を一杯くれましたね。ところが裏口から出て、あなたがなかから鍵をかける音を聞いたあとで……ふと思ったんです、道をずうっと歩いて、ここでひとりで寝なきゃならないんだなって。そのうえテニスコートは敷地のそうとう南のほうだから、そこに行くには森のなかをちょっと通ってかなきゃならない。あの森はどうも好きになれないんです。

でも、敷地の南に向かいはじめてすぐ思い出しました、行く必要はないんだって。今年はあのシートを修理してるから、あたしの家にあったんでした――あのミシンの下に。だからここに戻ってきて、なかに入りました。そしたらこの部屋の明かりが消えていて、つけようとしたんだけど電球が光らない。困ったものだが、ランタンがあったから、シートをミシンの下から取り出して、また外に出て、穴の上に広げはじめた。急いでやりましたよ、四隅に石を置きながら。なぜって、何かが下からシートを突き上げたらどうしようと思ったんで。たとえば、誰かが階段を上がってきて、出ようとしたらって。

仕事が終わったときには本当にうれしかった。いつか言ったでしょう、あたしはああいうものを怖がったことがないって。大昔にバリンジャーさんがした話そのままですよ。〝ジョー、死んだ人間なんぞ怖がっちゃいけない。注意しなきゃいかんのは、生きたろくでなしどもだ〟って。けど、あの防水布をかけるのは嫌でした。

だから、終わってここに戻ってくると、あのドアに鍵をかけました。また明かりをつけようとしたけど、やっぱりうまくいかない。ランタンも明るさが足りないと思った。芯を伸ばそうとしたんですが、どこかでまちがえたのか、頭がおかしくなってたのか、どうも逆にまわしたみたいで、火が消えはじめた。いじってる暇はないし、そこの寝室に明かりがあるのはわかってましたから、なかに入って鍵をかけていようと思いました。

そうして寝室に入ると、揺り椅子が軋んでるのが聞こえた。あの音は聞けばわかるんです。椅子は窓のそばにある。見ると、何かが椅子に坐って、前後に揺らしてた。

それがあなたの伯父様だとわかるぐらいの光はありました。椅子に坐って、昔会いにこられたときと同じように揺らしてたんです。顔ははっきり見えました。両手も。白っぽかったけど、それほど光らず、柔らかそうだった。なぜわかったかって、あのかたは、こっちに手を伸ばして、握手しようとしたんです。

あたしは部屋から飛び出しました。無我夢中で走った。思いきりドアを閉めたけど、鍵は反対側についていました。で、あのかたが立ち上がって、あたしを追ってドアに歩いてくる音がした。

あたしはここにあった何かにつまずいて、頭をぶつけました。そのあとはあまり憶えてません。ただ、このカウチの端にぶつかったってことしか。毛布か何かがのってたので、カウチの向こう側に転がれば身を隠せると思ったんだか。話せるのはこれだけです。気づいたときには、弟さんのオグデンがあそこの窓から入ってきて、あたしを揺り起こしてました」

ヘンダーソンはそのあとも肘をついて体を起こしたまま、血管の浮いた額に汗をかいて、意味不明の文をいくつか口にした。それから横になって、眼を閉じた。

マークがヘンダーソンの肩を叩いているあいだ、ブレナンとスティーヴンズは顔を見合わせた。ブレナンは態度が決まらない様子だった。ためらったあと、部屋のなかを歩いていって、明かりのスイッチを入れた——明かりはついた。何度かつけたり消したりして、ヘンダーソンのほうを見た。スティーヴンズは彼のまえをすぎ、外の木陰の新鮮な空気を吸いにいった。ブレナンが寝室に向かっているのが見えた。一、二分後、ブレナンも家の外に出てきた。

「もう、とくに用がないなら」スティーヴンズは言った。「別荘に戻って朝食をとろうと思うんですが」

「どうぞ」ブレナンは言った。「だが、今日じゅうにあなたと奥さんに会いたいので、家からあまり離れないでください。奥さんも夕方には買い物から帰ってくるでしょう。帰ってこなければまずい。その間、私にはやるべきことがたくさんある。本当にたくさんね」

そして最後にゆっくりと、重々しくつけ加えた。「やるべきことが」

スティーヴンズは立ち去りかけて、急に振り返った。「どう思います、あの——」家のほうにうなずいた。

「まあ、あとで話しますよ。もし彼が嘘をついているなら、ここ三十年で会ったなかでいちばん手強い嘘つきだ」

「わかりました。では——午後また」

「午後また。そのときまで奥さんをよろしく、ミスター・スティーヴンズ」

パークを通り抜け、丘をおりていくスティーヴンズの足取りはゆるやかだった。腕時計を見て、十一時をすぎていることに気づき、ようやく急ぎだした。マリーが戻っているかもしれない。しかし別荘に着くと、彼女はまだ戻っていなかった。エレンが一度来て、帰っていった。家のなかはきれいで、エレンの飾り文字ふうの筆跡の手紙（またしても手紙だ）に、朝食はオーブンのなかにあると書いてあった。

スティーヴンズは、台所のテーブルでゆっくりと目玉焼きとベーコンを食べた。途中で立ち上がり、廊下に出ていった。電話机には、昨日出かけたときと同じように、クロスの原稿が、封筒とブリーフケースからいくらかはみ出す恰好でのっていた。それを取り出し、タイトルページを確かめた——〝歴史に残る毒殺事件の動機の研究、ゴーダン・クロス、ニューヨーク州リヴァーデイル、フィールディング・ホール〟。スティーヴンズは用紙を注意深くまっすぐに伸ばし、机について坐り、受話器を取った。

「交換手さん？　昨日の夜、この番号から長距離電話がかけられたかどうか教えてもらえませんか」

もちろん教えてくれた。

「どこにかけてます？」

「先方の番号ですね。リヴァーデイル三六一番です」きびきびした声が答えた。

受話器を戻すと、スティーヴンズはリビングルームにふらっと入り、本棚から『陪審員』を取り出した。裏表紙のクロスの写真が彼を見返した——知的でやや暗い細面、腫れぼったい眼、わずかに白いものが混じった黒髪。ニール・クリームをこれほど描写できる人物は当時の公判を傍聴したにちがいないという、本の宣伝文句に使われた判事のことばを思い出した。その後起きた論争で、新聞が、クロスの年齢は公称四十歳だからそれはおかしいと指摘したことも。本を棚に戻し、ほかの本の背とそろえてから、二階に上がった。寝室でマリーの衣装簞笥の扉を開け、かかっている服をひとつずつ見ていった。ほとんどの服はニューヨークのアパートメントに置いてあるから、ここにはあまりない。

二階でも、一階でも、時計が時を刻んでいた。いつもどおりバスルームで水の垂れる音がした。階段が軋むか、割れるように鳴った。誰もいない家の五十もの音が響いて、孤独を感じさせた。スティーヴンズは本を読もうとした。ラジオをつけてみた。酒を飲むべきだろうかと思い、いまの気分でそれはまずいと、やめにした。四時になり、煙草がなくなった。通りの先の雑貨屋で煙草を買わなければと思うと、むしろほっとした。ブレナンの足音がいつするだろうと、神経がぴりぴりしていたからだ。静かすぎる。デスパード・パークのまわりでまた魔術が渦を巻いているにちがいない。

家から出ると、何粒かの雨が顔を打った。スティーヴンズはキングズ・アヴェニューを渡り、鉄道駅に至る短い道を歩いていった。大木の梢がうなずき、踊っていた。まわりのあらゆるものが陰鬱だった。雑貨屋が近づいた。すでに赤や緑の電球が灯っている。そのとき、前夜も聞いた気がする声が、通りのどこかから彼の名を呼んだ。〈J・アトキンソン、葬儀〉の表示がある、ふたつの窓のあいだのドアが開いていた。そこに誰かが立って手招きしていた。
スティーヴンズは通りを渡った。呼びかけた人物は、快活なビジネスマンふうの中年男だった。幾分太り気味で、きっちりとした正装。薄くなった黒髪をまんなかで分け、魚の骨のような櫛目をつけて頭になでつけていた。顔は天使のようににこやかで、身ごなしにも好感が持てた。

「ミスター・スティーヴンズですか？」彼が言った。「初めてお会いしますが、お顔は存じ上げております。アトキンソンです――ジョナ・アトキンソン・ジュニア。父は引退しました。ちょっとなかにお入りになりませんか？　お見せしたいものがありますので」

目隠しの黒いカーテンは、外から見たときと感じがちがい、スティーヴンズが想像したより高かった。そのカーテンが小さな待合室に影を作り、ふかふかのカーペットが敷かれた無音の部屋には、不思議な夢さながらの雰囲気がそなわっていた。おそらくこういう場所にふさわしい、安らかな雰囲気だった。裏口の左右に置かれた大きな大理石の壺――ちょうど霊廟の花の壺に似ている――のほかに、店の目的をにおわせるものはなかった。すべての所作が控えめなジョナ・アトキンソンは、部屋の端にある机に歩いていった。明らかに好奇心をかき立てられているが、できるだけ外に表わさないよう努力しているようだった。

アトキンソンは戻ってきて、スティーヴンズに、一八六一年に断首されたマリー・ドブレーの写真を差し出した。

「これをあなたに返すよう頼まれたのです……おや！　どうされたんです」

悪夢の感覚をどう表現すればいいのか。ジョナ・アトキンソンの気の置けない性格や、傾げた頭の黒い魚の骨のような髪でさえ、悪夢の一部だった。それは写真だけがもたらすものではなかった。写真が置かれていた机を見ると、地味な雑誌が何冊か積まれている。そのうちの一冊から曲がった紐が出ていて、その紐には不規則な結び目があった。

「いや、いや。別に。なんでもありません」スティーヴンズは相手に言い、この店を題材に探偵小説を考えたことを思い出した。「この写真をどこで？」

アトキンソンは微笑んだ。「憶えておられるかどうかわかりませんが、あなたは昨夜、クリスペンに七時三十五分に着く列車で来られた。私は少し仕事がありまして、ここの待合室におりました。たまたま窓の外を見ると、あなたが――」

「ああ、そうでした。誰かいると思ったんです」

アトキンソンは怪訝《けげん》そうな顔だった。「あなたを迎えにきた車が、このすぐ外に停まっていました。その車が向きを変えたときに、通りのほうから誰かが呼ぶ声がしたのです。駅のプラットフォームに出る階段のほうから誰かが手を振って、叫んでいるのが見えた気がしました。どうしたのだろうとそのドアを開けると、切符売り場で働いている非常勤の職員が、あなたの車のあとを追って階段をおりてきた。列車のなかで、原稿か何かから、この写真を落とされたようですよ。車掌がそれに気づいて、発車前にデッキから切符売り場の職員にこの写真を放り投げました。ちょうど彼が勤務を終えて帰るところだったのです」

スティーヴンズの頭に列車の場面が甦った。写真をもっとよく見ようと、原稿に留めてあったクリップからはずしたのだった。そこでウェルデンに話しかけられ、慌てて原稿の下に押し入れて隠した……

「あなたが去ったあと、その職員がここに来ました」アトキンソンはわずかに苛立って言った。「私はまだ入口に立っていたのですが、彼は、これから家に帰るので、あなたを見かけたらこの写真を渡してもらえないかと言いました。とても妙な写真だと思っていたようです。私に差し出して、自分より私の専門分野ではないかと言っていました」アトキンソンは写真の下の説明を指差した。「つまり、ギロチン――まあ、いずれにせよ、あなたがこれを探しておられるのではないかと思いまして」

「なんとお礼を申し上げればいいかわかりません」スティーヴンズはゆっくりと言った。「これが戻ってきてどれほどうれしいか。すべての謎がこんなふうに簡単に解けたら、どれだけいいでしょう。ひとつうかがいたいことがあるのですが、どうか僕の頭がおかしくなったと思わないでください。とても重要なことなのです」そして机を指差した。「あそこに紐がありますよね、結び目のついた」

アトキンソンの好奇心は完全に写真に向いていたので、虚を突かれたようにうしろをちらりと見た。そして不満げな声を発すると、紐を引ったくってポケットに入れた。

「これですか？　父が作ったものです。習慣になっておりまして。あらゆるところに置いておくのです。このところ少々――なんというか、おわかりでしょう。昔からずっとです。紐を見つけると結び目を作る。ほかの人が、手持ちぶさたなときに煙草を吸ったり、ボタンをひねったり、鍵を鳴らしたりするのと同じように。父はよく〝隅の老人〟と呼ばれていました。探偵小説は読まれますか？　バロネス・オルツィの小説で、老人が〝文句なしの喫茶店〟の〝隅〟に坐って、年がら年じゅう紐に結び目を作っていますでしょう？」そこでスティーヴンズに鋭い視線を向けた。「いつもそうしているのです。それでもいろいろなところに置き忘れたりはしなかったものですが。どうしてそのようなことを訊かれたので？」

この数分間、スティーヴンズはいろいろ思い出していた。たとえば昨夜、パーティントンがジョナ・アトキンソン・シニアについて言ったことばを。スティーヴンズは彼が酔っていると思ったのだが、こんな内容だった――老ジョナはマークの父親のお気に入りでね。マークの父親はよく、個人的なジョークか何かで、老ジョナに、まだあの〝文句なしの喫茶店〟にいるのかと訊いていたものだ。〝隅〟にいるのか、とも。どういう意味かはわからんが。

「ぜひうかがいたいですね」アトキンソンは熱心に言った。「なぜそのようなことをお尋ねになるのですか？　私にとってもとても重要なことかもしれません。何か――」そこで言いよどんだ。「あなたがデスパード家と親しく交際しておられるのは存じ上げています。私どもはミスター・デスパードの葬儀をとりおこないました。そのあと何か――」

「問題が、ということですか？　いいえ」スティーヴンズは、どこまで話していいものだろうと思った。「しかし、お父様のそういう紐の一本が、つまり、マイルズ・デスパードの棺に入ってしまったということは考えられますか？」

「可能性はあります。正式にはまだ父が店主ですから」アトキンソンは答え、珍しくプロらしからぬ口調でつけ加えた。「だがなんということだ！　申しわけが立たない！　まちがいならいいのだが――」

そういう機会には、かならず父親のアトキンソンが、九つの結び目のついた紐を作るということだろうか。それに、マイルズ・デスパードが亡くなった夜、本人の枕の下から九つの結び目の紐が見つかったことはどう説明する？　あれはJ・アトキンソンが葬儀をおこなうまえだったというのに。息子のアトキンソンが言うことをぼんやりとすべて受け入れていたスティーヴンズにも、そこはどうしてもわからなかった。

はっきりしたことと、まだ混乱していることがある。写真の件は説明がついた。昨晩ならすべて説明がついたかもしれないが、いまは……少なくとも、棺が霊廟に運ばれたときには、ちゃんとマイルズの死体が入っていたことを確認できるかもしれない。スティーヴンズは葬儀屋に話せるだけのことを話し、質問してみた。アトキンソンは断言した。

「わかっていました」手で机をそっと叩きながら言った。「パークでおかしなことが起きているのはわかっています。あちこちで噂を聞きますので。ええ、もちろん、これはここだけの話です。しかし、あなたの知りたいことは、まちがいなくお伝えできます。ミスター・デスパードのご遺体が棺に納められたことに疑問の余地はまったくありません。私自身も手伝ったのです。そのあと担ぎ手にそのまま渡されました。助手たちに訊けばすべて確認できます。そして担ぎ手は、ご承知のとおり、棺を直接霊廟に運び入れました」

待合室の正面のドアが静かに開き、通りからひとりの男が入ってきた。

通りには薄暗い灰色の光があった。窓には雨のぼやけた縞模様がついている。入ってきた男はそれらを背景にシルエットになっていた。非常に小柄で、大きな毛皮のコートを着ているにもかかわらず、体全体がしぼみ縮んでいた。毛皮のコートと、目深にかぶった粋な茶色の中折れ帽のダンディズムが、不快にもマイルズ・デスパードを思い出させた。しかし、死人はリムジンに乗らない。外の道路脇に停まっているような、運転手つきのメルセデスには。さらにこの新たに来た男は、二歩まえに踏み出し、それだけでマイルズでないことが明らかになった。

毛皮のコートは桁はずれに洒落たものでもなかった。三十年前に倹約家が着ていたもののような古臭さがあった。男は七十歳を超えている。顔はたいそう醜いが――しわだらけで、鉤鼻こそ立派だが猿のような顔――魅力がないわけでもない。スティーヴンズは、見憶えがある顔という印象を抱いた。何度も見ているが、どこで見たのか思い出せない。素描画のようにぼんやりしていた。シニカルで、いくらか粗野で、猿のように輝く男の眼が部屋のなかを鋭く見まわし、スティーヴンズのところで止まった。

「ずかずかと入ってきて申しわけなかったが」男はスティーヴンズに言った。「少しお話しできませんか。あなたがここに入るのを見かけたもので。はるばるここまで会いにきたのです。私はクロス――ゴーダン・クロスです」

十八

「このとおり、まちがいありません」男は落ち着いた声で言い、コートのなかに手を入れて、名刺を取り出した。そして、考えを言い当てたくてたまらない様子でスティーヴンズを見つめた。「この私の顔が」と指差して、「いつも本の表紙にのせてほしいと言っている写真より老けていて、魅力的でもない、そう思っていたのでしょう。明らかに。でなければ、あの写真を本にのせるべきではなかったと。しかし、よく見ていただければ、三十年ほどまえの私の面影があるのがわかるはずです。あの写真は、刑務所に送りこまれるまえに撮ったものです」

手袋をはめた手をまた上げた。

「あなたはさらに考えている」クロスは続けた。「私の印税は、決して少なくはないけれど、あれを支払うにはとうてい――」今後は外の車を指差した。「そのとおり。刑務所に入ったとき、私にはまずまずの蓄えがありました。まったく金の使い道がなかったあいだ、ありがたい利子率のおかげでそれがひと財産になった。収監中、そこになんとか執筆活動の収入を加えることができました。それが資本家と文筆家のちがいです。資本家は金を儲けたあと、刑務所に入る。文筆家は刑務所に入ってから、金を儲ける。ミスター・アトキンソン、失礼してよろしいですか。ミスター・スティーヴンズ、どうぞ私と来てください」

クロスはドアを開けて待った。スティーヴンズは驚きにことばを失ったまま、あとに続いた。運転手が車のドアを開けた。

「どうぞなかへ」クロスが言った。

「どこへ行くんです」

「あてはないのですが。どこでも好きなところへやってくれ、ヘンリー」

車が静かな音を立てた。リムジンの灰色の革張りの後部座席は暖かかった。クロスはその隅に坐り、招いた客を真剣に見つめた。その顔には相変わらず粗野でシニカルな表情が浮かんでいるが、スティーヴンズには読み取れない何かも混じっていた。クロスはもったいぶった仕種で葉巻のケースを取り出し、相手に差し出した。神経がどうしても煙草を欲していたスティーヴンズは、一本受け取った。

「それで？」クロスは言った。

同じもったいぶった態度かシニシズムで、帽子を頭の上に持ち上げた。両側の髪は豊かだが、しぼんだ禿頭があらわになった。そこから一本だけ毛が伸び、揺れている。それでも不思議と滑稽ではなかった。猿のように輝く眼が不気味だったせいかもしれない。

「それでとは？」

「まだ嫉妬に身を焦がしている？」クロスは訊いた。「じつは、あなたの奥さんが昨晩、途方もない距離を運転してきて、非常識な時間に私を起こし、いろいろ質問したのです。奥さんは私の家で寝ました。ですが、密会などではなかったことをご理解いただきたい。家政婦のミセス・マージェンロイドと寝ていることはまったく別として、この年齢を見ればおわかりでしょう。あなたは奥さんが私のところへ来たと推測した。いくらかでも知性があれば、そう推測するはずです。あるかどうかは疑わしいけれど」

「あなたは」スティーヴンズは言った。「オグデン・デスパードを除くと、おそらく僕が知っているなかでいちばん図太い人だ。さらに、あけすけな物言いが望ましいようだから言いますが、あなたは僕が思い描く危険な密通者からはほど遠い」

「うむ、その調子だ」クロスはくっくっと笑い、鋭くつけ加えた。「いいではありませんか。あなたには若さがある——そう。健康も——おそらく。だが私には知性がある。おたくの編集長——名前はなんでしたかな、モーリー？——は、私について何か話しました？」

スティーヴンズは思い出そうとした。「いいえ。あなたと会ったことがあるかとは訊かれましたが。マリーはいまどこです？」

「あなたの家です。いや、待って！」車のドアのまえに腕をさっと伸ばした。「出ないでください――まだ。時間はたっぷりある」そうしてクロスは座席にもたれ、何事か考えながら葉巻を吹かした。いまや顔はそれほどしわだらけに見えなかった。「お若いかた、私は七十五歳だ。しかし、百七十五歳の男より多くの犯罪事件を研究してきた。理由のひとつは、身近にそういう機会があったからです。刑務所に二十年いたので。私はあなたの奥さんのために、こうやって助言しにきた」

「感謝します」スティーヴンズもったいぶった調子で言った。「さっきのようなしゃべり方はよくなかった。ですが、そういうことなら」――ポケットからマリー・ドブレーの写真を取り出して――「正気の世界にとどまるために、これがどういうことなのか説明してもらえませんか。そして、なぜマリーはあなたのところへ行ったのか。あなたの名前、あるいはあなたの先祖の名前についても。あなたの名前は本当にゴーダン・クロスなのですか」

クロスはまた乾いた笑いで身を震わせたあと、真剣な表情になった。

「なるほど、推理しようというわけですな。奥さんはあなたの推理を怖れていた。ええ、私の名前は本当にゴーダン・クロスです、それを用いる権利があるという意味で。二十一歳のときに、捺印証書を作成してこの名前に変えました。生まれたときの名前は、アルフレッド・モスバウム。誤解なさらぬように。私はユダヤ人です。そして、この民族の多くの偉人と同じように、ユダヤ人であることを誇りに思っている。もしユダヤ人がいなければ、あなたがたは支えのない生活をすることになる。この整然とした世界は地獄に変わるでしょうね。とはいえ、私は同時に」クロスは余計な説明をつけ足した。「エゴイストでもある。アルフレッド・モスバウムは、この私を表現するには、あまり響きがよろしくない。そう思いませんか。

ひとつ私について知っておいたほうがいいでしょう。犯罪は私の趣味です。若いときからずっと趣味だった。クリームが捕らえられ、裁かれたときには、もちろんイギリスにいた。プランジーニが捕らえられ、裁かれたときには、もちろんフランスにいた。ボーデンの事件ももちろん知っている、知っている人はほとんどいませんが。三十代の終わりには、犯罪がいかに単純なものであるかを示すために、みずから実行した。あなたはすぐに反論するでしょうね、刑罰を逃れるのがいかに単純かを示すために二十年間、刑務所に入ったのかと。たしかに。しかし、私の犯罪が露見したのは、想像が及ぶなかでこれしかないという方法によるものでした――みずから白状してしまったのです。酔って自慢したというわけです」

ふうっと大量の煙を吐き出して、手で払った。そして、猿のように輝く眼をまたスティーヴンズに向けた。

「それにしても、なんと運がよかったことか！　刑務所では、所長の右腕として働いた。

それがどういうことかわかりますか？　一つひとつの事件の完全な記録を、直接調べられるということです。その刑務所だけでなく、所長がたまたま記録を取り寄せたほかの刑務所についてもね。犯罪者本人と知り合いになることもあった。そういうときには、裁いた判事より、有罪を言い渡した陪審員より、彼らを深く知ることになった。彼らを捕まえた捜査官とも知り合った。結局、仮釈放も刑期の減免も申請しませんでした。あれよりいい生活がありますか？　別の人が払ってくれる金で生活しながら、自分の金は貯まっていく。出所したときに金持ちだったのも当然だ」

「まちがいなく」スティーヴンズは言った。「そういう見方もありますね」

「問題がひとつあった。同意してくださると思うが、その後の社会的な障害です。とくに執筆を始めたときにそうだった。ご承知のとおり、私はゴーダン・クロスという変わった名前で刑に服した。自分の旗を振ったわけです。過去を隠さなければならなくなったときにも、アルフレッド・モスバウムに戻らなかった。けれども、ゴーダン・クロスは憶えやすい名前です。新進気鋭の文筆家であるゴーダン・クロスと、一八九五年に殺人罪で刑務所に入ったゴーダン・クロスが、結びつけて考えられるのは望ましくない。だから歳を四十と公言し、すべての本に、いまの姿からかけ離れた若いころの写真をのせたのです」

「殺人だったのですね」

「いかにも」クロスはあっけらかんと言って客を驚かせた。手袋をはめた手でコートの灰を払った。「しかし、この道の権威として執筆していることは理解してもらいたかった。なぜ奥さんが私のところへ来たか？　お答えしましょう。なぜなら、私の新しい本の第一章――ほかの文献の裏づけがない段落はひとつもありません――を眼にした途端、私が奥さんの知らない真実を知っていることがわかったからです」

「どういう真実ですか？」

「一六七六年のマリー・ドブレーについて。一八六一年のマリー・ドブレーについて。そして、奥さんの家系、より正確に言えば、彼女が自分の家系と考えているものについて」

「僕が考えていることの多くを」スティーヴンズはゆっくりと話しはじめた。「あなたは知っているようだ。少なくとも、同じようにたどっている。いま考えていることがありまして……現在だけでなく、過去や、遠い過去について……死者と不死者について。そこに真実はあるのですか？」

「ありません――残念ながら」クロスはにべもなく言った。「少なくとも、奥さんの場合には」

スティーヴンズの思いは次のようなものだった。僕はいま快適なリムジンのなかで、最高級の葉巻を吸っている。いっしょにいるのは自称殺人犯で、信用してもいるし、していないところもある。それでも、この熱心なミイラのような小男が現われたことによって、葬儀屋の待合室で聞いたどんな説明より心が軽くなり、ものごとを広い視野でとらえられるようになった。スティーヴンズは車の窓の外を見た。灰色の雨がランカスター・ハイウェイを屍衣のように包みはじめていた。

「結婚して三年、と聞きました」クロスがまばたきしながら言った。「彼女のことを何か知っていますか？　知らないでしょう。なぜか。女性はみなよくしゃべる。こちらが伯父の話をすれば、あちらの伯父の話が返ってくる。あなたの立派な大伯母が猫にトマトを投げたら、警官に当たってしまったという話をすれば、彼女の家族のそれに負けない逸話が披露される。どうしてあなたは家族の逸話を聞いたことがないのか。奥さんが何かを心に秘めているからです。どうしていつも彼女はあることをおぞましいと非難するのか。彼女自身が怯えているからです。はっ、私はほんの十分で何から何まで聞き出しましたよ。そして自然に彼女の考えを支持したり、退けたりした。

　お聞きなさい。カナダ北西部に暗くみじめなギブールという村があって、そこに本当にドブレーという家族がいる。ブランヴィリエ侯爵夫人を生んだドブレー家の遠い子孫です。あなたがそこに持っている写真のマリー・アドリエンヌ・ドブレーを生んだ家系でもある。ここまでは事実だ。それがわかるのも、新しい本の下準備としてギブールに二週間も滞在し、家族の史料をさかのぼるという受難を味わったからです。〝不死者〟の伝説の実例をもっと調べたかった。もともと私は伝説を信用しない。その代わりに、出生証明書と教区の登録簿を調べる。あなたのすばらしい奥さんは、彼らと血のつながりすらない。本人はあると思っているけれど。三歳のときに、その家族の養子にされたのです。朽ちた木の最後の枝である、ミス・アドリエンヌ・ドブレーによって。奥さんのもとの名前は、私がクロスでないのと同じように、ドブレーではない。彼女の母親はフランス系カナダ人、父親はスコットランドの労働者でした」

「わからなくなった」スティーヴンズはつぶやいた。「いま自分たちが魔術の王国にいるのか、常識の世界にいるのか。でも、この写真はどうなんです。驚くほどマリーに似ている。たとえ――」

「そもそもなぜ」クロスは言った。「彼女は養子になったと思います?」

「なぜ?」

「そう、まさに驚くほど似ているからです。ほかに理由はない。ミス・アドリエンヌ・ドブレーは、たとえて言えば、老いた魔女そのものだった。私だってギブールにまる一年住んだとしたら、彼女は本物の魔女だと信じはじめたにちがいない。いいですか。ギブールでは、空は暗く、一年のかなりのあいだ雪が降る。そもそもギブールという名前の由来を知っていますか? 十七世紀、黒ミサは〝ギブールのミサ〟と呼ばれていた。ドブレー家はモミの木が茂る丘の、長い平屋の家に住んでいます。森林を所有していて裕福だが、出かけるところがあったとしても、あまり外出はしない。気候のせいで家に閉じこもって、火が描き出す絵を見ているしかない。ミス・アドリエンヌ・ドブレーがスコットランドの労働者から養子をもらったのは、たんにその子を育てて、不死者の血が流れていると思いこませるためだった。いつか本物の不死者がその子の体に忍びこむことを願ってね。彼女に絵を見せ、話を聞かせ、モミの木のあいだにいるものを指差した。罰を与えるときには、かつて先祖がそうされたと伝えられるとおり、漏斗と水で責め立てた。娘に火をつけることもあった、それがどんなものか体験させるために。もっとくわしく話す必要がありますか？」

「いいえ」スティーヴンズは言い、両手に顔をうずめた。

クロスは常軌を逸して生き生きしていた。まるでミス・アドリエンヌ・ドブレーの所業のすべてを一個の芸術として讃えるかのように。話し終えると、座席にゆったりともたれ、自己満足に浸って葉巻を吹かした。葉巻は彼には大きすぎた。それでメフィストフェレス的効果が台なしになっていた。

「お若いかた、それがいまあなたと暮らしている女性です」いくらかやさしい口調で言った。「彼女はこの秘密を封じこめていた。問題は……こういうことだと思います。あなたとの結婚は、そんな過去を彼女に忘れさせるほどうまくいっていた。ところが、デスパード家との交際をつうじて、いくつかの出来事が過去を呼び戻すようになった。ある日曜の午後、ミセス・デスパードが毒薬について話しはじめた。そこには病気の伯父上の看病をしている看護師もいて――」

「知っています」

「おほう、知っている？　あなたの奥さんは悪鬼をあまりにも長いあいだ抑えこんできた。箱に入れて、蓋をして。突然、その悪鬼どもが飛び出してきたのです。毒薬に関する会話のせいで。彼女自身のあいまいなことばを引用すると、〝まわりの何もかもおかしく感じられた〟。天罰わが身にくだりぬ、シャロットの姫は叫びけり」クロスは嫌悪もあらわに言い、ガラスの仕切りに煙をぷっと吐き出した。「なんたることか！　彼女は愚かにも、部屋から出ていった看護師を追いかけて、毒薬のことをしゃべりつづけた。どうしてそんなことをしたのかわからないと本人も言っていましたよ。脳の専門家ならわかるかもしれないが。奥さんにまったく問題はなかったのです。根本的に正常で健康でした。でなければ、アドリエンヌおばの教育が、一風変わった人間を作り出してしまったのかもしれない。ともあれ、毒薬に関するこの会話があってから三週間と経たないうちに、あの家族の老伯父が亡くなった。加えて、あなたがたまたま私の原稿を読んで、不吉なことばを発した。さらに、屋敷の当主のマーク・デスパードがなれ合いの医者と入ってきて、ひとつ、伯父が毒殺された証拠があること、ふたつ、ブランヴィリエ侯爵夫人の恰好をした女性がその伯父の部屋で目撃されたこと、をあなたに告げた（それを彼女もドアの向こうで聞いていた）。彼はあまり説明しなかったものの、超日常の出来事についてあれこれ仄めかした。この時点で彼女の精神状態がどうだったか想像できないのなら、あなたは私が思っているよりさらに頭が悪いことになる。彼女は自分の先祖について、事実を確かめるしかなかったのです」

スティーヴンズはまだ両手で頭を抱え、車の床の灰色のカーペットを見つめていた。

「運転手に引き返すよう言ってもらえますか」沈黙のあと、スティーヴンズは言った。「彼女のところに戻らなければ。ああ、神様、この命があるかぎり、彼女にはもう二度と悪鬼など見させないようにします」

クロスはマウスピースに向かって命令した。「これほど興味深い研究はないね」と猿のように偉そうに言った。「事態を収拾する役まわりは初めてだ。言わせてもらえば、煩わしいことこの上ない。しかし、あなたが彼女と対面するまえに、完全な第三者である私が、すべてを説明する役を仰せつかったわけです。どうやら彼女自身は説明したくないようなので。私にはまったく不可解だが、彼女はあなたを愛しているようです。ほかに訊きたいことは?」

「ええ、もし彼女が何か言っていればですが……モルヒネの錠剤について、何か言っていませんでしたか?」

クロスは苛立った。「そうだ、忘れていた。そう、彼女はモルヒネを盗みました。理由はわかる? いや、答えなくていい。わからないね。ですが、思い出してほしい。ある夜、あなたと奥さんは有名な(私にとっては痛々しい)デスパード・パークを訪ねた。日付を憶えていますか？」

「もちろん。四月八日、土曜の夜でした」

「そう。デスパード・パークでみんなが何をしたかは？」

「ブリッジをしにいったつもりが——」スティーヴンズはことばを止めた。「結局しなかった。あの夜はずっと幽霊話をしていました(原注1)」

「そう。あなたがたは幽霊話をした。暗いなかで、おそらくかなり不快なものを。誰にも言えない恐怖を抱えて、なかば気がふれそうになっている女性のまえでね。彼女の望みはたったひとつ、眠ることだった。ベッドに入ったあと、ほんの一瞬遅れる可能性すらなく、ただちに眠りに入りたかった。明かりを消したときに、悪夢も醜い魔女もすべて消し去りたかった。あなたがそれに気づかなかったのには驚かないが、デスパード家の人たちまで注意を払わなかった理由はわかりません。あの家族は、あなたがたふたりに悪い影響を与えているようだ。魔女のことばかり思い出させて……」

車のなめらかなエンジン音に続いて、雷がかすかに聞こえた。雨がさらに激しく窓に打ちつけはじめた。クロスは窓を下げて葉巻を投げ捨て、降りこんできた雨に悪態をついた。しかし、スティーヴンズは、心のなかがすっかり片づいたように感じていた——たったひとつのことを除いて。問題がひとつ残っている。

「魔女のことばかり思い出させて」彼はくり返した。「そう、まさにそうです。いまはものごとが多少ちがった角度から見える。だがそれでも、誰の眼にも明らかな、どうしようもない不可能がひとつある。死体が霊廟から消えるというのは――」

「ほう、そう、消えるのですか」クロスは言い、棒の上の猿のようにぴょんと跳び上がって、身を乗り出した。「その話をしようと思っていた。ここには助言をしにきたと言ったでしょう、あなたの奥さんのために。起きたことをぜひ聞かせてもらおう。あなたの家に戻るまで、あと十分ある。話してください」

「喜んで。どこまで話すべきか考えていただけです。もちろん、いまは警察も来ていますから、いずれ明らかになることとです。ブレナン警部は――」

「ブレナン？」クロスは尋ね、警戒したように両手を膝に置いた。「まさかフランシス・ゼイヴィア・ブレナンではないね。フォクシー・フランク？　いつも父親の昔話をしている？」

「その人です。知り合いですか？」

「フランク・ブレナンは知り合いだ」クロスは瞑想するような眼を上げて言った。「彼が巡査部長だったころからね。毎年クリスマスカードももらっている。なかなかポーカーがうまいよ、といっても、たかが知れているが。いずれにせよ、みんな私の言うことを聞く。さあ、話してもらおう」

話を聞くクロスの顔は、何かの幻覚だろうか、ある個所で機嫌がよくなったり悪くなったりするのに合わせて、交互に若返ったり老けたりしているように見えた。ときに「すばらしい!」と言うこともあれば、洒落た帽子のつばを指で弾くこともあった。が、スティーヴンズの話をさえぎったのは一度きり、運転手にもう少しゆっくり走ってくれと言ったときだけだった。

「あなたはそれをすべて信じている?」クロスは訊いた。

「もう何を信じたのか、何をいまでも信じているのか、わかりません。ああいう魔術の話が出てきてから――」

「魔術は持ち出すな」クロスは強い調子で言った。「高貴な黒魔術を、今回のようないかさまと混同して貶《おとし》めないでもらおう。これは殺人ですぞ! 殺人です。なかなかうまく演出されていて、裏にはしっかりした美意識があるのかもしれないが、考案者は気弱で不器用だし、最高にうまくいったところも、たんなる偶然だ」

「どういうからくりだったのか、誰がやったのか、わかっていると言うのですか?」

「もちろん、わかっている」クロスは言った。

すぐ上の空で雷鳴が轟き、こだまを方々に散らした。間髪入れずに稲妻が走り、打ちつける雨で窓はいっそう暗くなった。

「すると殺人者は誰です?」

「あの家族の一員です、もちろん」

「言っておきますが、全員に鉄壁のアリバイがあるんですよ。もちろん、ヘンダーソン夫妻を除いて――」

「ヘンダーソン夫妻は事件にまったくかかわっていないと断言していい。それに、犯人は夫妻よりもっと個人的にマイルズ・デスパードの死にかかわっていて、その影響を受ける人物だ。アリバイに感心してはいけない。私がロイスを殺したときには（死んで当然の男だったとつけ加えておくけれど）、それこそ完全なアリバイがあった。給仕も含めて二十人ほど、私が〈デルモニコ〉で夕食をとっていたと喜んで証言する人がいた。なかなか巧妙で愉快な工夫だったが、それは今度時間があるときに、ゆっくり説明してあげよう。強盗を働いたときも同じだった。当初、それで生計を立てたのだ。今回の場合、とくに新奇さはない。霊廟から死体を盗み出す方法さえ、いくらか手際のいいところはあるけれど、わが友バスチョンがすでに実行している。バスチョンは一九〇六年に刑期を終えたが、残念ながら、アメリカからイギリスに帰ったときに、やむなく絞首刑にされた。しかしその間、芸術的観点から称讃されるべき仕事をいくつかしている。そろそろ着きそうだね」

スティーヴンズは、見慣れた門のまえに車が完全に停まるのも待たず、歩道におり立った。家の明かりはついていなかったが、玄関に至る小径の手前に、見憶えのあるずんぐりした人影が傘をさして立っていた。こちらに眼を凝らした拍子に傘がぐらつき、ブレナン警部のこぎれいなコートに雨がかかった。

「フランク」クロスが言った。「こっちへ来たまえ。車に入って」

「なんと――」ブレナンが言った。「申しわけないが、ミスター・クロス、いまはつき合えません。ここに用事があるので。そのあと――」

「狐顔の無法者め」クロスは言った。「今回の事件について、きみが一日かけて学ぶより多くのことを十五分で教えてもらったよ。私が謎解きをしよう。私がひと騒動起こして、奇跡の仕組みを解明してみせる。さあ、車に入って。きみに話さなければならないことがある」

　傘を飛ばされそうなブレナンは、どうにか車に体を押しこめた。スティーヴンズは、喜びで雨に顔を打たせながら、車が走り去るのを見送った。ことばが出てこなかった。喉がつかえ、安堵のあまりめまいがしそうだった。しかし振り返って、玄関まで小径を歩いていくと、そこでマリーが待っていた。


（原注1）裏づけとして一四五ページを参照のこと。

十九

ふたりはいま、リビングルームの裏側の窓辺に立って、庭を見ていた。スティーヴンズがマリーを抱き寄せ、ふたりに平和が訪れていた。六時ごろだったかもしれない。雨はほぼやみ、軒で跳ねたり流れたりしなくなっていた。まだ黄昏ではないが、庭には白い霧が立ちこめている。その向こうに、濡れそぼった草やニレの木、色と形のない花壇がぼんやりと見える。ふたりはそれぞれ自分の話を語り終えていた。

「どうしてあなたに話せなかったのかわからない」マリーは言った。スティーヴンズの腰にまわした彼女の手に力がこもった。「あまりに荒唐無稽だと思うこともあったし、怖ろしすぎると思うこともあった。そして、あなたはいつも――やさしかった。どんなときにも。でも、アドリエンヌおばのようなことは、そう簡単に忘れられるものではないわ。当然わたしは彼女から逃げた、大人になったときにね」

「すべてすんだことだ、マリー。いま話さなければならない理由はない」

「いいえ、あるわ！」マリーは少し顔を上げて言った。震えてはおらず、灰色の眼は微笑んでいた。「それが悪いことをすべて引き起こしたのだから。話さなかったことが。わたしはずっと、このことについて知りたかった。わたしたちが初めて会った日のこと憶えてる？　パリだった」

「ああ。ヌヴ・サンポール通り、十六番地だ」

「あの家――」ことばを切った。「わたしはあそこに行って、何か感じるだろうかと思いながら中庭に坐ってた。こうやって話してみると、まったく馬鹿げて聞こえるけれど、あのアドリエンヌおばは、すさまじい力を持っていたにちがいないわ。あなたはわたしの家を見たことがないでしょう、テッド。見てほしいとは絶対に思わない。裏手は丘で……」しかしそれは恐怖からではなく、笑っているのだった。「いまはすべてに効く治療法がある。スティーヴンズを見上げたので、喉の線があらわになり、震えているのがわかった。しかしもしわたしがまた憂鬱な気分になるとか、何かに尻込みするとか、寝てるとき、起きてるときに悪夢を見るようなことがあったら、ひとつあなたにしてほしいことがあるの。わたしに〝マギー・マクタヴィッシュ〟と囁いて。それでよくなるから」

「なぜマギー・マクタヴィッシュ？」

「それがわたしの本名だからよ、ダーリン。素敵な名前でしょう。魔法の名前。どんなにがんばっても、それをほかのものに変えることはできない。でも、できればデスパード家があんなに……あそこまで……自分でもよくわからない。あの屋敷は、昔わたしが住んでた家にあまりにもそっくりで、あなたがせっかく忘れさせてくれたと思っても、あそこに行くとすべて思い出してしまう。おかしなものね、あの家からは逃れられないんだわ。わたしに取り憑いてる。それとも、わたしのほうが取り憑いているのか。それから、聞いて、テッド。わたし本当に、砒素は買えるのかと訊いたの！　それがぞっとするところよ。いったいなぜ――」

「マギー」彼は言った。「マクタヴィッシュ」

「ああ、そうね。でもクライマックスは、みんなが幽霊の話をした、あの土曜の夜だったと思う。マークがあの嫌な話をして……わたしはいつ自分が叫びだすかと思った。しばらくあのことを忘れないと気が変になると思って、本当に薬を盗んだの。壜は翌日返したけれど。テッド、あなたが何を考えてたかわかるわ。わたしを指し示す証拠が集まりすぎて、実際に自分がすべて考えたんじゃないかと思うほどよ。もっと少ない証拠で火あぶりになった人だっているんだから」

スティーヴンズはマリーを自分のほうに向かせ、やさしくまぶたに触れた。

「学問的興味から訊くんだが、翌週水曜の夜、何かのまちがいでその薬をきみと僕が飲んでしまったということはないね？　それがずっと気にかかってた。あの夜、僕はものすごくだるくて、十時半に寝てしまった」

「ええ、それはないわ、正直なところ」マリーは言った。「本当よ、テッド。そもそも無理だわ。わたしがもらったのは一錠だけで、それを半分に割って——」

「一錠！　しかし、三錠減ってたという話だが」

マリーは怪訝そうな顔をした。「だったら、ほかの人が壜から取ったのよ」真実を語る真剣な表情で言った。「怖かったの、心から。よくわからないけど、自殺してしまうのではないかと思うほど。テッド、今回の騒ぎはいったいなんなの？　誰かが気の毒なマイルズを殺した。わたしじゃないのはわかってる。夢のなかでさえ。だってあの夜は十一時半まで寝つけなかったから。薬もお酒も飲まずに、あなたの隣に横たわってたのを憶えてる。そのことを思い出してどれほど助かったか、わからないでしょうね。でも、パークの誰かがわたしの悩みを推測したのだと思う。あなたはイーディスが……」

そこで口を閉じ、振り払うような仕種で話題を変えた。

「でも、そうよね、テッド、こうやって自由になったという話をしてるけど、事件がすべて解決したら、いまの感じなんて比較にならないでしょうね。だって、殺人事件だから。本当に殺人だったの？　そんなことありうる？　あなたはミスター・クロスが……ところで、ミスター・クロスのことをどう思った？」

スティーヴンズは考えた。「なかなかくせのある老人だよ。本人の弁によれば、殺人者であり、強盗でもある。すべてでたらめでないとしたら、ほかにどんな前科があるのやら。もし僕が彼の欲しいものを持っていたとしたら、しっかり眼を開けていないと、喉を掻き切られて奪われるかもしれない。彼には道徳心がまったく欠如しているようだ。十七世紀の遺物が人間の形をとるとしたら、まさにクロスになるんじゃないかな……」

「そんなこと言わないで」

「まだだよ、マギー。こうつけ加えようとしてたんだ。そうは言っても、あの男にはとても好感が持てる。ずいぶんきみのことが気に入ってるようだ。そして、じつに抜け目ない。さらに、もし今回の謎を見事に解くことができたら、彼の印税率を最初の三千部につき二十五パーセントまで上げてもいい」

マリーはぶるっと震えた。新鮮な空気を吸おうと、手を伸ばして窓を開けようとした。スティーヴンズは代わりに開けてやった。

「霧が出てるわね」マリーは言った。「煙のにおいがしたような気がしたの。これがすべて終わったら、ふたりで休みをとって、どこか旅行に出かけない？　それとも、アドリエンヌおばをここに呼び寄せようかしら。ギブールの家から離れた彼女がどう見えるか、確かめるために。ただの醜い老婆であることを確認するために。知ってた？　わたし、黒ミサの手順を諳《そら》んじてるの。見たこともある——おぞましい儀式よ。いつか話してあげる。それで思い出した。ちょっと待って」

彼女はスティーヴンズから離れ、廊下に飛び出していった。階段を上がる音がした。そして戻ってきて、持っていると火傷でもするかのように、猫の頭の留め金のついた金のブレスレットを差し出した。窓の薄明かりでも、彼女の顔が紅潮し、胸が波打っているのが見て取れた。

「ほら、これがいま手元にある、ただひとつの彼女のもの」マリーは言って、スティーヴンズを見上げた。灰色の虹彩に針で突いたような小さな瞳孔が見えた。「ちょっときれいだし、幸運を呼ぶということだから、とっておいた。でも、一八六〇年代の貴婦人の写真で見てからは、もう溶かしてしまうか――」窓の外を見た。

「そうだね。窓から捨てれば」

「でも――高価なものだったのよ」決めかねるように言った。

「かまうものか。もっといいのを買ってやる。さあ、こっちに貸して」

自分自身に対する怒りを、象徴としてのブレスレットにぶつけた恰好だった。キャッチャーの二塁への送球のように低く長い弾道で、スティーヴンズはそれを窓から放り投げた。腕を振るその動作とともに安堵がわき起こってきた。ブレスレットは弧を描いてニレの木の枝をかすめ、霧のなかに消えていった。同時に霧のなかから、いきなり甲高い猫の鳴き声がした。

「テッド、そんな――」マリーが叫んだ。そして言った。「あれが聞こえたでしょう」

「聞こえた」スティーヴンズは険しい顔で答えた。「かなり重いブレスレットだったし、霧も出てる。猫の脇腹に当たったのだとすれば、鳴いてもなんの不思議もない」

「でも、誰かが近づいてる」沈黙のあと、マリーが言った。

まず濡れた草のなかを歩いてくる足音がした。次は砂利の小径を。霧のなかから人影が浮かび上がった。大股で急いでくる。

「たしかに」スティーヴンズは言った。「だが、また幽霊だと思ったんじゃないか？　あれはただのルーシー・デスパードだ」

「ルーシー？」マリーは奇妙な口調で言った。「ルーシー？　でもどうして裏から来るの？」

ふたりはルーシーがノックをするまえに部屋を出て、裏口のほうへ行った。ルーシーは台所に入り、びしょ濡れの帽子をはぎ取ると、乱暴に黒髪をなでつけた。慌ててコートを着たので、下の服が乱れている。いまは泣いていないが、まぶたが赤かった。彼女は白い椅子に腰かけた。

「ごめんなさい、でもどうしてもお邪魔しなきゃならなかったの」ルーシーは言った。様子をうかがうようにマリーを見たが、また別の心配事が頭に浮かんで、いちいち気にしていられないようだった。声はしゃがれていた。「もうあそこにいるのが我慢できなくなって。ええ――飲み物をいただくわ、もしあれば。屋敷でとんでもないことが起きてる。テッド……マリー……マークが逃げたの」

「逃げた？　なぜ？」

ルーシーはしばらく黙って床を見つめていた。マリーがその肩に手を置いた。

「ある意味で、わたしが追い出したの。ほかのこともある」ルーシーは答えた。「昼食までは問題なかった。あの気のいい警部さん――フォクシー・フランクよ――を昼食にお誘いしたんだけど、彼はどうしても外に買いにいくと言って。そのときまで、マークはとても静かだった。静かすぎるくらい。何も言わず、不機嫌でもなくて、でも、だからこそ何かあるとわたしにはわかった。みんなでダイニングルームに入って、テーブルにつこうとしたとき、マークがオグデンのところに歩いていって顔を殴ったの。そのあと体も。どれだけ殴ったか！　とても見ていられなかった。誰もマークをオグデンから引き離せなかった。あなたも彼を知ってるでしょう。オグデンをとことん殴ったあと……何も言わずに部屋から出ていって、書斎で煙草を吸ってた」

震えながら息を吸い、眼を上げた。マリーは戸惑い、不安そうにスティーヴンズをちらりと見て、ルーシーに眼を戻した。

「それはわたしも見たくなかった」マリーは顔を少し赤らめて言った。「でも、率直に言って、ルーシー、それほど大騒ぎするようなことには思えないけれど。あなたが真実を知りたいならね。どうしていままで誰もオグデンにそうしなかったのか、理解できないくらい。そうなるのを本人が望んでたんだから」

「そうだ」スティーヴンズも同意した。「例の手紙と電報を送った件だろう？　マークらしい」

「ええ。送ったことはオグデンも認めたわ。でもそれではすまない。オグデンを敵にまわす人は」ルーシーは抑揚のない声で言った。「愚かよ」

「そうかしら」マリーが言った。「わたしはむしろまわしたいわ。彼――一度わたしに言い寄ったことがあって、わたしがちっとも好意を示さないものだから、困り果ててたわ」

「待って」ルーシーは言った。「それだけじゃないの。イーディスとわたしはオグデンの顔をふいて、意識が戻るまで介抱した。殴られて気を失ってたの。オグデンはまた立てるようになるとすぐに、わたしたちを集めて、話したいことがあると言った。わざとマークがいる部屋の隣に陣取って、マークにも話が聞こえるように……あの、トム・パーティントンの事件についてどのくらい知ってる？　ドクター・パーティントン。昔、イーディスと婚約してたんだけど、堕胎手術をしたことが発覚して、刑事訴追を逃れるために国外に逃げ出すしかなかった。イーディスは、手術をした娘は彼の愛人だったと信じてた。少なくとも、口ではそう言ってたわ。正直な話、イーディスは彼を本気で愛してなかったと思う。彼女はすばらしい人だけど、冷たいの。氷のように冷たい。結婚を考えてたのは、たんに体裁のためだったと思う。だからその娘――ジャネット・ホワイト――のことがあって、別れたの。でも、オグデンが今日、真実を暴露した。その娘はトム・パーティントンの愛人じゃなかった。マークの愛人だったのよ」

いっとき黙ったあと、ルーシーは同じ抑揚のない声で続けた。「マークは親友のトムにもそのことを黙ってた。誰にも言わなかった。イーディスには、彼女が信じたいように信じこませておいた。トム・パーティントンは、娘の相手の男が誰か知らなかったの。彼女自身は口を閉ざしていたから。マークは、トムがイーディスを深く愛しているのを知りながら、黙ってたの。わかるでしょう、そのときマークはわたしと婚約してたから、口に出すのが怖かったのよ」

スティーヴンズは台所を歩きまわりながら考えた――この世の男と女の関係は、あまりにも複雑で理解しがたい。もしマーク・デスパードがそんなことをしたのなら、オグデンがこれまでにしたどんなことより卑劣だ。しかし、だからと言って、僕のマークに対する評価が下がるわけではない。僕にとってマークは相変わらず好人物で、オグデンは、礼儀正しく表現するなら、まったくちがう何かだ。驚いたことに、マリーも同じように考えているのがわかった。

「するとオグデンは」マリーは軽蔑もあらわに言った。「家族の陰口を叩いたわけね」

「大事なのはそこじゃない」スティーヴンズは割りこんだ。「パーティントンの反応は？彼はその場にいたのか？」

「ええ、いたわ」ルーシーはうなずいて答えた。眼には冷たい光が宿っていた。「それはそんなにひどいことでもなかった。トムは気に病んでもいないようだった。ただ肩をすくめて――とても冷静に話したわ。悩みつづけるのに十年はあまりにも長い時間だし、それが男女関係ならなおさらだ。もういまはどんな女性より酒を愛するようになってしまったって。ちがうの。問題を起こしたのはトムじゃない。わたしなの。わたし、本当にひどいことを言ってしまった。マークにも、もう二度と顔を見たくないと告げた。そしたらマークは、いつもの静かな重々しい態度でそのことばを真に受けたの」

「でもなぜ？」マリーが眼を見開いて叫んだ。スティーヴンズは、このドレスデンの磁器の人形を思わせる妻が、またしても霊感を宿したような表情を浮かべ、事の核心を突いたのに驚いた。「どうしてそんなことを言う必要があったの？　つまるところ、マークが十年前にその娘に――そういうことをしたのが理由じゃないわね。ルーシー、あなたがわたしに誰か相手を見つけてくれるとする。その人はそんなことをしてなくたって嫌な人かもしれないでしょう。それに、十年前の話よ。ミスター・パーティントンをひどく落ちこませたわけでもない。人として正しくないし、ひどいことというのは確かよ。同意する。でも結局、マークがあなたを愛していたことが証明されたわけでしょう？　わたしならそこを気にするわ」

スティーヴンズはルーシーの飲み物を用意した。ルーシーは待ちかねたように受け取ったが、それを見ながらためらい、グラスを置いた。顔がいっそう赤くなった。

「なんとなく」彼女は言った。「彼はまだその女性と会いつづけてるような気がするの」

「同じ人と？　ジャネット・ホワイト？」

「ええ」

「それは」スティーヴンズが苦々しげに訊いた。「やはりいつものように、オグデンが情報源なのか？　僕に言わせれば、オグデンはたがが
はずれてる。自分の悪意を、ある種の人のよさと、愉快な不愉快さの下に長いこと隠してきたせいで、伯父上の遺産を手にした途端、頭がおかしくなってしまった」

ルーシーは彼をひたと見すえた。「憶えてるでしょう、テッド、セント・デイヴィッズの舞踏会からわたしを連れ出しかけた謎の電話を。運命の気紛れがなかったら、わたしのアリバイがなくなっていたあの電話。かけてきた人は名乗らなかったけど――」

「そこにもオグデンの気配がある」

「ええ。オグデンだったと思う」ルーシーはグラスを取った。「だから、したがいそうになった。ほかのことはさておき、オグデンはとにかく細かいところまで正確なの。電話の相手は、マークが〝昔の恋人のジャネット・ホワイト〟とよりを戻したと言った。そのときには、パーティントンのスキャンダルに出てくる娘の名前は聞いたことがなかった。少なくとも記憶にはなかった。ふたつを結びつけるなんて。でも、女性の名前だったし、マークはもう……わたしのことをあまり気にかけてないようだから」

つらそうにことばを口にした。グラスをあっと言う間に空け、向かいの壁を見つめつづ

けた。

「あの夜、仮面をつけて居場所がわからないのをいいことに、マークが屋敷に戻ってその人に会おうとしている。電話はそんな内容だった。わたしたちの屋敷でよ。もし十五分間、会を離れて車でクリスペンに戻れば、自分の眼で確かめられる、と電話の主は言った。最初、わたしは信じなかった。でも、舞踏会の家のなかを探してまわっても、マークがいなかったの（じつは家の裏の部屋で友だちふたりとビリヤードをしてたんだけど、それはあとでわかった）。だから出発しようとしたときに、話全体があまりに馬鹿げてると思って、舞踏会に引き返した。ところが今日の午後になって、オグデンが、ジャネット・ホワイトはパーティントンのスキャンダルにかかわった人だと言って、わたし――わたし――」

「でも、どうしてそれが事実だとわかる？」スティーヴンズが問い質した。「もしあの夜、オグデンの電話がまちがっていたのなら、今回の告発もまちがいかもしれない」

「マークが認めたからよ。そして彼は出ていった。テッド、あの人を見つけて！　わたしのためじゃなくて、彼自身のために。マークがいなくなったことをブレナン警部が知ったら、今回の事件とはなんの関係もないことまで考えはじめるにちがいないわ」

「ブレナンはまだ知らないのか？」

「ええ。しばらくまえに出ていって、得体の知れない小さな老人と戻ってきたわ。見苦しい毛皮のコートを着て、面白いことを話す人だけど、わたしはとても面白がる気になれなくて。ブレナン警部はその人が——たしかクロフトとかクロスとかいう名前だったけど——同席してもいいかと訊いた。自分の掌のことのように犯罪者の心理がわかる人だからって。ふたりで霊廟におりていって、上がってきたとき、ブレナン警部の顔は真っ赤で、その小さな人は何かの発作みたいに大笑いしてた。結局わたしには、秘密の通路が見つからなかったことしかわからなかったけど。あのふたりは何をしてたの、とジョー・ヘンダーソンに訊いたら……ほら、階段をおりたところに、しっかり閉まらない古い木の扉があるでしょう」

「ああ。それが何か？」

「クロスはそれを前後に動かしてまた笑ってた、とジョーが言うの。何がなんだかわからないけど、怖くて。そのあとふたりはサンルームに上がった。例のマイルズ伯父様の部屋をのぞけるところ。ふたりでカーテンをいじって、それ越しにいろいろ見て、なんだか愉しくすごしてたみたい。いったいどういうことかわかる？」

「いや。だが」スティーヴンズは言った。「ほかにも気にかかることがあるんだろう、ルーシー。それだけじゃないはずだ。ほかにどんなことで悩んでる？」

ルーシーの顎が強張った。

「悩んでるわけじゃないけど」むしろ不安を証明するすばやさで答えた。「だって、どんな家にもあるものかもしれないし。ブレナン警部も見つけたときに言ってたわ、何も意味はないのかもしれないと。それでも、あの水曜の夜、わたしたち全員にしっかりしたアリバイがあるとわかっていなければ、不安でたまらなくなったはずよ。つまり、あなたが出ていってさほど経たないうちに、屋敷のなかでブレナン警部が砒素を見つけたの」

「砒素！　なんと！　どこで？」

「台所で。わたしも憶えていれば警部に伝えたんだけど、砒素について考える理由なんてなかったから。でしょう？　今日まで誰も砒素のことなんて言わなかったし……」

「それは誰が買ったんだ、ルーシー」

「イーディスよ。ネズミを殺すために。でもイーディスも完全に忘れてた」

沈黙ができた。ルーシーは空いたグラスからまた飲もうとした。少し震えながら、マリーは裏口に歩いていき、ドアを開けた。

「風が変わった」彼女は言った。「今夜はまた嵐になる」

二十

その夜はまた嵐になった。スティーヴンズはマークを探して、フィラデルフィアを果てしなく車で走りつづけた。もちろん、マークが町に出たとはかぎらないが、車にも乗っていかなかったし、荷造りもしていない。どこにいてもおかしくなかった。やりきれない苛立ちを発散するために浮かれ騒いでいるのだろう、というスティーヴンズの当初の予想は、マークが行きつけのクラブ、事務所、その他の行きつけの場所にまったく顔を出していないことから、不安に変わった。

雨に濡れ、意気消沈して、スティーヴンズは夜遅くクリスペンに帰ってきた。クロスが別荘に泊まっていくことになっていたが、当人は真夜中近くになっても現われなかった。スティーヴンズはまずデスパード・パークに行き、本心とは裏腹に、マークは大丈夫だからとルーシーを力づけた。屋敷は静まりかえり、まだ起きているのはルーシーだけのようだった。スティーヴンズが別荘に戻ると、家のすぐ外にクロスのリムジンが停まっていて、なかにクロスとブレナンがいた。

ブレナンはとりわけ暗い表情だった。「ええ、犯人はわかったと思います」と答えた。

「もうひとつ確かめなければならないことがある。そのために、いまから町へ行きます。そのあと……そう、万事解決するでしょうな」

「総じて私は」クロスが車の窓から首を出して言った。「人道主義に与《くみ》しない。私の犯罪の研究になんのかかわりもないことだから。だが今回は、この友人のフォクシー・フランクにどうしても賛成できんね。これはひどい事件だ。醜悪で不愉快だ。犯人が電気椅子に送られても悲しいとは思わないね。ミスター・スティーヴンズ、残念ながら今夜はあなたの親切な申し出をお断りしなければならない。家に泊まるよう誘ってくださったのはまことにありがたいことだけれど。しかし、この事件の解決はお約束する。もし奥さんと、明日の午後二時きっかりにデスパード・パークを訪ねてもらえれば、殺人者を紹介しよう。さあ、ヘンリー、やってくれ。彼女の足取りを追うのだ」

マリーは、クロスが泊まらなくても残念ではないと告白した。「あの人はとても親切だし、わたしも心から感謝しているけれど、どこかぞっとするところがある。わたしが何を考えているか、すべて見透かされているようで」

ふたりは真夜中にベッドに入った。前夜眠っていないにもかかわらず、スティーヴンズは眼を閉じられなかった。神経が興奮しすぎ、疲れすぎていた。寝室の時計が時を刻む音が大きく聞こえた。最初のころには雷が絶え間なく鳴り、家のまわりで猫が異様なほど騒いでいた。マリーは落ち着かない眠りに落ちたが、二時前に動いて、寝言をつぶやいた。スティーヴンズは、彼女が悪夢を見ているのなら起こすつもりで、ベッド脇のランプをつけた。マリーの顔は青ざめ、暗い金色の髪が枕に広がっていた。明かりのせいか、それとも雨や不穏な天気のせいか、猫の鳴き声がいっそう家のまわりに近づいた気がした。何か投げつけてやろうと思ったが、マリーの鏡台の抽斗に、コールドクリームらしきものの空の容器が見つかっただけだった。窓を開け、その日二度目にものを投げると、人の声にも似た甲高い悲鳴が返ってきたので、慌てて窓を閉めた。やがてスティーヴンズも三時ごろ、どうにか不安定な眠りに入り、翌日曜の朝、教会の鐘の音を聞くまで眼覚めなかった。

二時少しまえにデスパード・パークへ向かいはじめたふたりは、教会に出かけるときのようにきちんとした服装だった。どんより曇った春の日で、太陽は雲の陰だが暖かく、心地よかった。ふたりが歩いていくクリスペンの町も、デスパード・パークも、日曜の静寂に包まれていた。

ヘンダーソン夫人がドアを開けた。

スティーヴンズは、まるで初対面のように新たな興味を抱いて、夫人をしげしげと見つめた。太り肉《じし》で質素、厳ついが人のいい顔立ち、耳の上でまとめた灰色の髪、豊満な胸、短気そうな顎。口うるさくはなるだろうが、幽霊を見そうな女性には見えない。着ている日曜向けのいちばんの服は、少々古臭い。ついさっきまで明らかに泣いていた。

「こちらに歩いてこられるのが見えましたので」ヘンダーソン夫人は厳かに言った。「皆さん、二階にいらっしゃいます。ミスター・デスパードを除く全員。どうしてミセス・デスパードは――」日曜に繰り言を並べるのはもうよそうと思ったか、悲しげにことばを切った。背中を向け、靴音を鳴らして先を歩きはじめた。「ですが、申し上げておきます」と肩越しに暗い声でつけ加えた。「今日は気晴らしの一日じゃございません」

夫人は、人間らしからぬ大きさのがらがら声が二階のどこかから聞こえてくることを指しているのだった。明らかに、サンルームのラジオだった。夫人はサンルームに向かっていた。西の棟の廊下を進む途中で、スティーヴンズはドアのうしろに人影が隠れるのを見た。オグデンだった。色の悪い顔が見えた。オグデンはサンルームの会議には出ないが、話は聞くつもりなのだ。オグデンの影が、廊下を曲がるところまでついてきた。首を長く伸ばしているようだ。

サンルームは、奥行きも幅もある広い部屋で、西側はほぼ全面ガラス張りだった。ダークローズのカーテンが開けられて、弱い陽の光が入っている。その向かいの壁には、看護師の部屋に開くフレンチドアがあり、サンルームの光を取りこんでいた。長方形のいちばん奥は、マイルズの部屋につながるガラスのドアだった。茶色のカーテンが引かれているが、スティーヴンズには、黄色の光が漏れているふたつの隙間が見えた気がした。

サンルームの家具は白く塗られた籐製で、明るいカバーがかけられていた。みすぼらしい植物の鉢がいくつか置かれている。集まった面々には、緊張して堅苦しい、ささくれだった雰囲気が広がっていた。部屋の隅に、ヘンダーソンが決まり悪そうに立っていた。イーディスは取りすまして大きな椅子に坐っている。その横のソファでくつろいでいるのは、パーティントン（この日はメフィストフェレスふうというより、厳粛な面持ちだった）。ブレナン警部は不安げに窓枠にもたれている。ミス・コーベットは、いつものしかつめらしい態度でシェリーとビスケットを一同に配っている。ルーシーの姿はない。オグデンもいないが、どこかに隠れていることは、みなひしひしと感じていた。何より目立つのは、マークがいないことだった。それは大きな不在であり、日常に裂け目ができたことが肌で感じられた。

それでも、場の空気を支配しているのはクロスだった。たんなる演出のうまさかもしれないが。部屋の隅で、演台か読書机に身を乗り出すように、ラジオに寄りかかっていた。一本だけ長い毛がなびいている禿頭を傾け、外見は猿を思わせるが、物腰はじつに丁寧だった。ミス・コーベットにシェリーのグラスを渡されると、せっかく熱心に聞いているのにというように、ラジオの上に置いた。ラジオからは、まだしゃがれた声が流れていた。牧師の説教だった。

「おいでになりました」ヘンダーソン夫人がスティーヴンズ夫妻を指して、言わずもがなのことを言った。イーディスの眼がマリーにさっと向けられた。そこにはそれまでとちがう、判読不能の表情が浮かんでいた。誰も口を開かなかった。「いくら安息日《サバス》だからって」ヘンダーソン夫人が少々苛立ち、大声で言った。「そんなにラジオを大きくしなくても——」

クロスがラジオのスイッチに触れた。あまりに急に声が途切れ、かえって沈黙が耳に響いた。みんなの神経を逆なでしたかったのなら、成功だった。

「奥さん」クロスは背筋を伸ばしながら言った。「日曜は安息日ではないと無学の人に何度説明すればよろしいのかな。〝サバト〟はヘブライ語で土曜のことだ。たとえば、悪魔《ウィッチ》礼拝祭《ズ・サバス》は土曜におこなわれる。しかし、ちょうどいいことばが出た。これから魔術と、偽の魔術について話すところだからね。ヘンダーソン夫人、あなたは今回の一連の捜査において、謎めいた証人だった。あなたはわれわれの問題を解決することができる。あのドアの向こうに見たものについて、筋が通っているとは言えないまでも、具体的な説明をしてくれた……」

「信じられません」ヘンダーソン夫人は言った。「牧師様も安息日と言ってるし、聖書にも安息日と出てきます。だから妙なことは言わないでくださいな。あたしが見たものについては、お気になさらず。見たものは見たものですし、人に言われなくてもわかってます……」

「アルシア」イーディスが穏やかに言った。

夫人は即座に黙った。みんながイーディスを怖れているのは明らかだった。イーディスはぴんと背を伸ばして坐り、片手の指で椅子の肘かけを軽く叩いていた。パーティントンはシェリーをまずそうに飲んだ。

「こんなことを言うのは」クロスは落ち着き払って続けた。「あなたがたしかに見たということを確認しておきたいからだ。あのドアを見て。四月十二日水曜の夜と同じになるように、私がカーテンを調整しているのがわかるね。どこかちがうところがあったら遠慮なく言ってもらいたい。隣の部屋に明かりがついているのもわかるだろう。ミスター・マイルズ・デスパードのベッドの枕元の明かりだ。隣の部屋のカーテンも引かれていて、そこそこ暗い。さあ、あそこへ行って、カーテンの左側の隙間からのぞき、何が見えるか教えてもらおう」

ヘンダーソン夫人はためらった。彼女の夫は手を上げるような仕種をした。スティーヴンズには、後方からオグデンが近づいてくる足音が聞こえたが、誰も振り返らなかった。ヘンダーソン夫人はわずかに青ざめ、イーディスを見た。

「彼の言うとおりにして、アルシア」イーディスが言った。

「それと、問題の夜の状況を少しでも再現するために」クロスが続けた。「またラジオをつけよう。だが、当日流れていたのは音楽だったね？　音楽？　結構。それでは――」

ヘンダーソン夫人が部屋の奥に進むあいだに、クロスはラジオのダイヤルをまわした。スピーカーからガーピーと無意味な雑音が流れ、突然、銀のように音が澄んで、涼やかなバンジョーと甘い声が響いた――〝朝から晩まで、ポリ・ウリ・ドゥードル、歌ってるサリーに会いにいく。サリーは可愛い娘、歌うよ、ポリ・ウリ――〟。そこで音楽は聞こえなくなった。ヘンダーソン夫人が悲鳴をあげたからだ。

クロスがラジオのスイッチを切ると、沈黙ができた。ヘンダーソン夫人はガラスドアから跳んで離れ、救いを求めるうつろな眼で一同に向き直っていた。

「何が見えた？」クロスが尋ねた。「残りの皆さんは坐ったままで！　立たないように。さあ、何が見えた？　同じ女性かな？」

夫人はうなずいた。

「同じドアも？」

「え――はい」

「もう一度見て」クロスは容赦なく言った。「尻込みしないで。逃げたらただじゃすまんぞ。さあ、もう一度」

〝――ルイジアナへ、スージー・アンナに会いにいく。彼女は歌うよ――〟。

「以上です」クロスは言い、またラジオのスイッチを切った。「くり返すが、まだ立たないでいただきたい。フランク、そこの若い人を止めてくれないか。あまりに落ち着きがない」オグデンが廊下の陰からサンルームのなかに入ってきていた。歓迎されないのはわかっているのに、本人は明らかにそれを忘れていて、ガラスドアのほうへ進みかけると、ブレナンが手を伸ばして容易に押しとどめた。「お許しいただけるなら」クロスは言った。「まず今回の事件でもっともわかりやすく、もっとも些細で、偶発的な部分から説明しましょう。これは本来、まったく事件にかかわることではなかった。むしろ逆に、殺人者の計画を台なしにしてしまうような不運（幸運というべきか）だった。すなわち、彼の意に反した幽霊《アン・スペクトル・マルグレ・リュイ》の問題です。

　事件全体をつうじて、皆さんは、ミスター・マイルズ・デスパードと彼の部屋にかかわるふたつの事実を、くり返し突きつけられていた。まずひとつは、彼が自室に閉じこもって、何をするでもなく、たださまざまな色やスタイルの服を着替えては長いことすごしていたということ。自惚《うぬぼ》れが行きすぎないよう注意は払っていたようですが。そしてふたつ目は、あの部屋にある光が極端に少ないこと。明かりはわずかふたつで、どちらもさほど明るくない。ひとつはベッドの枕の上、もうひとつは天井から窓のあいだに下がっているものです。さらに、マイルズ・デスパードが自室ですごすのは、たいてい夕方から夜にかけてだった。

　皆さんの知性はまちがいなく疲れてきていると思いますが、ちょっと意識を集中していまの点を考えてもらいたい。その重要性が、少なくともぼんやりとはわかるでしょう。しょっちゅう服を着替えて自分の姿を賛嘆する人に必要なものが、ふたつある。それは何か。服そのものは別として、彼には、自分を見るための光と鏡、これが必要です。

たしかに彼の部屋には、化粧箪笥と鏡がある。しかるに、その箪笥はありえない場所に置かれている。日中は窓から光がほとんど差さず、夜灯すふたつの電球の光はそこにまったく届かない。しかし、興味深い点がひとつあります。ふたつの窓のあいだの高い位置に、絵と椅子しか照らすものがないにもかかわらず、電球が下がっている。まったく空白の壁を照らすことしか目的がないように思える。いいや、なんのための電球なのか。ふつうは化粧箪笥の上にありそうなものです。では、夜間もっと光が得られるように、箪笥を窓と窓のあいだに移動させたのだとしたら……

もしそうなら、あのきわめて貴重な絵をどこか別の場所に移さなければならない。箪笥をもとの場所に戻すまで、一時的に。それはどこか。あの部屋で使われていないフックや釘はない――一個所を除いて。それは看護師の部屋につながるドアの釘です。今日の午後は、ドアのちょうど絵をかけるくらいの高さに、青いドレッシングガウンがかけられていた。同様に、椅子もどこかに動かさなければならない。誰かがふいに入ってくることを防ぐために（ミスター・デスパードはそれを嫌ったと聞いている）、看護師のドアのまえに置き、背もたれをつっかえ棒のようにノブの下に噛ませていたにちがいありません。

これで次のような条件がそろう。化粧箪笥の上の電球は消えている。ベッドの枕元の明かりしかないが、これは暗すぎて、目撃者にも女性の髪の色はわからない。カーテンに隙間はあるけれど、高いところしか見えない。よって謎の女性は腰から上しか見られなかった。いまわれわれには、化粧箪笥の鏡に映ったドアが見える。これはマイルズの部屋のこちら側の壁にある、看護師の部屋につながるドアです。それがぼんやりと鏡に反射している。ドアには部屋の壁と同じ板が張られ、グルーズの絵もかかっている。その下には椅子もある。すべては薄闇のなかだ。足音や鍵がまわる音、ドアが閉まる音は、あったとしてもラジオの音楽で消されてしまう。つまり、目撃者が見たのは、看護師の部屋に続くドアが、化粧箪笥の鏡に映ったものだったのです。

「では、ミセス・デスパード」クロスはつけ加えた。「そろそろこちらへ入ってきていいでしょう……」

サンルームの端にあるガラスドアが開き、スカートの衣ずれの音がして、暗く華やかな繻子とビロードのドレスをまとったルーシーが入ってきた。暗い赤と青の生地が、散らした偽のダイヤモンドの輝きで燃え立っていた。ルーシーは、ガーゼのスカーフを頭から取り、一同を見渡した。

「ミセス・デスパードが」クロスは続けた。「私のちょっとした実験につき合ってくださった。ほとんど闇のなかで、看護師の部屋から出入りしてもらいました。それがいまふたつの窓のあいだにある化粧箪笥の鏡に反射した。

しかしながら、もしこれを受け入れるのなら」猿のように輝く眼を大きく見開き、愉しくてたまらないというふうに続けた。「明らかに不可能なことがまたひとつ生じる。謎の女性がどうやってマイルズの部屋に入ったにしろ、そこから彼女が出ていったことはまちがいないのです――ごくふつうに――ミス・コーベットの部屋につながるドアを通って。出ていく彼女が鏡に映ったところを、ヘンダーソン夫人が見たのはいまやはっきりしているが、あの夜、ミス・コーベットはいくつかのことをしていた。まず、彼女の部屋のほうからドアに閂をかけていた。次に、彼女の部屋の廊下側のドアは、ミス・コーベットが錠をはずして新しいものに取り替え、彼女が持っている鍵でないと開かないようになっていた。

つまり、開かないドアがふたつあったことになる。謎の女性は、マイルズ・デスパードに毒を飲ませて、部屋から出ていくときに、閂のかかったドアを通り抜けたはずはない。たとえそれができたとしても、むずかしい錠のついたもうひとつのドアを開けて、廊下に出られたはずがない。さらに、フレンチドアがあるとはいえ、こちらのサンルームに出てきて、あちら側から鍵をかけることも不可能だった――ヘンダーソン夫人もまだここにいたことですし。したがって、事件全体を見渡して、この殺人を実行できた人物がひとりしかいないことは明白なのです。それができた唯一の人物は、十一時少しまえに屋敷に戻ってきた。そして彼女だけが開け方を知っている、看護師部屋の廊下側のドアの鍵を開けた。

自分の部屋を横切り、閂をはずしてマイルズの部屋に入り、毒を薬と偽って彼に飲ませた。みずからの立場を利用して、無理やり飲ませたのです。そのあと自分の部屋に戻り、ドアにまた彼女の側から閂をかけ、廊下側のドアの鍵もかけて、去った……」

クロスはラジオの上に静かに手を置いた。そっと置いたので、グラスはほとんど揺れもしなかった。彼はかすかに会釈して言った。

「マイラ・コーベット、あなたに逮捕を告げるのはかぎりない喜びだ。逮捕状は、おそらく本名で作成されているはずですよ——いまの名ではなく、ジャネット・ホワイトで」

二十一

彼女はわずかにあとずさりしていた。自分が使っていた部屋に開くフレンチドアのほうへ。看護用の服ではなく、よく似合うきれいな青いドレスを着ていた。さほどの美形ではないのに、突如紅潮した顔が生き生きとして、見目のよさを引き出していた。トウモロコシ色の髪はカールしてぺたんと頭に張りつき、生気がない。が、活力の印として、眼は恐怖に怯え——不快だった。

マイラ・コーベットは唇を湿らせた。

「頭がおかしいんじゃない」彼女は言った。「頭のおかしい小男！　何も証明できないくせに」

「ちょっと待った」ブレナンが重々しく進み出て、割りこんだ。「ここでは好きなことを言っていい。正式な逮捕になるとはかぎらないから。だが、ことばには注意したまえ。あなたの本名がジャネット・ホワイトであることを否定するのかね？　答えなくていい。ここにいる人はわかっているはずだ。どうです、ドクター・パーティントン？」

間ができたあと、それまで床を見つめていたパーティントンが、暗く、厳めしく、ゆがんだ顔を上げた。「ええ。ジャネット・ホワイトです。おっしゃるとおり、わかっていました。彼女には昨日、決して口外しないと約束したんだが、彼女がやったとなると――」

「昨日ですか、ドクター」ブレナンはなめらかに言った。「昨日、初めてお会いしたとき、あなたは気絶するかと思うくらい動揺していた。私がこの屋敷のドアをノックして、警察から来たと言ったとき、あなたは私の肩越しに、かつてあなたの診療所で働き、あなたが違法な手術をほどこした女性を見たのです。国外に出てきわどく刑事訴追を逃れたと聞いています。ミスター・マーク・デスパードに呼び戻されて、またその危険にさらされることになった。あんなに狼狽したのは、私と彼女を同時に見たからではありませんか？」

「ええ、そうです」パーティントンは言い、両手で頭を抱えた。

ブレナンはミス・コーベットに向き直った。「別のことをうかがいます。あなたは一年ほどまえ、ミスター・マーク・デスパードと再会して、またつき合いはじめた。このことを否定しますか？」

「いいえ。どうして否定しなきゃならないの」彼女は叫んだ。服の横を爪で引っかく嫌な音がした。「否定などしません。むしろ誇りに思います。彼はわたしが好きです。奥さんも含めて、これまでつき合った誰より、わたしがいいって。でもそれは殺人とは別の話よ！」

ブレナンは疲れて乱暴になっていた。「もうひとつある。四月十二日水曜の夜のあなたのアリバイは、もはや吹き飛んでしまった。不思議なことだ。昨日、私がまず攻撃したのは、そこにいるミセス・スティーヴンズだった」マリーのほうにうなずいた。マリーは看護師を好奇の眼で眺めていた。「そうしたひとつの理由は、あの夜のミセス・スティーヴンズのアリバイが、たったひとりの証言にかかっているからでした。つまり、同じ部屋で寝ていたという彼女の夫です。けれども、関係者全員のなかで、やはりアリバイを単一の証人に頼る人が、あとひとりだけいることに誰も思い至らなかった。それがあなただ、ジャネット・ホワイト。その証人はＹＷＣＡのあなたのルームメイト。あなたは彼女に、十時以降はずっと部屋にいたと言わせた。ほかの人には少なくとも五、六人の証人がいる。メイドでさえダブルデートに出かけていた……あなたは本当はここにいたんでしょう？」

ここで初めて、看護師はうろたえた。

「マークに会いにきました、ええ」息も継がずに言った。「でも伯父様には会いませんでした。会いたくもない。二階にすら上がりませんでした。だけど、マークに待ちぼうけを食わされたんです。結局マークは戻ってこなかった。彼女に悟られたと思ったにちがいありません。だから――マークはどこ？　マークが説明してくれます！　彼がいれば！　彼が証明してくれるわ。でも、いない……」

「ええ、いませんとも！」ブレナンは穏やかに、しかし厳しい口調で言った。「見つけるにはそうとう時間がかかると思いますよ、町じゅうに捜査網を敷いたとしても。問題は、彼がこれを予想していたことです。あなたとマーク・デスパードは、ふたりでこの殺人を計画したんでしょう。あなたが実際の殺しを受け持って、彼が隠蔽する予定だった」

二十秒ほど、誰もしゃべらなかった。スティーヴンズは一同を盗み見た。オグデン・デスパードは陰のなかに立っていた。顔を見せないほうがいいということだろう。とはいえ、ふくらんだ唇には満足の笑みが浮かんでいた。

「信じられない」ルーシーが静かに言った。「わたしが彼女をどう思うかは別として、当然ながら、信じられないわ。どうなんです、ミスター・クロス？」

この状況を味わい愉しんでいたクロスは、相変わらず悠然とラジオにもたれていた。

「明らかに脱線したこの集団が、いつ冷静な判断力とすぐれた知性の助けを求めるのだろうと思っていたところですよ」クロスは言った。「ミセス・デスパード、私に訴えてもあまりいいことはない。私に訴えるのが皆さんの習慣になっているようだが、残念ながら、ミセス・デスパード、ご主人がミス・コーベットと殺人を計画したのは事実です。そのあと隠蔽したのも。ご主人は犯行の前後の共犯者だ。けれども、弁護しておきたいことがひとつある。彼にはあなたを容疑者に仕立てるつもりはまったくなかったのです。彼はそんなことになるとは思ってもみなかった――実際になってしまうまで。だから、あなたから容疑をそらそうとして、ごくふつうの殺人事件を混乱させ、複雑怪奇なものにしてしまった。

この事件を美的観点から考えてみましょう。それが無理なら、途方もないナンセンスと考えるのをやめてみてほしい。今回の件でもっとも重要な点――真相解明につながる点――は、ふたりの殺人者、ふたつの知性が互いに相手の足を引っ張っている興味深い構造だ。

当初の計画では、飾り気のない犯行だった。マーク・デスパードと、つっけんどんな口を利く彼の愛人が、マイルズを殺そうと決意した。マーク・デスパードに金が必要だったからです。しかし、犠牲者は明らかに自然死でなければならない。それを誰が疑うだろう。自然死がいちばんだ。いずれにせよ、マイルズは胃腸炎で死にかけている。家族のかかりつけの医者は無関心で、その頭には苔が生えている。疑われるおそれはまずない。うまい具合に残されていた証拠の砒素入りの銀のカップと、死んだ猫、そしてあとから出てきた魔術の本は、予定にはなかったものでした。

それがマーク・デスパードの単純な計画だった――自然死が。しかるに、ミス・マイラ・コーベットは満足しなかった。そうなのです。彼女はマイルズ・デスパードを排除するだけで足りず、ミセス・ルーシー・デスパードも合わせて排除したかった。愛人が相手の男の妻にそういう感情を抱くことは、耳新しい話でもないと思う。もしマイルズが死ぬのなら、それは殺人であり、ルーシー・デスパードが有罪判決を受けなければならない。

その計画を、マークに知られず実行に移すことはむずかしくなかった。本件の最初から、ブランヴィリエ侯爵夫人の衣装を着た謎の女性がこの家の人間であることは明らかだった。私は友人のスティーヴンズに、アリバイを特段信用しないと明言しましたが、ミセス・デスパードかミス・イーディス・デスパードを犯人と考えるには、私すら疑いを差し挟めないほど磐石《ばんじやく》のアリバイを崩さなければならなかった。つまり、ブランヴィリエ侯爵夫人に扮した犯人は、ふたりのどちらでもない。すると、誰か。どなたかが鋭く指摘したように、誰かがあの衣装の複製を作らなければならなかった。それは外の人間ではありえない。第一に、ミセス・デスパードが画廊の絵をまねて衣装を作ろうとしていたことは、この家の外には知られていなかった。第二に、外の人間があの絵を仔細に見て、ヘンダーソン夫人を騙せるほどの複製を作ることは不可能だった。しかし、ある人物が苦労して第二の複製を作っていて、それを完全に秘密にしておきたかったのなら、その人物がまちがいなくすることがひとつある……」

「それは?」スティーヴンズは思わず訊いていた。

「自分の部屋に鍵をかけておかなければならない」クロスは答えた。

「ところが」と愛想よく続けて、「奇跡的な幸運で、彼女にはその口実が与えられたのです。土曜の夜、ミセス・スティーヴンズがモルヒネの錠剤の壜を彼女の部屋から盗んで、日曜に返したときにね。ルーシー・デスパードがブランヴィリエの衣装を作って仮面舞踏会で着ようと決めたのは月曜だった(と聞いている)。このようにして、マイラ・コーベットは部屋に鍵をかける口実を得た。あとは簡単だった。ミセス・デスパードとそっくりの衣装を着て、仮面をつける。おそらく、かつらもかぶる。見られたときのために、というより、見られたかったのです。

だが、ひとつ手配しなければならなかった。仮面舞踏会が開かれている家に電話をかけて、ミセス・デスパードを誘い出さなければならない。それもただ誘い出すだけでなく、この家に戻らせなければならない。それでこそ完全にアリバイが崩れるからだ。

殺人者はこの家に来て、衣装を身につける。ヘンダーソン夫人が十一時にこのサンルームに来て《憩いの時間》を聞くことはわかっている。あらかじめ台所でワインと卵の飲み物を作っておく。台所には誰もいないから問題ない。ヘンダーソン夫人は霊廟の近くの石造りの家にいる。その飲み物は、治療と称して無理やりにでもマイルズに飲ませることができる。彼女は十一時前にマイルズの部屋に入る。衣装を見てもマイルズは驚かない。その夜、仮面舞踏会があることは知っているからだ、彼女が招待されたかどうかは知らないにせよ。かつらを見てもことさら気にしない。仮面舞踏会だから。

彼女は見られたいので、カーテンに隙間を作っておく。ここで一点、指摘しておきます。最初からこれに注目していれば、疑問の余地はなかった。このサンルームをよく見てください。ヘンダーソン夫人は、私がいまいる部屋の端、ラジオの横に坐っていた。そして完全に反対側、分厚いカーテンのかかった、閉じられたガラスドアの向こうがマイルズの部屋です。あの時間、ラジオが鳴っていた。なのに、ヘンダーソン夫人にはマイルズの部屋で話している女性の声がはっきり聞こえた。殺人者が低い声で話すことはありうる。ふつうの大きさの声で話すことも。だが、毒入りのカップを犠牲者に渡しながら、割れんばかりの大声で話すことは考えられない――わざと自分がいることを知らせようとしたのでないかぎりね。なぜ知らせたかったのかは、皆さんの想像におまかせします。

ひとつ計算に狂いが生じたのは、もちろん、別の隙間から鏡に映っている姿を見られたことだった。けれどもそのときには、彼女の仕事は終わっていた。すでに犠牲者に飲み物を与え、中身が残ったので、そこにいた猫にやった。それからカップを眼につきやすい衣装戸棚の床に置いた。すべての行動は、殺人に注意を向けさせ、犯行をめいっぱい強調することだった。もうひとつ指摘しておくなら、犠牲者は自然死だったと信じこませたい人間が、あれほど大量の砒素を与えるわけがない。カップの残りかすに二グレインの砒素が含まれていたのですから。

よろしい。マイルズ・デスパードは毒を飲まされたなどとは思っていない。化粧簞笥をもとの反対側の壁に戻し、絵をかけ直し、椅子も戻す。この運動のせいで、すぐに激しい腹痛にみまわれ、あれほど短い時間で重態になった。彼は家のなかで孤立していた。誰にも助けてもらえなかった。

二時すぎにマーク・デスパードが戻ってきて――伯父が死にかかっているのを発見する。

これは予定どおり。ところが、紛れもない殺人の証拠が血痕さながら、これ見よがしに部屋に残っている（これには少なからず肝を冷やしたことでしょう）。ここでまた指摘したい。あの夜のマイルズの奇妙で超自然的な行動——マークにつぶやいた不吉なことば、木の棺に納めてくれと言ったこと、枕の下に九つの結び目のついた紐があったこと——は、すべてひとりの人間の証言によるものです——すなわち、マーク・デスパードの。ほかに誰か、マイルズが木の棺を要求するのを聞いていますか？　あのとき、ほかに誰か、九つの結び目のある紐を見ていますか？　いないね。すべてあとから教えられたことだ。そういうことです。

マーク・デスパードが冷や汗をかいてうろたえるのは当然だった。当然ながら、グラスとカップを隠し、猫の死体を地中深く埋めた。しかし、もっとひどいことがあった。翌朝、ヘンダーソン夫人から、彼の妻と同じような衣装を着た女性が、マイルズに毒入りのカップを渡しているところを見たという話を聞いたのです。ここに至って、愛人にして共謀者の女性が彼の妻に罪を着せるつもりだったことがわかった。どうすればいいのか。まずこのことは秘密にしておくようヘンダーソン夫人にきつく言い渡した。あえて推測すれば、複雑で怖ろしい呪いのことばを吹きこみながら……」

クロスはそこで間を置き、ヘンダーソン夫人を一瞥した。夫人は汗ばみ色を失った顔でうなずいた。

「言いわけはできません。でもあの人が」とブレナンを指して、「うまいこと、あたしにしゃべらせたんです」

「しかしながら、まず彼は」クロスは続けた。「それらが本当に殺人を暗示するものか確かめなければならなかった。銀のカップかグラスに本当に毒が入っていたのかどうか。化学者から報告を受けて、それが確かめられた。ところが、さらに悪いことが起きた。事件の最初から――マイルズ・デスパードが亡くなったその日から――これは殺人だという、あいまいだがしつこい噂が広まっていた。マークにはこの噂を止めることができなかった。早晩、その噂のせいで死体の発掘がおこなわれるにちがいない（マークはマイルズ死亡の翌日木曜にそれを悟った）。噂の出所はだいたい想像がつくでしょう。

発掘は阻止しなければならない。遺体は証拠となる胃のなかの砒素とともに、消えなければならなかった。葬儀は土曜。しかし、葬儀自体の時間も含めてそこまでで、疑いを抱かれずに遺体を処理するチャンスはなかった。第一に、当局の人間がいる。第二に、こちらのほうが重要なのだが、共謀者が眼を光らせていて邪魔をするだろう。したがって、もし動くなら、秘密裡に動かなければならなかった。

マイラ・コーベットがとった行動は、きわめて巧妙だったと認めざるをえません。たしかに、患者が亡くなったあとすぐに、毒殺だと思うと宣言することもできた。医師に即刻解剖の手続きをとってもらうことも。だがそれはあまりにも危険すぎた。どんなかたちであれ、みずから注目の的になるわけにはいかなかった。自分とマークの過去の関係が掘り返されるおそれがある。むしろその可能性は高い。注目を浴びれば、背景のひとり、看護師、自動人形という安全な立場から、別の立場に移ってしまいかねない。もっとも安全なのは、とりあえずマイルズを地下に置いておき、自然死だったとみんなに告げておいて……自分の捏造した証拠が、裏の経路から自然に効果を発揮するのを待つことだった。一カ月も経てば、彼女はもう目立たず、安全になる。

さて、ここからは策士、悪魔、殺人者、入り乱れての騒ぎです。マークは自分の計画を大きく変更した。最初に案が浮かんだのは、木曜の朝に、女性が〝壁を通り抜けた〟話を聞いたときだったのかもしれない。いつ思いついたのかは、本人が捕まるまでわかりませんが、とにかく考えが浮かび、魔術の本があったことも思い出した。昔、マイルズが読んで、とくに〝不死者〟の章にいたく感銘を受けていた本です。事態をできるだけ煙に巻こうとそのとき決意していたマークは、友人のエドワード・スティーヴンズに、まずマイルズの枕の下から九つの結び目のある紐が見つかったことを話し、〝壁を通り抜ける〟話も試してみた。彼の計画のなかで唯一肝心な部分、すなわち、マイルズが木の棺に入りたがっていたという、ほかに裏づけのない話を隠すために、それだけの煙幕を張ったのです。

たしかに常識はずれの要求です、ふつうの人なら妙だと思いそうな。しかし、ジェイムズ一世の次のようなことばがある。〝おぞましい魔術の罪を認められた者は、なべて木か石を好むと考えられるが、鉄は受け入れられない〟。これがうまいごまかしとなり――」

パーティントンが椅子から立ち上がった。

「なんのごまかしです?」それまでの無反応から一転、鋭く訊いた。「マークが霊廟から死体を盗み出したのだとしたら、どうやってやったのです。棺が鉄か木かで、どうちがうというんですか」

「木のほうが動かしやすいからですよ」クロスはじれったそうに言った。「マーク・デスパードほど力がある男でも、鉄の棺となると重すぎる」

「動かす?」パーティントンが言った。

「死体と霊廟に関する事実を列挙してみましょう。(1)棺の蓋は、二本のボルトをはずすのに力は要るものの、すぐに開く。(2)マイルズ・デスパードは非常に小柄で、体重も百九ポンドと軽かった。(3)霊廟の階段をおりたところには、腐った木の扉があって、なかは見えず、あなたがたが金曜の夜に調べにおりたときには、扉は閉まっていた。(4)霊廟のなかには巨大な大理石の壺がふたつ置かれ、花がたくさん差されていた――」

スティーヴンズがそのときの光景をはっきりと思い描いて、割りこんだ。

「待ってください。その壺のひとつに、折りたたまれた死体が入っていたと言うつもりなら、無理ですよ。ふたつともなかを確かめましたから」

「説明がひととおり終わるまで質問を控えてもらえれば」クロスは苛立って言った。「はっきりと私の答えを示すことができると思うんですがね。

最後の点、疑いなく真相を指し示している点ですが、(5)金曜の夜にあなたがたが霊廟に侵入したとき、壺のまわりの床に花がたくさん落ちていたのに気づきましたね。なぜ花が床に落ちていたのか。明らかに壺から落ちたものだが、葬儀はふつう整然とおこなわれる。葬儀のあいだに何か騒ぎがあって、花が飛び散ったとは考えにくい。

では、葬儀で何が起きたか考えてみましょう。四月十五日土曜の午後、マーク・デスパードはその模様をあなたがたに話した。実質上、かなり正確に説明している。そうせざるをえなかったのだ、あとで目撃者の証言が出てくる可能性もあったから。しかし、ここは順を追って見ていきます。

本人も認めたとおり、彼は霊廟から最後に出た。ほかの人はみな去っていた――マークが引きとどめた牧師を除いて。だが、牧師はそのとき霊廟にいただろうか。否。これもマークが認めたとおりです。あの霊廟で必要以上にすごしたい人などいない。牧師は階段の上のほうで待っていた。地上近くの新鮮な空気を吸えるところで。彼と霊廟の内部のあいだには木の扉があり、視界はさえぎられていた。その間、マークは鉄の蠟燭立てを集めるという口実で扉の向こう側に残っていた。ほんの一分ほどだったと本人は言っている。それを疑う理由はありません。彼がやるべきことには、六十秒あれば充分だった。皆さんも自分の時計で確認しながら、頭のなかで次の行動をとってみれば、充分な時間であることがわかる。よろしいか。

彼はこんなふうに動いた。まず棺を抜き出す。ボルトをはずす。死体を取り出して霊廟のなかを運ぶ。それを折りたたんで壺のひとつに押しこむ。また棺の蓋を閉め、壁の穴に戻す。その間に発生したあらゆる音——ものがぶつかる音、ボルトのうるさい金属音——は、当然ながら、牧師の耳には鉄の蠟燭立てを片づけている音に思えたでしょう。これで死体は大量の花に埋もれた。誰かが霊廟を見てわかる唯一の痕跡は、(必然的に)床にこぼれた花というわけです。

これらすべては準備にすぎなかった。謎と秘密の雰囲気が充分醸し出されたあと、騙されたカモが死体の盗難を幽霊の仕業だと思いこめば、それでよし。彼の目的は、砒素を蓄えた死体を運び出せるように、事件全体にベールをかけることだった。とはいえ、死体が実際に霊廟から出るまで、奇跡がなしとげられるまでは、怪談をあまり強調しすぎてもいけない。さもないと、カモたちに頭がおかしくなったと思われて、協力が得られなくなるかもしれない。協力はぜひとも必要だった。なんとしても霊廟は、完全に秘密裡に開けられなければならなかった。日中でもなく、邪魔な警察もおらず、それまでかけてきた暗示の力を弱めることのない状況で……

まず、彼があなたがたを騙した方法を簡単に説明しましょう。事件のこの部分については、私も称讃したい気になる。文句なしにすぐれた手口だからです。棺に死体がないことを発見したときの心理効果を当てにして、あなたがたがどう感じるかを正確に計算していた。

あなたがたは霊廟におりた。光――懐中電灯――を手にしているのはマークだけだった。彼はあなたがたがランタンを持ちこむことを許さなかった、酸素不足になるからと言って。そして棺を開けた……何もない。あなたがたは、しごく当然だが、驚いた。とても自分の眼が信じられなかったときに、マークの期待どおり、あなたがたに吹きこまれた考えは何でした？　もし私の読みが正しければ、彼自身が発言したのではないかな。死体がないことがわかったあとで、最初に彼はなんと言った？　誰か憶えていますか」

「ええ」スティーヴンズがうつろな声で答えた。「憶えています。マークは棺が並ぶ段を見て、懐中電灯で照らし、〝まさか、ちがう棺じゃないだろうな？〟と」

クロスは深々とうなずいた。

「そのせいであなたがたは、こんなふうに思いこんだ。ほかに何もない霊廟だから、死体はそこにあるにちがいないと。もちろん、その間、死体は壺のなかで花に覆われていたが、マークにはきわめて有利な点があった――彼だけが明かりを持っていたのです。自分の筋書きに合わせて光を向け、あなたがたは全員、死体はほかの棺のどれかに入っているはずだと思いこんだ。それでどうなりました？　まずあなたがたは下の段を探した――そこにはなかった。次に、高い段かもしれないということになった。そうして、全体のなかでもっとも単純な部分が来る。マーク・デスパードの唯一の目的は、彼を除く全員がほんの数分間、霊廟から離れ、屋敷に引き返す口実を作ることだった。ご承知のとおり、彼はそれに成功した。ヘンダーソンとスティーヴンズは脚立を取りに屋敷に戻った。パーティントンは一杯引っかけるために、やはり屋敷に引き上げた（そうさせるのは、むずかしくなかった）。あなたがたを監視していた警官は、十二時二十八分に、スティーヴンズ、パーティントン、ヘンダーソンが霊廟から出て、家のほうに向かったと証言している。スティーヴンズとヘンダーソンが霊廟に戻ったのは十二時三十二分、医師が戻ったのは十二時三十五分。もし同じ警官が、この決定的な時間に霊廟を監視しつづけていたら、計画は完全に頓挫していたでしょう。しかし、彼はそこに残らず、離れる三人について屋敷に行った。かくして十二時二十八分から三十二分までの四分間、マーク・デスパードは誰にも見られず、たったひとりで行動することができた。(原注1)

そこで彼が何をしたか説明する必要がありますか？　たんに死体を壺から取り出し、それを抱えて階段をのぼり、ヘンダーソンの家まで行って、そこに隠したのです――おそらく寝室に。そうして、ほかの三人が戻ってきたところで、満を持して、最後の頼みの綱、花の壺を空けてみようと提案する。あなたがたはそうした。もちろん、死体は出てこなかった」

ここでジョー・ヘンダーソンが震えながらまえに進み出た。それまでひと言もしゃべっていなかった。こめかみの傷は黒ずんだ青色になっていた。

「つまり、こういうことですか。あの夜、あたしの寝室にマイルズ様が坐ってたのは——糸巻きの横の揺り椅子に——」

クロスはラジオの上のシェリーのグラスを取ったが、また置いた。

「ああ、そう。いかさまの超自然現象、操られた幽霊の初登場について、ここで説明したほうがいいでしょうな。あれもマーク・デスパードが無理に演出したもの、完全に意図からはずれた出来事だった。わが友人、あなたはマイルズの幽霊を見たのではない。マイルズその人を見たのです。

出来事の流れを少し考えればおのずと明らかなように、死体を霊廟から持ち出したあとマークの計画は仕上げの段階に進んだ。これで壁を抜ける謎の女性について語れる。マイルズの部屋に、自分の魔術の本を置くこともできる——あとでミス・デスパードが見つけた本です。棺のなかにあった紐も、じつは隅の老人、ミスター・ジョナ・アトキンソン・シニアが入れたものではないのでは。そんな気がずっとしています。もし老人が入れたのだとすれば、マークはたいそう驚いたにちがいない。それから昨日、容疑の矛先《ほこさき》が明らかにミセス・スティーヴンズに向いていることに突然気づいたときにも、マークは気が変になったのかと思ったはずです。暗黒世界に呑みこまれたのではないかと。心底驚いたはずだ。私にはそう思える。

死体の処理に関する計画は単純でした。死体を霊廟から出したあと、できるだけ早くスティーヴンズとパーティントンを追い払うつもりだった。前者は別荘に帰らせ、後者は屋敷で酔っ払わせる。ヘンダーソンひとりが残り、死体はヘンダーソンの寝室にある。しかし、そこはむずかしくなかった。モルヒネの錠剤が盗まれた話はくわしく聞いているね。盗んだのはミセス・スティーヴンズだった——ただし、取ったのは一錠だけだ。残りの二錠はマークその人が盗んだ。共犯者が知っていたかどうかはわかりませんが。

スティーヴンズとパーティントンを帰したあと、すぐにマークはヘンダーソンに、酒に混ぜた強い薬を飲ませようと思っていた。老人がくたびれて眠ってしまえば、死体を寝室から運び出して処分することができる——」

「処分する?」イーディスがいきなり訊いた。

「適切な判断だが、炎によってね」クロスは言った。「この二日間、盛んに火が燃えている地下の暖房炉です。皆さんもお気づきだと思うが、屋敷の外にもうもうと煙が立ちこめているでしょう。なかも極端に暖かい……だが、そこで問題が発生した。ミセス・デスパードとミス・デスパードが電報を受け取って、思いがけず戻ってきたのです。これで計画が狂った。死体はまだ寝室に隠されている。とはいえ、結局実行が遅れただけでした。みんなが寝室に引き上げ、訪問者も帰ったあとで、マークはヘンダーソンを説得して、ひとり、霊廟の入口に防水布をかけさせた……敷地の反対の端にあるテニスコートからそのシートを取ってくるのに、ヘンダーソンは森のなかを数百ヤード歩かなければならない（とふたりとも思っていた）。その時間があれば、マークは死体をヘンダーソンの家から運び出し、暖房炉に持っていけるはずだった。

ところが残念ながら、ヘンダーソンは、シートがテニスコートの物置ではなく自分の家にあることを思い出した。彼が戻ってきたとき、マークはあの小さな石の家にいたのです。ただ、運よくマークは事前策を講じていた。ヘンダーソンにモルヒネ入りの酒を飲ませていたのです。その効果がすでに現われていた。そこで電球をソケットから少しはずし……死体を椅子に立てかけて、幽霊屋敷の人形か何かのように使って……そのうしろで椅子を揺らし、死体の腕まで上げてみせた……それらすべてが、すでに怯えきっていた老人に絶大な効果を発揮した。そして、あとはモルヒネの仕事です。そこからは、マークは自由に死体を持ち出して、火に運ぶことができた」

クロスはことばを切り、一同に、優雅で魅力あふれる大きな笑みを向けた。

「もうひとつ、つけ加えましょうか。すでに皆さんもまちがいなく気づいておられると思うが、今日の午後、この家はふだんよりずっと寒い。だから二階にいたほうがいいと思ったわけです。ブレナン警部の部下たちが暖房炉を止めて、灰を掘り出しています。何も見つからないかもしれないが――」

マイラ・コーベットが二歩まえに出た。膝ががくがくと震えていた。恐怖に打ちのめされ、やつれた醜さが浮き出ていた。

「信じられません！　そんなの嘘よ」彼女は言った。「マークは決してそんなことしてません。してたら、わたしに言うはずよ……」

「ほう」クロスは言った。「すると、マイルズ・デスパードに毒を飲ませたことは認めるのだね。ところで、わがよき友人たち、この友人ジャネットについて、もうひとつだけ言い残したことがある。昨日、彼女がミセス・スティーヴンズに罪を着せるような話をしたのは事実です。誰もが（彼女も含めて）驚いたことに、ミセス・スティーヴンズは本当に、砒素はどこで買えるのかと質問していた。ミス・イーディス・デスパードも、実際にいくらか買っていた。とはいえ、この看護師が話のどこを強調したかわかりますか？　あのときの会話を始めたのは誰か。誰が毒薬とその効果に関して一万もの質問をしたのか。彼女はルーシー・デスパードだと言った。ブレナン警部のことばを鋭く訂正して、あくまで言い張った。そのときにはまだ首尾一貫していたのです。けれども、ミセス・デスパードに堅固なアリバイがあることが明白になったところで、告発する相手が変わっていった。だから、もし彼女が毒殺を認めるのなら……」

マイラ・コーベットは祈るように両手を体のまえに出したが、うなり声に似た音を発したので、しおらしくは見えなかった。

「殺してなんかいません。本当に。考えたこともありません。お金なんてちっとも欲しくなかった。わたしにはマークだけが必要だった。彼が逃げたのは、そんなことをしたからじゃありません。逃げたのは、あの――あの奥さんのせいです。わたしがあの老人を殺したことなんて証明できないわ。死体も見つからないし、証明できない。あなたがわたしに何をしようとかまわない。わたしが死ぬまで痛めつけることもできる。でも、わたしからは何も得られない。わかってるでしょう。わたしはインディアンのように痛みに耐えることができる。あなたは決して――」

息がつかえて、ことばが出なくなった。突然ぞっとするようなみじめさで、つけ加えた。「誰もわたしを信じてくれないの？」

見苦しく酔ったように見えるオグデン・デスパードが、手を差し伸べた。「僕は信じはじめましたよ」一同を見渡した。「いままで僕が何をしたにせよ、そうする完璧な権利があったんだから、誰にも文句は言わせないよ」と冷ややかにつけ加えた。「でも、ひとつあんたたちのまちがいを訂正しておきたい。この人は、少なくとも仮面舞踏会の夜、セント・デイヴィッズに電話なんてかけてない。僕がかけたんだから。マークが昔の女とよりを戻したことを知ったら、ルーシーの反応が面白いだろうなとふと思ってね。でも僕には手を出せない。だから静かに受け入れたほうがいいよ」

ブレナンが体を動かし、オグデンを見つめた。クロスは猿らしくも礼儀正しく、シェリーのグラスを持ち上げ、オグデンに会釈して飲んだ。

「きみの健康に」彼は言った。「その紛れもなく無用の人生で、人のために何かをしようと試みた、ただ一度のときとお見受けする。私の見立てが狂うことは決してないが、誤りを認めるだけの心の広さを確保していることは請け合いますよ。もしこれが私の最後のことばになるなら――」

そこで口を閉じ、グラスをわずかに動かした。一同は、まえに進みかけた看護師を見ていたが、そのとき軽くものぶつかる音がした。クロスがラジオに倒れかかり、身悶えして仰向けになろうとしていた。両眼を剝いている。クロスはその顔には分厚すぎる唇から空気を懸命に吸いこもうとしているようだった。ようやく上を向いたが、もうもがくこともかなわず、ぐったりしていた。茫然としたスティーヴンズの頭には、誰かが動きだすまでずいぶん時間がかかったように思われた。黄褐色のスーツを着たクロスは痙攣《けいれん》し、グラスを手に持ったままラジオのそばに倒れていたが、パーティントンが近づいたときには動かなくなっていた。

「死んでいる」パーティントンは言った。

スティーヴンズはのちに、空想であれ現実であれ、パーティントンがほかにどれほど突拍子もない怪奇話をしようと信じられただろうが、あれだけは信じられなかった、と振り返る。

「そんな馬鹿な！」沈黙を破って、ブレナンが叫んだ。「足をすべらせたんだ。気絶でもしたんだろう。まさか、そんなに簡単に――」

「死んでいる」パーティントンは言った。「来て自分で確かめてください。このにおいからすると、シアン化合物だろう。医薬品集のなかでもいちばん効き目が速いものだ。あのグラスは取っておいて」

ブレナンはブリーフケースをそっと床に置いて、近づいた。「ああ。たしかに死んでいる」それからマイラ・コーベットを見て、「グラスはあんたが配ったものだ。デカンタかグラスに触れたのは、あんただけだ。彼はあんたからグラスを受け取り、ひとりでラジオのところまで歩いた。誰も近寄らなかったし、あんた以外にシアン化合物を入れられる人間はいなかった。しかし、彼はすぐには飲まなかった、あんたはそれを望んでいたのかもしれないが。クロスは根が俳優だから、乾杯のうまい口実ができるまで待っていたのだ。この悪魔め、これまで陪審に提出できる証拠はなかったが、いまはある。自分がどうなるかわかるかね？　電気椅子で焦げて死ぬのだよ」

言われた女性は微笑んでいた。弱々しく、呆けたように、まるで信じられないというふうに。しかし、それまでの自制はあらかた消え去り、ブレナンの部下たちが二階に来て彼女を連れおろすときには、支えてやらなければならないほどだった。

（原注1）疑わしいと思う読者は、一〇二ページと二〇八ページを確認していただきたい。前者には事の経緯、後者にはそれらが起きた実際の時刻が記されている。

V 評決

この傾向は強まり、人々は大いに不安になって、「究極の堕落の証拠はもはやないのだろうか」と自問するまでになっている。歴史から絶対的な悪人を消し去ることは、ほとんど芸術の否定につながるからだ。

——トマス・セコム『十二人の悪党』

エピローグ

弱々しく明るい秋の日が、黄昏から夜へと衰えていった。花瓶の絵のような色合いの葉が数枚、風が立ってもまだ木々にしがみついていた。谷の底は茶色。こぢんまりしたきれいな部屋の机のカレンダーが、赤い文字で十月三十日であることを告げていた。翌日は万聖節前夜である。

部屋の机には大きな丸い笠のランプが置かれ、椅子は赤みがかったオレンジの布で包まれていた。暖炉の上には、よくできたレンブラントの『恋人たち』の複製画がかかっている。ソファベッドには新聞が開いて置かれ、見出しと記事の一部が見えていた。

悪魔の看護師、電気椅子を免る

終身刑執行にも、マイラは無罪を主張

十月九日、作家のゴーダン・クロス殺害のかどで死刑を言い渡された〝悪魔の看護師〟マイラ・コーベットは、いまも無罪を主張しているが、本日、赦免委員会が刑罰を終身刑に差し替えたことを知らされた。彼女の弁護士であるG・L・シャピロは、〝幻の共犯者〟マーク・デスパードの行方が依然わからないことを認めつつも――

黒い見出しに火影がちらついた。その火が部屋で唯一の明かりだった。そのせいで、ありふれたものの形がゆがみ、なじみがないように見えた。裏窓のまえにひとりの女性が立ち、庭を眺めていた。暗いガラスに彼女の顔が映っている。ふっくらした美しい顔に、暗めの黄色の巻き毛。少しぼんやりしたそのガラスの顔には、まぶたをなかば閉じた、霊感が宿っているとでも言えそうな灰色の眼があり、あるかなきかの笑みが浮かんでいた。彼女は考えていた――

それでも、彼女が死なないのは残念だわ。わたしの話をしたことだけでも、死んで当然なのに。あの日、老人が飲んでいる薬について尋ねたわたしも不注意だった。でも、あれは長いこと使っていなかったから。それと、彼女が本当は罪を犯していないのも残念。犯すべきだった。そうすれば、仲間がまたひとり増えていたのに。いまは仲間をどんどん増やさないと。

外の暗い庭を十月の薪《たきぎ》の煙がうっすらと漂っていた。空も暗く、星三つだけが明るく光っている。庭の先のトウモロコシ畑には、霧がかかっていた。女性の細い手が伸び、ふたつの窓のあいだの小さな机に触れたが、顔はそちらに向けなかった。

記憶が戻ってきてよかった。最初は、このガラスに映った自分の姿のように、ぼんやりとしか思い出せなかった。一度、ギブールのミサで煙が立ち昇ったときに、思い出した気がした——眼、鼻の先、肋骨のあいだに刺さったナイフ。今度はいつゴーダンに会えるだろう。彼の姿はゆがんでいた。帽子がちがっていたのかもしれない。でもすぐに彼だとわかった。少なくとも、助けを求めにいくべきだということは、はっきりとわかった。たしかに今回は、裁判官のせいで危険にさらされることはなかったけれど、夫には悟られたくない、いまはまだ。わたしは彼を愛している、心から。もうすぐ彼は仲間のひとりになる、もしわたしが彼を苦しませずに変えることができれば。または、苦しませすぎれば。

手が机の上を動くと、鍵が握られていた。それが不思議な仕切りを、ひとつずつ順に開けはじめた。しかし、顔はまだそちらに向いていない。手がそれ自体の命と意思を持ったように動いている。最後の仕切りのなかに、チーク材の箱と小さな壜が入っていた。

そう、ゴーダンのことは知っていた。彼もわたしを探していたようだ。ゴーダンの賢さを疑ったことはない。わたしが彼らに説明するつもりのなかった、あらゆる事柄について、大きさや広さ、石の壁といった物理的な説明を見事に引き出したのには驚いた。わたしはあそこまで賢くない。けれども、彼がマーク・デスパードを告発しなければならなかったのは残念だ。わたしはマークが好きだから。

人が言うように、たとえわたしが賢くないとしても、結局ゴーダンには勝ったと思う。ゴーダンは自分のしたことにゴーダンらしい報酬を要求した。わたしのところへ戻りたいと望んだのが運の尽きだ。彼はもう愛人にはなれない。ゴーダンは、膏薬を使うまで、生身の人間だった。すぐにまた生き返るだろうが、いまのところわたしは勝っている。

ヘビのようになめらかに動く白い手が、まず箱に、次いで壜に触れた。ガラスに映るふっくらした顔はまだ動かないが、奇妙に微笑んでいる……別荘の表のドアに鍵が差される音がした。ドアが開き、廊下の足音が近づいてきた。それまで何か明るいもの、ことによると透明なものが、壁や窓を動きまわっていたが——彼女が壜に触るのをやめると、消えた。彼女の顔は美しい妻の顔になり、夫を迎えに駆け出していった。

ソファベッドの横を通りすぎるときに、そのスカートが新聞を床に落とし、記事の残りがあらわになった。

……〝幻の共犯者〟マーク・デスパードの行方が依然わからないことを認めつつも、これ以上追跡はしないと語った。シャピロ弁護士は新しい証拠を提出したと言われる。〝悪魔の看護師〟の公判の見所は、次のように思い起こされるだろう。シャピロ弁護士は、作家のクロスが、証明できない看護師の毒殺罪を断固確定するために、みずからのグラスにシアン化合物を入れたことを証明しようとした。

「もしある人が自分の理論を証明するために、四グレインもの青酸カリをグラスに入れて飲むと弁護側が本気で主張しているのなら」とシールルズ地方検事は言った。「州はいまこの瞬間に勝訴を確信します」

「弁護側の主張は」シャピロはただちに反論した。「クロスには共犯者がいて、この毒を彼に飲ませたのかもしれないということです。その人物は、クロスにはたんに具合を悪くするための少量の砒素だと偽って、じつは殺すつもりだったのではないか。カプセル状の薬なら――」

そこで大論争となり、デイヴィッド・R・アンダーソン判事が、もしこれ以上法廷内で笑いが聞こえたら休廷とすると宣告したのだった。

解説

書評家 豊崎由美

何でもかんでも優秀な頭脳で解決できると思ってたら大間違いなのである。

密室で不可能殺人が起きました→名探偵登場→鮮やかにしてアクロバティックな推理で事件解決→あー、すっきり。ごく単純化すれば、そのようなプロットで成り立っている本格ミステリの多くを読むたび、驚いたり、感心したりしつつも、凡庸な脳味噌の隅っこのほうで「ホントかよー」と疑う自分がいる。光は闇を照らし、理性は蒙昧を駆逐し、科学は迷信を乗りこえ、知性は衝動に打ち克ち、正義は悪を滅ぼす——だったらいいんだけど、実際はそうでもない。山奥にある知人の別荘で、夜遅く、車に忘れ物を取りにいかなくてはならなかった時のこと。わたしは、ドアを開けて立ちふさがる真黒の闇を前に立ちすくんだ。懐中電灯の光など丸呑みしてしまうほどの闇。ポーチに出て、階段を数段降りれば地面があって、その数メートル先には車があることがわかっていて、わたしは最初の一歩がどうしても踏み出せなかったのである。この世には、そして人間の心の中には、そんな真黒の闇に相当するものが在り、それは時に、優秀な頭脳から生じる卓抜たる知性をも跳ね返すほどの力を持ちうる。そう思っているわたしにとって、だから、ジョン・ディクスン・カーの『火刑法廷』はエヴァーグリーンというべき一作なのだ。

物語はニューヨークの出版社で働いているエドワード・スティーヴンズが、フィラデルフィア郊外クリスペンにある別荘で休暇を過ごすため、列車に乗っている場面から滑り出す。ブリーフケースの中には、殺人事件の裁判を題材にした作品で人気を博している作家ゴーダン・クロスの原稿が入っていて、スティーヴンズはいくらかでも仕事を進めておこうと車中でそれを開き、資料として添えられた一枚の写真を見て大きなショックを受ける。「マリー・ドブレー──殺人罪にてギロチン刑に処さる、一八六一年」というキャプション付きのその写真の主が、別荘で自分を待っている妻に瓜二つだったからだ。

作者のカーが見事なのは、スティーヴンズが別荘に向かう列車に乗っている、文庫にしてわずか十四ページの第一章の中に、この物語の大きな二つの柱となる事件の概要を収めている点にある。すでにこの世にない殺人鬼とそっくりな妻。クリスペンの名家にして、スティーヴンズも親しくしているデスパード家のあるましと、最近、ひどい胃腸炎で死んだ当主マイルズの死に際しての不可思議なエピソード。まさに、つかみはオッケーというべきで、このわずか十四ページで、読者は大きなショックを受けているスティーヴンズと共に、クリスペンの町へと連れ去られてしまう、そんな巧みな導入部になっているのだ。

さて、一九世紀にギロチン刑に処された殺人鬼と同じ顔と名前を持ち、同じブレスレットを身につけ、漏斗を異様に怖がるという奇癖を有する妻への混乱した思いを抱えたまま別荘に到着したスティーヴンズを待ち構えていたのは、さらなる驚愕。マイルズが死んで、デスパード家の新当主となったマークが訪ねてきて、伯父のマイルズの墓を一緒に掘り返すのを手伝ってほしいというのだ。どうやらマークは伯父が砒素で毒殺されたと疑っているらしい。ところが、厳重に密封された納骨堂を大の男が四人がかりで開けてみると、なんとマイルズの木棺はもぬけの殻で――。

おまけにマークが言うには他にも奇妙な出来事があって、屋敷の画廊に飾ってある一七世紀のフランスに実在し、火刑に処された毒殺魔ブランヴィリエ侯爵夫人の絵とそっくりの服装の女性から、死の直前のマイルズ伯父が銀製のカップを受け取るのを、家政婦のヘンダーソン夫人がカーテンの陰から目撃しており、しかも、その女性は壁を抜けて消えてしまったのだという。スティーヴンズは、そのブランヴィリエ侯爵夫人の旧姓がマリー・ドブレーであり、侯爵夫人逮捕のお手柄をたてたのがデスパード家の祖先だという事実にとまどいを隠せない。

ブランヴィリエ侯爵夫人は俗に言う「不死者」で、一九世紀に処刑されたマリー・ドブレーもスティーヴンズの妻マリーもその生まれ変わりなのかというオカルティックなネタ。

マイルズ伯父の遺体は、いつどのようにして移動させられ、ブランヴィリエ侯爵夫人の恰好に似せた女性の正体は誰で、どのように密室状態の部屋から消えたのかという二件の本格ネタ。で、そんな容疑者全員にアリバイがあるという不可能犯罪の謎解きをするのが、フィラデルフィア警察のブレナン警部と、スティーヴンズがショックを受ける原因となった作品を書いた作家にして、ブランヴィリエ侯爵夫人の愛人と同じ名を持つゴーダン・クロスなのである。「I 起訴」「II 証拠」で明らかになった謎という闇に、「III 弁論」「IV 説示」で優秀な頭脳の卓抜たる理性という光をあて、オカルティックなネタも含めてすべてを鮮やかに解決してしまう過程は、まさに〝ザ・本格〟。見事なお手並みという他ない。でも、この『火刑法廷』を、時代をこえて読み継がれる傑作にしているのは、最後に置かれたわずか五ページしかない「V 評決」なのである。

この物語は、「ひとりの男が墓地のそばに住んでいた」というM・R・ジェイムズの短い怪談のタイトルと同じ一文から始まっている。そのM・R・ジェイムズが、「フェンスタントンの魔女」という作品の中に、こんな文章を残していることを、思わせぶりにお伝えして拙文を締めくくりたいと思う。

「およそいかなる世紀、いかなる文明においても、魔界と交信したいと考える人間が絶えることはない」

真黒の闇に太刀打ちできる光は、果たしてこの世に存在するのだろうか。

本書は、一九七六年五月にハヤカワ・ミステリ文庫より刊行された『火刑法廷』の新訳版です。

訳者略歴　1962年生，東京大学法学部卒，英米文学翻訳家　訳書『盗まれた貴婦人』『春嵐』パーカー，『ミスティック・リバー』『運命の日』ルヘイン，『樽』クロフツ，『剣の八』カー（以上早川書房刊）他多数

HM=Hayakawa Mystery
SF=Science Fiction
JA=Japanese Author
NV=Novel
NF=Nonfiction
FT=Fantasy

火《か》刑《けい》法《ほう》廷《てい》
〔新訳版〕

〈HM⑤-20〉

二〇一一年八月二十五日　発行
二〇二四年七月二十五日　六刷

（定価はカバーに表示してあります）

著者　ジョン・ディクスン・カー
訳者　加《か》賀《が》山《やま》卓《たく》朗《ろう》
発行者　早川浩
発行所　株式会社早川書房

郵便番号　一〇一 - 〇〇四六
東京都千代田区神田多町二ノ二
電話　〇三 - 三二五二 - 三一一一
振替　〇〇一六〇 - 三 - 四七七九九
https://www.hayakawa-online.co.jp

乱丁・落丁本は小社制作部宛お送り下さい。
送料小社負担にてお取りかえいたします。

印刷・中央精版印刷株式会社　製本・株式会社フォーネット社
Printed and bound in Japan
ISBN978-4-15-070370-7 C0197

本書は活字が大きく読みやすい〈トールサイズ〉です。